Audrey Magee
奥德丽·马吉

爱尔兰当代作家，做过十二年记者，为《泰晤士报》《卫报》等知名媒体撰稿，报道过北爱尔兰冲突、波黑战争等议题。

后转向文学创作，作品曾角逐国际都柏林文学奖、沃尔特·司各特历史小说奖、女性小说奖、爱尔兰图书奖等。《他们涉海而来》是奥德丽·马吉的第二部长篇小说，入围 2022 年布克奖、奥威尔政治小说奖。

徐芳园
自由译者，译有《客居己乡》《出埃及》《国王》等书。

SPRING

野

更具体地生长

All This Wild Hope

我享受跟过去的联系。

成为比我更老的事物的一部分。

这让我觉得不那么孤单，不那么疯狂地担心我还剩多少时间。

你会想我吗，妈？
会的，詹姆斯，但我们在这里习惯了想念。
确实，妈。都是想念的专家。

©Jonathan Hession

Audrey Magee

The Colony
Audrey Magee

他们涉海而来

[爱尔兰] 奥德丽·马吉 著

徐芳园 译

广西师范大学出版社

·桂林·

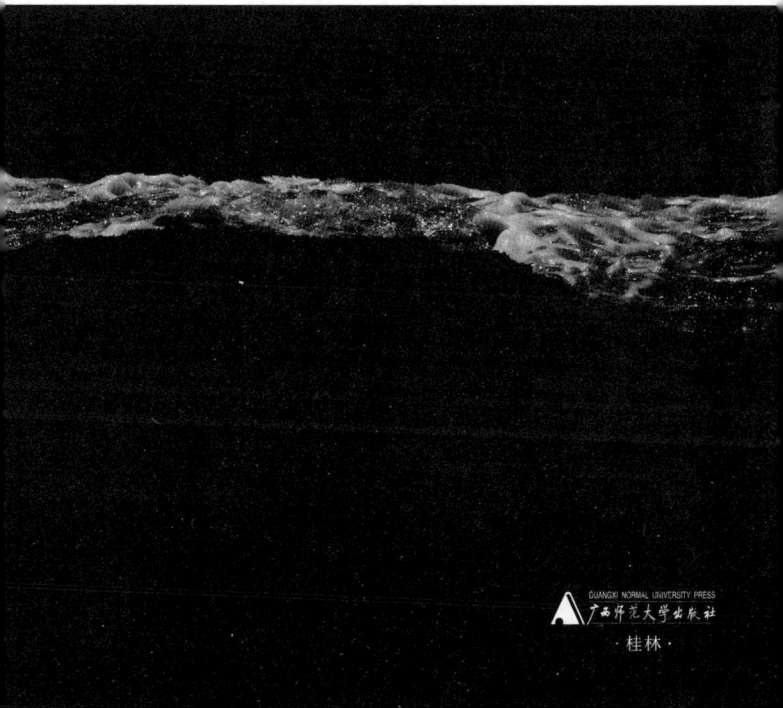

图书在版编目(CIP)数据

他们涉海而来 / (爱尔兰) 奥德丽·马吉著；徐芳
园译. —— 桂林：广西师范大学出版社, 2024.7（2024.11重印）
书名原文：The Colony
ISBN 978-7-5598-6864-0

Ⅰ.①他… Ⅱ.①奥… ②徐… Ⅲ.①长篇小说－爱
尔兰－现代 Ⅳ.①I562.45

中国国家版本馆CIP数据核字(2024)第067334号

著作权合同登记号桂图登字：20-2024-007 号
此书出版获得 Literature Ireland 资助，特此鸣谢。

**LITERATURE
IRELAND**
Promoting and Translating Irish Writing

TAMEN SHEHAI ER LAI
他们涉海而来

作　　者：（爱尔兰）奥德丽·马吉

责任编辑：彭　琳

特约编辑：苏　骏

装帧设计：汐　和　at compus studio

内文制作：常　亭

广西师范大学出版社出版发行

　广西桂林市五里店路 9 号　邮政编码：541004

　网址：www.bbtpress.com

出版人：黄轩庄

全国新华书店经销

发行热线：010-64284815

河北鑫玉鸿程印刷有限公司印刷

开本：787mm×1092mm　1/32

印张：16.25　　字数：215 千

2024 年 7 月第 1 版　2024 年 11 月第 3 次印刷

定价：69.80 元

如发现印装质量问题，影响阅读，请与出版社发行部门联系调换。

纪念约翰·马吉

真理就是人们忘记了它本质是幻觉的幻觉

——弗里德里希·尼采
《真理和谎言之非道德论》

沿着码头的外墙朝海面俯身，他把画架往下递给船夫。

你接住了吗？

接住了，劳埃德先生。

他的画笔和颜料装在一口桃花心木箱子里，外面包了好几层厚实的白色塑料布。他将箱子搬到码头的边缘。

这个很沉，他说。

它不会有事的，劳埃德先生。递下来吧。

他跪在混凝土上，沿墙面把箱子滑向船夫，白色塑料布在他的手指下打滑。

我抓不住，他说。

松手吧，劳埃德先生。

他直起身子，向后坐在脚跟上，看着船夫把箱子和画架塞到船头附近的座位下，用俗丽的蓝色细绳将两样东西绑在一起。

绑牢了吗?

它们很好，劳埃德先生。

我希望它们绑牢了。

我刚说了，它们很好。

他站起来，掸掉裤子上的尘土。船夫抬起一只胳膊，伸手提供帮助。

所以就剩你了，劳埃德先生，阁下。

劳埃德点点头。他把帆布背包递给船夫，然后小心翼翼地踏在摇摇欲坠的码头梯子上。

转身，劳埃德先生。背对我。

他向下看去，看着小船，看着海。他犹豫了。停止不动。

你不会有事的，劳埃德先生。

他转过身，伸下右腿去搜寻下方的第一道梯阶，在那条腿晃荡着的时候，他的双手牢牢抓着生锈的金属，双眼紧闭，想着种种可能性

或是卡住皮肤

割破手指

污损双手

或是在覆盖着海草和黏泥的

梯阶上

打滑

或是跌落

掉进大海

　　梯阶就在你下面，劳埃德先生。

　　我找不到它。

　　膝盖放松，劳埃德先生。够一下。

　　我做不到。

　　你不会有事的。

他把膝盖放下来，找到了梯阶。他停在那里，抓着
梯子一动不动。

　　只剩两步了，劳埃德先生。

他把双手往梯子下面移，随后下移双腿。他停在了
第三阶。他往下看了看，看着双脚与下方的船之间
的间隙。

　　太远了。

　　用腿够一下就好，劳埃德先生。

劳埃德摇了摇头，身体也抖了一下。他再次向下

看，看着他的背包、他的画架、他的颜料箱，它们已经绑在一条手工制作的小船上，注定要开启渡海之旅。他放下右腿，接着放下左腿，但依然抓着梯子不放。

《自画像之一：跌落》

《自画像之二：溺水》

《自画像之三：消失》

《自画像之四：在水下》

《自画像之五：消失者》

松手，劳埃德先生。

我做不到。

你不会有事的。

他猛地坠入船里，令船往一边倾斜，浸湿了裤子、靴子和袜子，水渗进他的脚趾间，而同时船夫用右腿使劲踩踏，以对抗飞溅到船顶的海水漩涡，他那条腿忙乱不已，直到克勒克艇[1]恢复平衡。船夫弯下腰，撑着双膝休息。他气喘吁吁。

---

1 克勒克艇（currach）是一种传统的爱尔兰小舟，通过在木质结构上绑扎兽皮（现在大多改用帆布）制成。——若非特殊说明，本书注释均为译者注。另，书中格式据原文调整，并非讹误。

我的脚湿了。

你很幸运，只湿了脚，劳埃德先生。

船夫指着船尾。

去那边坐下，劳埃德先生。

可我的脚湿了。

船夫让自己的呼吸平稳下来。

坐船就是这样的，劳埃德先生。

劳埃德拖着脚向船后部走去，当他转身在一块狭窄、有木刺的木板上坐下时，船夫用长了老茧的双手护住他。

我讨厌湿着脚，他说。

他向船夫伸出双手。

我现在自己拿背包。谢谢。

船夫将背包递给他，劳埃德把包放在膝盖上，远离依然在船底晃荡的海水。

如果你改主意，我是不会反对的，劳埃德先生。我也不会收你的钱。至少不收全价。

我会按计划走，谢谢。

不再是常事了。像这样渡海。

这我知道。

这次渡海可能很难。

我在书上读到过。

比其他地方都难。

谢谢。我没问题的。

他扣上防水外套的纽扣，戴上新买的粗花呢帽，帽子的绿色和棕色与他身上的其他衣物融为一体。

《自画像：准备渡海》

他从上往下轻拍腿脚，把水珠从裤子、袜子、靴子的鞋带上拍掉。

你会待很久吗，劳埃德先生？

待整个夏天。

对你来说够久的。

劳埃德在大腿上整理好了背包。

我准备好了，他说。

很好。

我们不应该出发了吗？

很快就走。

要等多久？

不久。

可我们要错过大好天光了。

船夫笑了。

现在是六月，劳埃德先生。

所以呢？

天上还有充足的光。

天气预报怎么说？

船夫看了看天。

平静的一天，感谢上帝。

但天气可能会变。

有可能，劳埃德先生。

会吗？

哦，会的，劳埃德先生。

所以我们应该现在就走。趁还没变天。

还不行，劳埃德先生。

劳埃德叹了口气。他闭上双眼，朝太阳抬起脸庞，意外感受到温暖，他原以为只会遇上北方的寒冷，北方的雨。他吸收了几分钟热量，再次睁开眼睛。

船夫像之前那样站着，看向陆地，身体随着海水轻柔拍打码头外墙的节奏而摆动。劳埃德再次叹气。

我真的觉得我们该走了，他说。

还不行，劳埃德先生。

我很想快点到那里。安顿下来。

时间还早，劳埃德先生。

船夫把手伸进夹克衫内侧，掏出一根香烟。他摘掉

滤嘴，把它弹进了海里。

可能会有鱼吃掉它，劳埃德说。

有可能。

对鱼不好。

船夫耸了耸肩。

它下次就会更小心了。

劳埃德闭上双眼，但又睁开了。

我想出发，他说。

还不行，劳埃德先生。

我付了你很多钱，他说。

确实，劳埃德先生，我也很感激。

而且我现在就想走。

我明白。

所以我们走吧。

我刚说了，还不行，劳埃德先生。

到底为什么不行？我准备好了。

船夫深深吸了口烟。劳埃德叹气，将气从唇间呼出去，然后在船上戳来戳去，把鞋跟和手指戳进覆盖着帆布和沥青的木头框架。

船是你造的吗？劳埃德问。

是我造的。

花了很久吗？

花了很久。

多久？

足够久。

《自画像：与船夫对话》

他从背包侧袋拿出小速写簿和铅笔。他翻到空白的一页，开始画码头，码头矮墩墩的，并不优美，但上面结了一层藤壶和海草，在阳光下闪闪发光，藤壶壳和海草叶浸透了早晨的潮水，此时依然湿润。他画完了从码头通往小船的绳索，开始画克勒克艇的轮廓，就在这时，船夫说话了。

他来了。那家伙本人。

劳埃德抬头看。

谁？

弗朗西斯·吉兰。

他是谁？

船夫把最后那一点香烟扔进海里。他捧起双手然后并拢，往掌心吹气，用力搓了搓。

路很远，劳埃德先生。

所以呢？

我没法一个人划船。

你该早点说的。

我现在说了，劳埃德先生。

弗朗西斯从梯子上跳进克勒克艇，轻巧地落在船底，动作几乎没有激起涟漪。

劳埃德叹气

芭蕾舞般的

镇定自若的

与我不同的动作

他对弗朗西斯点点头。

你好，他说。

弗朗西斯从墙上的铁环拽下绳索。

Dia is Muire dhuit[1]，他说。

第一个船夫笑了。

从他那儿听不到英语，他说。反正今天早上听不到。

两个船夫抬起细瘦的长杆，两手各一根。

我们现在出发，船夫说。

劳埃德把他的速写簿和铅笔放回侧袋。

终于，他说。

两个船夫把杆子插进水里。

它们是桨吗？

它们确实是，劳埃德先生。

它们没有桨叶。没有桨板。

有些有。有些没有。

你们不需要桨叶和桨板吗？

如果我们能到，就不需要。

两个男人往墙上推了一把，劳埃德紧紧抓住船的两

1　爱尔兰语，意为"你好"，用于回答别人的问候。

边，手指嵌进帆布和沥青，嵌进一条自制小船那粗糙的脆弱，同时小船出发，驶入大西洋，驶入陌生，驶入不熟悉

那些不是

柳荫垂岸的河流

舵手的喊声

健壮的肩膀，晒黑的皮肤

墨镜，帽子，包括的

不是那

熟悉之物

不

他们朝港湾口移动，经过小型拖网渔船和装有舷外发动机的划艇。船夫指着一艘比拖网渔船小但比克勒克艇大的船。

那艘会把你的包运过去，他说。

劳埃德点点头。

其他游客都是坐它渡海的。

有很多游客吗？

不多。

很好。

你坐那艘船会更舒服，劳埃德先生。

劳埃德闭上双眼，把船夫隔绝在外。他再次睁开眼睛。

我坐这个就行。

大船会更安全，劳埃德先生。有发动机，还有帆。

我没问题的。

好吧，劳埃德先生，阁下。

他们离开了海港，经过被海浪冲洗得发黑且光滑的岩石，海鸥歇息在停滞的海面上，盯着他们划船驶过。

《自画像：有海鸥和岩石》

《自画像：有船夫、海鸥和岩石》

多久能到？

三四个小时。看情况。

路程十英里[1]，对吗？

九英里。我另外那条船开一小时多点就到了。

1　1英里约合 1.6 公里。

我喜欢这条船。它更接近大海。

船夫用力划桨。

这倒是。

劳埃德侧身将一只手伸进海里，张开手指耙水。

《自画像：成为岛民》

《自画像：变成土著》

他将浸冷的手在裤子上擦了擦。他提起背包，把它

放在身后。

这很危险，船夫说。

不会有事的，劳埃德说。

他靠在背包上，移动手指，仿佛在画船夫划船时的

样子

小小的男人们

纤瘦的男人们

髋，肩，背

在锚定的腿上方

流动

你的船跟我书里的图片不一样。

不同的地方行不同的船，劳埃德先生。

这条看起来更深。

更深的水域行更深的船。浅船适合离陆地近的小岛。

这条不适合？

不适合，太远了。

安全吗？

这条船？

对。

船夫耸了耸肩。

现在问有点晚了。

劳埃德笑了。

我想也是。

《自画像：跟着岛民们变成土著》

它们漏水吗？

漏的，劳埃德先生。

我车库顶上的沥青总是漏水，他说。

沥青就是这样的。

这条船会漏吗？

我最近刚修补过。

它们会沉吗？

噢，会沉的。

这条沉过吗？

船夫缓缓摇了摇头。

唔，我们都在船上了，劳埃德先生。

是的，他说。的确如此。

他把手伸到背后，再次从包里取出速写簿和铅笔。

他看了看天空，开始画

成群的海鸥

漩涡般纷飞，行迹曲折

盘旋，斜飞

穿过

无云的蓝

《岛屿系列：船上风景之一》

然后他看了看海

翻涌到海滨

到岩石，到陆地

从镶白边的蓝

翻涌

到

镶绿边的灰

《岛屿系列：船上风景之二》

一只鸟从他身边的水里升起

黑色的羽毛

带白色斑点

红色的腿

鲜艳

有一条还在摇晃

《岛屿系列：船上风景之三》

他合上了速写簿。

那是海鹦吗？

海鸠，劳埃德先生。一只黑色的海鸠。

看起来像海鹦。

你这么觉得？

我真的想看看海鹦。

你也许能看到，劳埃德先生。如果你待得

够久。

多久？

怎么也要一个月。

他在行李中装了一本关于鸟类的书，一本指南，包含照片、尺寸、名称、叫声、冬夏色彩，关于繁殖和饲养的信息，关于潜水的鸟、飞掠的鸟、俯冲入水的鸟的细节，用来区分燕鸥与海鸥、鸬鹚与长鼻鸬鹚的细节，让他能够画鸟、把鸟融入海景或陆地风景的细节

创造它们

按照它们原本的样子

你们有海豹吗？

这边不太多，不过岛上有一个群落。

美妙的造物。

打起呼噜来烦死人。

是吗？

吵吵嚷嚷的特别烦人。

小船猛地往前移动，把他甩到了船夫的膝盖上，背包砰地撞在他背上。他重新坐直，把背包放回腿上，将速写簿和铅笔塞回侧袋。一股急流涌到他头上和脸上。船夫冲他大喊。

抓紧。

劳埃德把双脚踩进小船的肋部，双手掐进船帮。他回喊道。

我跟你说了，我们该早点出发的。

船夫冲他喊道。

这是大西洋，劳埃德先生。而且是坐在克勒克艇里。

海浪将船撞到左边，又撞到右边，把他从一侧推到另一侧，颠起他，撞击他，翻滚他，拉扯他的脖子，他的背。

你会习惯的，劳埃德先生。

他把手脚往船里戳得更深了一些。

我不想习惯。

我们可以回去，劳埃德先生。

不。不。我们继续。

你坐大船会更舒服。

我想这样渡海。

好吧，劳埃德先生。你选的。

劳埃德看着两个男人划过一个个海浪。

《岛屿系列：船夫之一》

强健的

敏捷的力量

在一条平底船里

《岛屿系列：船夫之二》

晒黑的手

细长的杆子

拍击着海洋

《岛屿系列：船夫之三》

朝陆地俯身

再后仰

俯身和后仰

《岛屿系列：船夫之四》

目光凝视

即将出现的大海

凝视无边无际

他闭上双眼。

　　睁着眼睛比较好，劳埃德先生。

他摇头。

不，不是这样的。

随你便，劳埃德先生。

他扯下头上的新帽子，靠向船帮吐了。他用新外套的袖子擦了擦嘴和下巴。海鸥们过来吞食了曾经属于他的东西，不时用喙互啄。

恶心的东西，他说。

不管怎么说，它们不挑，船夫说。

劳埃德再次闭上双眼。

还有多久？

我们刚出发，劳埃德先生。

是的，当然了。

我刚才说了，劳埃德先生，如果你想的话，我们可以回去。

不。我会没事的。

他重重坐回船尾。

我讨厌船，他说。一直讨厌。

你之前应该考虑过这点吧，劳埃德先生。

劳埃德吐了第二次。海鸥们再次俯冲下来。

我没想到会这么艰难，他说。

今天很平静，劳埃德先生。不过是水上刮了点风。

感觉糟糕多了。

克勒克艇就是这样的。

一股急流飞溅到船头，泼在了他的颜料箱上。

我的颜料安全吗？

跟我们一样安全，劳埃德先生。

令人欣慰。

《自画像：在海上》

我想听你们唱歌，他说。

我们不唱歌，劳埃德先生。

可我需要点东西集中注意力。数数或唱歌。

在这条船上不行。

我在一本书里读到过，你们划船时总会唱歌。

看来不是本好书啊，对吗，劳埃德先生？

因为那本书我才来这里的。

船夫的眼神越过劳埃德，看向后面的陆地。

你需要一本更好的书，劳埃德先生。

看起来是这样。

劳埃德环顾四周，看着无垠的大海。

你怎么知道该往哪边走？

在雾里确实很难分辨。

要是有人快速下沉会怎么样？

那就是我们了。

谁会知道呢？

船夫耸了耸肩。

他们会看到我们没回家吃茶点。

所以就这样。

就这样。

《自画像：溺水之一》

白顶海浪

吞噬小船

《自画像：溺水之二》

寒冷的咸水

钻进颜料

钻进肉体

《自画像：溺水之三》

稀释颜料

撕碎肉体

《自画像：溺水之四》

漂流的

灰棕

红黄

蓝绿

　　还要多久?

　　还要一会儿，劳埃德先生。

警察的妻子在前门等她的朋友。那是6月2日，星期六下午。她们要去阿马[1]购物，这是每周的惯例。阳光照耀。她的五个孩子在房子附近，她丈夫戴维在她面前的街上，身穿制服，弯腰探进他朋友的车里，正聊着天。

一辆深色的车从旁边开过。她听到一声巨响，以为撞车了，然而戴维身体瘫软，挂在了朋友的车门上，血液从他白衬衫的前部涌出。他倒在了地上。戴维·艾伦·邓恩，一名三十六岁的新教徒，当场死亡。他三十一岁的朋友，戴维·斯廷森，一名有三个孩子的已婚新教徒，也当场死亡。

爱尔兰民族解放军[2]声称对此负责。

1　阿马（Armagh）是北爱尔兰阿马郡的首府，该郡南部是爱尔兰共和军的大本营，民族主义或反英气息浓厚。

2　爱尔兰民族解放军（Irish National Liberation Army，简称 INLA）是爱尔兰共和派社会主义准军事团体，致力于让北爱尔兰脱离英国并创建一个包含全爱尔兰的社会主义共和国。在北爱尔兰冲突中，共和派／民族派以天主教徒为主，共和派军事组织的袭击目标多为英国军方和新教徒；与之对应的是联合派／忠诚派，以新教徒为主，联合派军事组织的袭击目标多为天主教徒。

你看见了吗，劳埃德先生？

什么？

正前方。

他看见前方有一个海浪，比一般的浪头要大。

抓紧。我们会划过去的。

两个男人划到浪尖，他看到一块被海洋环绕的巨大岩石。

就是它吗？

就是它。

随后，它消失在一道水墙之后。

我以为会有更多土地。面积比这个大点儿。

整个岛就这么大。

他从海浪不时出现的空隙看过去，观察着岛屿的体积变大，色彩也愈加丰富，随着他的靠近，岩石的灰色四分五裂，被块状的绿草、条状的黄沙和斑状的白色房屋切碎。

他们孤零零地待在这里，他说。

他们是这样的，劳埃德先生。

在欧洲边缘。

确实，劳埃德先生。

《自画像之一：重新开始》

《自画像之二：从头开始》

他们说英语吗？

一点点。他们会听得懂你的。

但是你会说。

我在学校里待得比大多数人久。

让你得到了更多工作，我想。能说英语。

划船在每门语言里都一样，劳埃德先生。

他分辨出一个小海湾、一条下水滑道和一片海滩。
他能看到小海湾附近的房屋遗迹，以及山上更高
处，远离大海的地方，有一片较新的房屋，有着色
彩鲜艳的门和灰色的石板瓦屋顶。他也能看到几头
驴子，在小岛边缘的地里。

《岛屿系列：克勒克艇上的风景》

一个海浪重击小船，把他撞到一旁。两个船夫冲彼

此喊叫。

抓紧，劳埃德先生。

一个海浪从另一边撞上他们。两个船夫从座位上起身，把桨插入水中更深处，绷紧肩膀、脖子和脸。劳埃德使劲抓紧了船，把头缩进肩膀的骨架。他冲船夫喊道。

我想下船。

船夫回喊。

计划就是这样的，劳埃德先生。阁下。

两个男人与海水搏斗，海水由蓝转灰，从瓦灰转为黑色，水面和水底翻腾、混合，将船颠来倒去，把他们从一个波浪抛到下一个，水的力量太强，船夫无法划船，只能用桨作为平衡杆抵御涡流，防止小船翻倒。

劳埃德倒进船腹，倒进浑浊的脏水里，背包依然在腿上，手指依然抓着船帮。他能看到男男女女涌出房子，走上悬崖。走上通往小海湾的小路。一大团水冲上船，落在他头上，把他的头和胸膛浇得湿透

席里柯的木筏 [1]

劳埃德的该死的克勒克艇

他第三次呕吐，胆汁和含胆汁的泡沫顺着胸膛滑落，流过他的背包，可海鸥对此不感兴趣。他在夹克衫的肩部蹭了蹭嘴。

　　我讨厌该死的船。

他冲船夫喊道。

　　我讨厌这条该死的破船。

但他们专心盯着嵌入大洋的那块岩石，劈开、割碎、撕裂海水，前后左右晃动小船，他们奋力让船转向，脖子上青筋凸起，想把船划向正在小海湾的下水滑道上朝他们挥手的老年男女。劳埃德想挥手致意，表示他到了，然而一个海浪轻踹船头，令它原地打转，大海、天空和陆地在他周围汇成漩涡，转得越来越快，一圈又一圈，船夫大喊大叫

那门语言

充满喉音

1　指涉法国浪漫主义画家泰奥多尔·席里柯（Théodore Géricault，1791—1824）的著名作品《梅杜萨之筏》（Le Radeau de la Méduse）。
　　——编者注

直到他们摆脱旋转状态，进入小海湾的平静水域，前往散布着岛民的下水滑道，岛民们穿着深色衣服，有男人、女人和儿童，一言不发，盯着他们。两个船夫丢下船桨，疲惫地向前一瘫，不再管克勒克艇，让蹚水走来的年老岛民们接手

鞋子

没有靴子

这里没有防水胶靴

年老岛民们从船里抬起画架、箱子和桨。两个船夫走出小船，但劳埃德还待在原来的地方，在船底的水洼里，指甲嵌入沥青。一个年老岛民对他说话。

　　Amach leat anois[1].

老人用手招呼劳埃德。

　　Amach leat anois.

劳埃德点了点头，却没有动。老人再次招手示意。

　　出来。

他抓住老人的手，然后抓住老人的胳膊，紧紧拽着一件粗糙的羊毛夹克衫，踏上坑坑洼洼的水泥板，

1　爱尔兰语，意为"现在出来吧"。

双腿打战，随后发软。

《自画像：作为初生马驹》

他靠在结满干枯藤壶和青苔的悬崖上，看着年老岛民们把船从水里抬起，翻过来扛在头顶和肩膀上方，跟他书里的照片一样，那本讲这座岛的书。

《岛屿系列：行走的船》

两个船夫和岛民们离开下水滑道，拖着步子跟在扛着船、桨、他的画架、他的颜料和画笔箱的老人们身后，可他待在后面洗了脸和头发，咸水的清凉在皮肤上一激，令他畅快了许多。他把一只袖子浸入水中，用它擦了擦外套和包上的污渍，随后跟众人走出了小海湾，外套和头发滴着水，而年老岛民们把小船放在了下水滑道顶部。

他们之后继续走，上山前往村庄，劳埃德在一支沉默、凌乱的队伍末尾，目的地是一座房子。他走了进去。一个女人对他点头，指引他坐到桌首，那是一张漆成蓝色的木桌，桌面上嵌着一层硬树脂板，少量食物残渣陷在树脂和木头之间，正在腐烂。

她在他面前放了一套茶杯、茶碟和盘子。她从一个大金属壶里倒了茶。第二个女人，年轻些，波浪状的红褐色头发垂下胸口，递给他面包。

An mbeidh greim aráin agat[1]？

他摇了摇头。她走开了

头发

垂

下

薄层和浓墨

棕色调

简单的线条

柔软

两个船夫各拿了两片，一边说话一边往面包上抹黄油，然后抹果酱，用同一把刀抹两样东西，直到果酱里混了黄油，黄油里混了果酱。

他从壶里倒茶，壶比他预料的更大也更沉。加了奶的茶溢到了桌上。他寻找餐巾，却没找到。他挥手，然而年长的女人背对着他。他打了个响指。她转身，停下动作，拿了一只干净的茶杯走回桌边。

1　爱尔兰语，意为"你要吃点面包吗"。

以及一个茶碟。她擦掉他洒出来的液体，倒了更多茶，还加了奶。他喝了，这苦涩的温暖令他愉快。

我跟她们说你是来画画的。

跟他说话的是弗朗西斯·吉兰。

没错。

还说你会待到夏天结束。

这也没错。

她们想知道你要画什么。

我来画悬崖。仅此而已。

她们不想让你画她们。

那我就不画。

女人倒了更多茶和奶。劳埃德喝了。更多男人进入厨房，一边摘下帽子塞进口袋，一边坐下。他们看着劳埃德，喝茶，吃面包。

《自画像：被客体化》

他转身背对这些男人，他们全都上了年纪，也背对弗朗西斯，转过去面朝着第一个船夫。

岛上住着多少人？

九十二个，劳埃德先生。十二户人家。

他们当中有谁说英语？

孩子们掌握得不错。

成年人呢？

英语讲得好的都离开了。

他再次拒绝了面包。

岛有多大？

三英里长，半英里宽。

我住哪儿？

我会带你去的。

什么时候？

我们要先吃茶点，劳埃德先生。

两个船夫和年老岛民们聊天，没牙的嘴，穿着结了
一层泥土和海盐的西装外套，脸上沟壑深深，被风
和海盐侵蚀

一片从油里划过的指甲

大海再次涌起，从他身体里奔腾而过。他闭上眼
睛，想让胃平息下来，然而海浪继续冲刷，混着那
门他不懂的语言的喉音，以及燃烧泥炭和煮肉时令
人窒息的甜腻气味。

《自画像：恶心》

他站了起来。动作突然。他招呼第一个船夫。

我需要躺下。

稍等，劳埃德先生。我快吃完了。

不行。现在就要。

船夫把杯子放回桌上，慢慢起身。他戴上帽子，对着其他男人、对着站在灶火旁的女人们点点头，一把长柄勺无力地悬在那个年轻一些的女人的手指上，她是梅雷亚德·妮吉兰。他们看着劳埃德离开，忍着笑，直到他和船夫走到外面，经过房子整面墙上的三扇窗户。梅雷亚德的笑声很刺耳。年长的女人，班伊尼尔，拿了一壶新鲜的茶放到桌上。

你们见过这样的人吗？她问。

我以为米哈尔刚才要打他了，梅雷亚德说。

我们没淹死他，算他走运，弗朗西斯说。

他们都笑了。

这人真是太傲慢了，班伊尼尔说。

吐得满胸口都是，梅雷亚德说。

他们又笑了。

可憎是唯一能形容他的词，班伊尼尔说。

难以置信，梅雷亚德说。

你们看到他冲我打响指那样儿了吗？班伊尼尔说。你们都看到了吗？

我们看到了，妈。就好像你是个印度茶童。

还是在我自己的房子里，梅雷亚德。他以为他是谁啊？

老人们笑了，嘴巴张开，脑袋后仰。

你们这一家很难取悦，弗朗西斯说。

我没把茶倒在他头上，算他走运，班伊尼尔说。

我没把面包扔到他脸上，算他走运，梅雷亚德说。

弗朗西斯将双手举到空中。

啊，够了吧，他说。

怎么了？梅雷亚德说。他以为我们都很笨。

可怜的人，弗朗西斯说。来这儿的游客。

以为我们不识字，梅雷亚德说。以为我们压根不懂英语。

可怜的人，弗朗西斯说。

梅雷亚德盯着他。

弗朗西斯·吉兰是在同情英国人吗？

啊，梅雷亚德，这是他第一次来这儿。

那也不是他对我们粗鲁的理由。

他第一次坐克勒克艇，梅雷亚德。

他自己选的，弗朗西斯。

啊，你对这个可怜的人也太苛刻了吧。

房间安静了。静止了。

弗朗西斯打了个响指。

岛民们捧腹大笑。

你们真该瞧瞧他在船上的样子，他说。

弗朗西斯举起杯子。班伊尼尔为他倒了茶。她给了他更多面包。

渡海的一路上他都在吐，弗朗西斯说。还自言自语。像个老太婆一样咕哝。

对我来说，在小海湾里看见他那样儿就够了，班伊尼尔说。他当时简直没救了。

他为什么这么做，弗朗西斯？梅雷亚德问。

弗朗西斯摇了摇头。

我不知道。

他明明可以跟其他人一样坐另一艘船，梅雷亚德说。

这家伙可不觉得自己跟其他人一样。

但克勒克艇，梅雷亚德说。那可太不一样了。

他还付了很多钱来享受这乐趣，弗朗西斯说。

班伊尼尔打了个寒战。

你花钱请我，我也不会坐进那种船里，她说。

我自己也不太情愿，弗朗西斯说。花了挺长时间才同意。

我们明白，班伊尼尔说。而且你们还要到岩石那边的海面上。

他向后靠回椅子里。

你很快就习惯了发动机。

能成功渡海算幸运的了。

弗朗西斯耸了耸肩。

我们当时挺好，班伊尼尔。

但愿值得，她说。

值得。

多少钱?

不告诉你,班伊尼尔。

说说吧,弗朗西斯。多少钱?

他摇头。她收起盘子、茶碟和杯子,在面前摞成一叠。

他叫什么名字来着?

劳埃德先生,弗朗西斯说。伦敦来的。

跟那家银行[1]有关系吗?她问。

一定有,弗朗西斯说,毕竟他为渡海付了一大笔钱。

他们都笑了,随后停下来。米哈尔正迈步经过三扇窗户,朝门口走来。

啊,他快气炸了,梅雷亚德说。

他甩开门。

老爷大人想找人挪家具,他说。

这家伙真难伺候,班伊尼尔说。

他还想找人把床拆了,米哈尔说。

---

1 指劳埃德银行(Lloyds Bank),英国著名商业银行。

床?

是的，梅雷亚德。床。我们需要一把扳手。

我们从没见过这种事，班伊尼尔说。

我们没见过，米哈尔说。

其他游客对床都挺满意。

这位不满意，米哈尔说。他在那里气冲冲地抱怨一切。

弗朗西斯和两个老人跟着米哈尔进入农舍，进入一个粉刷得很潦草的房间，房间里散发着霉味，在靠近地板的地方，涂了灰泥的墙成块地鼓胀剥落。劳埃德站在一扇俯瞰大海的小窗边，发了霉的纱帘轻拂着他的脸颊。

我跟你说过，我需要一间有光线的房子。

你有提灯，劳埃德先生。

为了方便我工作。

我会给你再弄些提灯来。

劳埃德摇了摇头，把他们领进隔壁房间，里面陈设着一张铺了褪色绿床单的双人床、一个衣柜和一个失去镜子的梳妆台。墙壁干燥一点，但窗户和前一个房间里的一样小。

　　我们不会把衣柜抬上楼的，劳埃德先生。

　　把它弄出这个房间。

　　去楼上画画吧，劳埃德先生。那里有个空房间。

　　楼上没有光线。

　　你说了楼下这里没有光线，所以有什么区别？劳埃德把床垫拖下床。

　　我们开始搬吧。拜托。

四个男人将床卸开，抬到楼上。他们接着把梳妆台搬了上去，但将衣柜拖到了主屋，那里有个用来做饭的大灶台，还有一张桌子和六把椅子。

　　现在这样行了吗，劳埃德先生？

　　好点了。

　　好的，那就是行了。

男人们离开了，劳埃德打开门窗。他卸下所有窗帘，把它们扔在主屋的一个角落，藏在门后。他将画架立在没有了床的卧室里，把它转到几乎与窗户呈直角，以便能捕捉光线又不投下阴影。他抽下梳妆台最窄的抽屉，把它架在画架左侧的两把厨房椅子上，小心地放稳。他抬起依然沾着海水的桃花心木箱子，从前门拿到画室，拆掉塑料布，屏住呼吸，同时打开箱子的锁，抬起盖子

颜料完好无损

未被大海污染

保持原样

他叹了口气，将箱子里的东西转移到抽屉里：调色板、调色刀、八支猪鬃毛画笔、八支黑貂毛画笔、三瓶松节油、三瓶亚麻籽油、一瓶胶矾水、画布、胶带、罐子、瓶子、底漆、铅笔、钢笔、墨水和木炭，还有一把小刀、剪刀、细绳和一条围裙，围裙是黑色的，用来吸收阳光。然后是颜料，橙、黄、红、赭

向日葵

红屋顶

市场摊位

升起的热气

在这里派不上用场

寒冷、潮湿的国度，满是灰

绿、棕、蓝

　　那些是颜料吗？

他吓了一跳。一个男孩在他身边

更像男人

而非男孩

但依然是男孩

　　那些是颜料吗？

　　你都不敲门的？

　　不敲。

　　好吧，你应该敲。现在这里是我的画室了。

　　茶点好了。

　　我不饿。

　　那些是颜料吗？

　　是的。你叫什么名字？

　　詹姆斯·吉兰。

艺术家伸出手。

　　弗朗西斯·吉兰的儿子？

詹姆斯摇头。

不。他是我叔叔。

随后詹姆斯指着抽屉。

我能试试吗？

不行。这是我工作用的。

好吧，茶点好了。

谢谢，我晚些时候再吃。

没有晚些时候。

劳埃德叹了口气。

这样的话，我应该听你的，现在就过去。

劳埃德跟着他回到了房子。詹姆斯拿着劳埃德扔掉的白色塑料布。

你住在这儿？

是的。这是我外婆的房子。

那我用的房子是谁的呢？

米哈尔的兄弟。

他住在哪里？

美国。

那可不在这座岛上。

不在，詹姆斯说。他在这里有两栋房子。租

出去。从你这样的人身上赚很多钱。

一个外居的地主，劳埃德说。

一个爱尔兰地主，詹姆斯说。

有什么区别吗？

不管是哪种，对我来说都一样。

他坐在之前坐的位置。米哈尔和弗朗西斯已经上桌了。班伊尼尔放下几盘炸鱼、土豆泥和煮卷心菜。他用叉子戳了戳食物，但是没吃。

你应该吃点儿，劳埃德先生，米哈尔说。

我不饿。

正餐每天一点开饭，劳埃德先生，茶点在六点半。

所以这是茶点？

是的。

看起来像正餐。正餐什么样？

像茶点。

劳埃德笑了。

我不确定我能搞懂这件事。

很简单，劳埃德先生。大多数时间你都吃相

同的食物。

梅雷亚德倒了茶，班伊尼尔切了一块苹果馅饼。他吃了馅饼，喝了茶。

吃了东西你会舒服些，米哈尔说。

我会的，他说。

艺术家站起来，对灶火边的两个女人点头。

谢谢。

她们也点头致意。

Tá fáilte romhat[1].

我现在出去散个步，他说。熟悉一下环境。

今天傍晚挺适合散步，米哈尔说。

走哪条路最合适？

你想走哪条都行。

我想去看悬崖。

你不会迷路的，劳埃德先生。

这话听了让人放心。

不过你可能会跌下去。

谢谢。我会记住这点的。

1　爱尔兰语，意为"不客气"。

他回去取了外套、帽子、速写簿和铅笔，穿过村庄爬上小山，经过靠在一堵矮墙边的老人们，他们手上和嘴里有香烟，脚边有狗。他们向他挥手，冲他微笑，看着他顺利走过小径，不确定路线，只知道他应该离开，远离盯着他的眼睛、谈论他的嘴巴，他呼吸急促，脚步匆忙，快得让他不舒服，只有在远离村庄时才放慢，他走过成堆的泥炭，上面盖着蓝色、橙色和白色的塑料布，用绳子绑在地上，但依然在晚风中左摇右摆。他沿着一行行土豆、卷心菜和洋葱，走过一小块菜地，菜上覆盖着腐烂的海草，母鸡啄着底下的土壤。他经过三头牛、两头猪、另外几只散养母鸡、四头驴和一群在草地上随意吃草的绵羊，草在他所走的小径上长得越来越茂密，随着他远离村庄，更深入岛屿的旷野，这条小径变为不成形的小路，脚下的土地湿润，但草发黄干枯，被海风撕扯、灼伤。他瞥见蹦蹦跳跳的兔子，从草丛中升起的鸟儿，鸣叫着飞进傍晚的太阳。他吹了声口哨，继续走，在小路的尽头停下来，道路消失在了草丛中。他环顾四周，寻找能走的路，但没有找到，干脆穿过未经踩踏的草地，前往岛屿最陡峭的部分，中途停下来速写一棵球状的树，风把它的枝干拧成了紧实的一团，又停下来画一个小湖，阳光在水面上闪耀。他哼着小曲，爬上山寻找他特意过来画的悬崖，注意到地面更陡峭了，在他前往岛屿的西部边缘时，陡峭的山坡令腿肚子绷紧，他朝傍晚的太阳走去，太阳依然高悬空中，比他习惯的高度要高。他的胃抽搐

期待

激动

《自画像：初次约会》

他走向悬崖边缘，迫使身体前倾，闭上双眼

书里的真实

行走的船

书里的非真实

唱歌的船夫

非真实

真实

一比一平

48

让悬崖来决胜负

他睁开眼睛，看向脚下的悬崖。他踢了踢被风灼伤

的草

淡彩

蓝

绿

些许粉色

业余画家

和公园的栏杆

不值得

花费颜料

忍受霉味

雨和寒冷

卷心菜

土豆

和炸过的鱼

他跌坐进草里，把头埋在双臂中。

《自画像：初次约会，后果》

他计算了他的损失，花在船、火车和巴士上的钱，

房子的押金，以及南下的额外支出

前往向日葵

红屋顶

焦干的大地

闪耀的海

前往已被画过的画

他站起来，再次看悬崖，希望能看出它们的不同之处，就像它们在书里的样子。他摇摇头，转回村庄的方向，沿岛屿边缘走，顶着越来越强的风。他把帽子塞进口袋，风的猛烈令他不满，因为他正在向上爬，寻找一条小径，搜索一条回农舍的路线，好让他打包东西，跟船夫们离开，再次

返回

去找吃饱喝足者

沾沾自喜者

艺术商

他们亲爱的宠儿

奥尔巴赫

培根

和弗洛伊德 [1]

艺术商们亲爱的宠儿

那个亲爱的艺术商

风变得太猛了，他跌跪下来，不确定回去的路怎么
走。他爬到一个斜坡的顶部，爬到岛屿的边缘，希
望能看到来自村庄的亮光。他向下看。看着悬崖。
就像它们在书里那样，天然、崎岖、暴烈的美，海
洋发出雷鸣，撞击着他的膝盖和双手两百英尺 [2] 之
下的岩石。他整个人趴下来，向边缘外伸得更远，
海洋撞击岩石的力量震荡着穿过他的肉，进入他的
骨头

美

被发掘

未被领略

未被描绘

1　分别指弗兰克·奥尔巴赫（Frank Auerbach，1931— ）、弗朗西斯·
　　培根（Francis Bacon，1909—1992）、卢西安·弗洛伊德（Lucian
　　Freud，1922—2011），三人均为英国著名当代画家，被认为是伦敦
　　画派（School of London）的领军人物。——编者注

2　1 英尺约合 30.48 厘米。

值得

花费颜料

他笑了

忍受霉味

雨和寒冷

卷心菜

土豆

和炸过的鱼

他继续趴着观察，沉落的太阳照亮朝西的悬崖，一场灯光秀，挖掘出岩石里镶嵌的粉、红、橙、黄，他没想过能在这么北的地方找到的色彩。他在素描簿里画下它们，然后手脚并用沿着悬崖边缘匍匐前进，凝视海洋凿出的洞穴和拱道，画银鸥、鸬鹚和燕鸥，它们吱嘎叫着，给岩石结了一层它无法吸收的肥沃白色肥料，画光线如何落到这么北的地方，他知道在黎明时分光线会不同，在正午、下午四点、雨中、雾中、冬季、秋季、夏季、春季都会不同，太阳和岩石的互动无边无际，无穷无尽。

他翻过来，仰面朝天，盯着渐暗的天空，哼着

一个真实

两个真实

三个真实

男人们划船时的确会唱歌

但

不

为

我

第二天早上，吃过由麦片粥、茶和面包组成的早饭

后，他问了班伊尼尔一个问题。他说得很慢，每个

音节都发得很清楚。

　　你知道邮船什么时候到吗？

她关掉收音机，大声喊。詹姆斯跑了过来。

　　Bí ag caint leis[1]，她说。

　　你想要什么？他问。

　　邮船。什么时候到？

　　明天，劳埃德先生。

　　我以为今天到。

1　爱尔兰语，意为"你跟他说话"。

今天是星期天。

可我想要我的行李。

星期天没有船，劳埃德先生。

在明天之前，我该做什么呢？

詹姆斯耸了耸肩。

等。

劳埃德搬了一把椅子到农舍前门外，将它放在嵌进泥地里的石板上。他翻开速写簿，开始画村庄、农舍、房子，从一扇门移动到另一扇门的男男女女，在唯一的街道上游荡的狗、猫和母鸡。他画了大海，通往大海的小径。他画了詹姆斯，后者正向他走来，端着一个杯子和一个盘子，茶和面包，已经加过牛奶，抹了薄薄的果酱和黄油。

这会让你有力气继续画，劳埃德先生。

谢谢你，詹姆斯。

他接过杯子和盘子。

你今天早上做什么？

弥撒。

我没看到教堂。

就是校舍。

神父呢？

詹姆斯耸肩。

班伊尼尔知道的足够多。

詹姆斯离开了，劳埃德再次画岛民，这次打扮得更好，男人们穿西装外套，头发往后梳，女人们穿连衣裙和开襟羊毛衫，涂了口红。

《岛屿场景：主日弥撒》

米哈尔挥舞手臂，冲他喊道。

你来吗，劳埃德先生？

劳埃德摇头。

我不去。

他拿上外套和帽子，把速写簿和铅笔收进口袋，沿着岛屿边缘散步，在南边和东边与太阳同行，这里的斜坡对他的腿更温柔。他坐在草地上，眺望岛屿周围无边无际的大海，阳光在海面上闪烁，鸟儿潜水、斜飞，他专心沉浸在与伦敦的距离，与其他人，与他们，他们的展览、评论、喝彩，他们的圈子的距离

她

那里

在他们那群人里

那个亲爱的艺术商

他们那群人里

她那群人里

不是我的

他躺下来。等待。可是风吹得他发冷。他坐起来，
再次观看大海的广阔，海比之前更灰。

《自画像：在边缘》

他回到村庄，再次坐在相同的位置吃晚饭。两个船
夫依然在那里。弗朗西斯靠向他。

你在画岛民。

我画了。人们去做弥撒。

你说了你不会画的。

是吗？我忘了。

这事没花你多少时间嘛，劳埃德先生。

什么事？

遗忘。

女王直属高地兵团[1]的上校在阿马郡南部冲两名警察大喊,叫他们别再往前走。斯坦利·汉纳警长四十八岁,其同事凯文·汤普森警员二十二岁且已订婚。两个男人都是新教徒。

两名警察示意他们听到了上校的话,但依然继续走,沿康利格的一条乡村小道前进,时间是6月3日,星期天晚上九点刚过。他们在一堵墙前停下来查验一个奶桶。桶里装了两百磅[2]炸药。爱尔兰共和军[3]监视着情况。

1　女王直属高地兵团(Queen's Own Highlanders)是英国陆军步兵团,存在于1961年至1994年间。

2　1磅约合0.45千克。

3　爱尔兰共和军(Irish Republican Army,简称IRA),历史上有多个组织沿用此名称。最早的爱尔兰共和军成立于1919年,发动了爱尔兰独立战争;1922年,反对《英爱条约》(它将爱尔兰分割为北爱尔兰和爱尔兰共和国)的原爱尔兰共和军成员组成新的爱尔兰共和军,支持条约者则改组为爱尔兰国民军;1969年,爱尔兰共和军再次分裂成正统派和临时派,正统派走向马克思主义,支持停战,临时派则信奉暴力斗争,北爱冲突中制造恐怖袭击的爱尔兰共和军多为临时派。

爱尔兰共和军引爆了炸弹，让它冲着两名警察的脸爆炸，当场杀死了他们。

早饭后，他再次问了詹姆斯邮船的到达时间。

再过一小时，他说。两小时。三小时。看情况。

什么情况？

很多情况。主要是海。

我要怎么知道？

看海，詹姆斯说。看了你就知道了。

就这样？

詹姆斯耸了耸肩。

就这样。

劳埃德下坡走到小海湾，空气依然凉爽。他仔细观察大海，寻找动静，寻找船帆，寻找发动机，但一无所获。随后，他不知不觉穿过曾是家园的废墟，匆忙前往下方的海滩，几十只海豹在那儿休息，对他的到来无动于衷。他画了小海湾、悬崖上的小径、房屋、废墟，然后是海豹，用了新的一页，因

为那时有一只比其他同类大的海豹离开了集体，扭动身体前往大海，肌肉波浪起伏，把它的大块头拖过海滩

鱼的皮肤

沙子的灼痕

两栖的喜悦

劳埃德画了水边的海豹，速写它用鳍轻拍潮湿的沙子，速写它跳入海浪，直到大海的深度足以让它潜泳。它低下头，让脖子紧贴脊椎，然后优雅入水。

《岛屿系列：变形》

他合上速写簿，沿悬崖小径上山回到农舍。他重新将厨房椅子放到石板上，坐下来，不确定接下来该做什么，不确定在一个无事发生的地方要如何等待一个不需要

事情发生

的

地方

他再次开始画岛民，女人们从一座房子移动到另一座，交换工具、洗衣篮、熨斗、炖锅，年老的男人

聚在墙边，抽着香烟和烟斗。米哈尔和弗朗西斯加入了他们。弗朗西斯点了一根烟，往艺术家的农舍看去。劳埃德合上素描簿，站了起来。他回到室内，走进画室，用手指拨弄画架边抽屉里的颜料，抚摸金属管

存在

未来

潜力

他把铅笔和木炭从袋子里拿出来，放在画架上，做好了开始的准备，先用铅笔，再用木炭，用它们的柔软和流动性来练习悬崖的轮廓，以及照在岩石各部分的光线，等东西齐全了，再换成颜料，换成纸，换成画布。

他再次透过窗户看海，又一次寻找他那装满纸和画布的箱子。他什么也看不见。他回到房前的椅子上，从那里观察，海鸥划过天空，海鸥在岛屿边缘乱转。

十一点，詹姆斯送来茶和一片面包，依然涂了黄油和果酱。

谢谢，詹姆斯。有船的消息吗？

男孩看向大海对面。

没有。

知道还要多久吗？

不知道。

劳埃德接过杯子和盘子。

你多大了，詹姆斯？

十五岁。

还在上学？

他耸了耸肩。

我不知道。也许吧。

这是什么意思？

我想离开。

你不喜欢学校？

他们不喜欢岛民。

为什么他们不喜欢岛民？

他们觉得我们又穷又笨。

这可不太好。

詹姆斯耸了耸肩。

对你们来说没什么不同。你们都这么觉得。

劳埃德从杯子里喝了一口。

茶不错。

外婆泡的。其他人不能泡。

为什么不能?

没理由。就是一条规矩。

她是个忙碌的女人，詹姆斯。做弥撒，泡茶。

她是这样的。

好吧，茶不错，詹姆斯。

詹姆斯点头。

跟上帝一样不会犯错[1]，劳埃德先生。

他们笑了。劳埃德把盘子伸向詹姆斯。

你想来点吗，詹姆斯?

想。

詹姆斯坐在地上，跟劳埃德有点距离，咀嚼的时候眼睛依然盯着大海。

是什么让你来这儿的，劳埃德先生?

1　原文为"godly tea"（虔诚的、敬神的茶），与上文的"茶不错"（good tea）谐音。

悬崖。

你们英格兰没有悬崖吗？

没有这样的。

有什么区别？

这里的崎岖，狂野。

劳埃德把杯子和盘子放在地上，瓷器刮到了沙砾和石子。

我喜欢置身边缘，詹姆斯。远离伦敦。

《岛屿系列：变形之二》

詹姆斯站起来，走向小海湾。

你要去哪儿？

船，劳埃德先生。

他仔细察看地平线。他什么也没看见。詹姆斯摇头。

你没看到吗？

没有。

你需要磨亮你的艺术家之眼了，劳埃德先生。

房门纷纷打开，人们朝小海湾移动。劳埃德依然盯着大海，无法看到船。他跟着岛民来到下水滑道。米哈尔和弗朗西斯在水的边缘，身边是克勒克艇，看着船靠马达驶进小海湾。

我刚才压根没看见，他说。

什么？

船。在海上时。

现在你能看到吗？米哈尔问。

劳埃德皱眉，依然凝视大海。

能。我只是需要多练练。

就是这样，劳埃德先生。

劳埃德指着克勒克艇，船头下方有个箱子，装着书和空药瓶，但没绑在船上。

你们要回去了？劳埃德问。

是要回了，米哈尔说。

又要辛苦划船了。

米哈尔摇头。

那艘船有发动机，劳埃德先生。

两个船夫和年老岛民们把两条克勒克艇划到较大的那艘船边，回来时带着三个配套的皮箱，以及装在塑料箱和纸板箱里的每周采购物品，面粉、糖和茶、袋装烟草、盒装香烟、瓶装啤酒、药、巧克力、蛋糕、牙膏、洗发水、电池、钢笔、铅笔、笔记本、信、明信片、报纸和书。岛民们取走他们订购的货品，把钱递给离开的米哈尔，他的克勒克艇系在大船后面。

老人们把行李箱搬上山，运进村里。劳埃德跟上去，走在詹姆斯旁边，詹姆斯抱着一箱杂货，采购物品的顶部高高放着两本书。劳埃德把书从箱子里拿起来，一本是小说，《太阳的暗面》[1]，另一本是讲美国原住民的历史书。

这些是给你的吗，詹姆斯？

是给我的。

好看吗？

还不知道。刚拿到手。

劳埃德把两本书都翻开。

她每周给我寄两本。

她是谁？

图书管理员。

1　《太阳的暗面》(*The Dark Side of the Sun*) 是英国作家特里·普拉切特 (Terry Pratchett, 1948—2015) 出版于 1976 年的科幻小说。——编者注

真不错。

詹姆斯调整了一下怀里的箱子。

总是一本小说，然后是一本历史书或地理书。有时是科学。或者自然。

你喜欢她挑的书吗？

通常都喜欢。如果不喜欢，我就写个便条。

劳埃德把书放回箱子。

我也许会跟她要一本关于绘画的书，詹姆斯说。

你母亲会收到书吗？

她不太爱读书。十二岁就辍学了。

你外婆呢？

她不识字。她听收音机。

我能听到。总是开着。

总是开着，劳埃德先生。会把你逼疯。

老人们放下行李箱，就放在农舍门口。他把箱子抬进画室，打开它们，舒了一口气，因为东西跟他托运时没什么不同

全都

和之前一样

完好无损

未受伤害

他取出他的三脚架、素描簿、画布、纸、画板、小画架，以及那个他会装上颜料，带去悬崖的矩形柚木箱子。他也取出他的靴子、雨衣、雨裤、书、望远镜、酒壶和相机，以及他收集的其他人的作品

就像高更旅行[1]

往西

往北

往南

书，明信片，来自报纸、杂志、作品目录的画，还有照片和素描。他把它们贴在墙上、门上、楼上、楼下，然后把他的大素描簿放上画架。他站在门边，看着画室。

《自画像：驻地艺术家》

詹姆斯突然冒出来，拿着劳埃德留在外面的椅子。

我跟你说过要敲门，詹姆斯。

我敲了。用椅子敲的。

要好好敲。

快下雨了。

你应该用你的手敲。

不下雨的时候，我会的。

詹姆斯把椅子放到桌下。

我喜欢这些装饰，劳埃德先生。

谢谢你，詹姆斯。

可这里很难闻。

确实。

还很冷。

没错。

你需要让火不停烧着，劳埃德先生。一直烧。

是吗？

就算太阳晒得热死人也需要。

我不信你们经常有这样的困扰，詹姆斯。

什么？

能热死人的太阳。

你知道怎么生火吗，劳埃德先生？

用泥炭？

也没有别的。

我不会，詹姆斯。

我教你。

谢谢。

他跟着詹姆斯穿过后门，走到了一堆泥炭和火引子跟前。

这是你的。你从这里拿东西烧火，但不能拿其他地方的。

拿了会怎么样？

詹姆斯盯着他。

这种事从没发生过，劳埃德先生。这里没人这么干。

詹姆斯把泥炭放在火引子和揉皱的报纸上，摆成圆锥状。他点了火。

让它一直烧着就好，詹姆斯说。这样可以除掉臭味和寒气。

谢谢你，詹姆斯。

晚上要用灰盖住它。这样早上生火就会比较
容易。

詹姆斯环顾房间，看着堆在衣柜旁的三个行李箱。

你带了很多东西。

确实。

你为什么需要这么多？

为了我的工作。你想看我的画室吗？

詹姆斯跟他走进那个曾是卧室的房间。

我更喜欢它现在的样子，劳埃德先生。

他在房间里走来走去，触摸画架、颜料、画笔，抚
摸它们。

我能试试吗，劳埃德先生？

也许可以。但今天不行。

詹姆斯离开了，而劳埃德在门窗关闭、壁炉燃烧的
房间中，开始了工作。他把纸固定在画架上，拿起
一支铅笔在纸上来回画起了长长的竖线，他的手指
和手在纸页上下移动时，唇间飘出一声低低的哼
唱，尽力重现那次初遇，他第一次见到那种凶猛的

美，一页又一页的光与暗、毫无遮蔽与充满阴影，工作到深夜并且次日清晨就重新开工，享受村庄的平静，岛屿的平静，门窗敞开，让光线涌入农舍，带着大海的声音和鸟儿的鸣啭。

詹姆斯过来找他，端来一碗麦片粥、一壶茶、涂了黄油的面包、一个茶杯、餐具和装在另一个茶杯里的牛奶。

你错过了早饭。

谢谢你，詹姆斯。

你上床很晚。又起得非常早。

你在监视我吗？

你没有窗帘。你把它们拆掉了。

难怪。

我们反正都会知道的。就算有窗帘。

就是说没地方可躲了？

完全没有。

劳埃德倒了茶。

那是什么感觉，詹姆斯？

什么？

生活在一个所有人都了解你所有情况的地方。

他耸了耸肩。

他们只是自以为了解你。

劳埃德提起壶,伸向詹姆斯。

你想喝点茶吗,詹姆斯?

可以来点。

劳埃德从他的画室里取来一个玻璃罐,将牛奶倒了进去。他把茶杯递给詹姆斯。他们并排坐在桌边,透过窗户看着天空。

天气不错,詹姆斯说。

你今天要做什么?

我晚点该去捕鱼。

你听起来没什么热情。

确实没有。

你不喜欢捕鱼吗?

我不喜欢船。

这对渔夫来说不太有利。

确实,劳埃德先生。

詹姆斯耸肩。

我讨厌待在海上。

我也是，劳埃德说。

詹姆斯笑了。

我们知道。

劳埃德倒了更多茶。

你爸爸是渔夫吗？

曾经是。

我见过他吗？他在哪儿？

在海底。跟我外公和舅舅在一起。三个人。一次捕鱼之旅。

真可怕。

确实。

你当时多大？

还是个婴儿。

我能理解你为什么不喜欢捕鱼了。

我无论如何都不喜欢捕鱼。

詹姆斯喝空了他的茶杯。

那对你母亲来说一定是个重大的打击。

确实是。她的丈夫。她的父亲。她的兄弟。

真的太可怕了。

确实如此，劳埃德先生。

还有其他叔伯和舅舅吗，詹姆斯？除了弗朗西斯。

詹姆斯摇头。

不在这里。他是唯一在岛上的。

可弗朗西斯不住在这里，劳埃德说。

詹姆斯耸肩。

他表现得好像他住在这里。

詹姆斯站了起来。他端起盘子。

顺便问一下，你母亲叫什么名字？

梅雷亚德。

她的头发很美。

我会告诉她的。

劳埃德笑了。

不。别说。你外婆的名字是？

班伊尼尔。用英语说就是奥尼尔太太。你喜欢兔子吗？

非常喜欢。

我可能会去抓兔子，不去捕鱼。

你怎么抓兔子？

我有几种不同的办法。我也抓鸟。还从巢里掏蛋。

你不会饿肚子的，詹姆斯。

我让全家人都有东西吃，劳埃德先生。

所以我应该对你态度友好。

非常友好，劳埃德先生。

詹姆斯离开了，带走了盘子，劳埃德打包起纸、铅笔和木炭，要拿去悬崖，不再只凭第一印象和记忆来画。他也包上了他那本关于鸟的书，步行穿过岛屿，风迎面吹来，穿过他的头发，灌进他的衣服，鼓起他的夹克，吹红他的脸颊。

《自画像：在欧洲边缘》

他低头看着在第一天傍晚处于阴影中的岩石，挑了深蓝、浅蓝、粉色和银色，在阳光下闪烁的色彩。他趴下来，趴在依然带着露水的草地上，目不转睛地观察太阳如何照亮悬崖，照亮在几百万年前被挤压进彼此的细小岩石颗粒和沙子，也用强光凸显出

崖壁的古老结构，有些部分平整，其他部分切割粗糙，在与大陆剧烈分开时，岩石被劈开、撕裂成锯齿状且深深皱起

痛苦

依然旋转着

穿过水和风

他开始画，在云朵带着灰色和棕色的外衣回来之前，快速工作，先速写了悬崖，在悬崖底部泛起泡沫的大海，然后是鸟儿，降落，起飞，把岩石当作庇护所，尽管他分不清海鸥和燕鸥，分不清成排的黑鸟，因为并非所有的都是鸬鹚。他在指南里查找，找到了长鼻鸬鹚的图像，但几乎没找到别的，因为这本指南介绍的是英格兰花园里和英格兰悬崖上的鸟类。他把书扔到草地上

压根没指导作用

　　不过詹姆斯可能知道

　　知道什么？

詹姆斯站在他面前，两手各提着一只死兔子。

　　再说一遍？

你刚才说詹姆斯可能知道什么东西。

是吗？我能画你吗，詹姆斯？就这样。

弗朗西斯说你不会画我们。

是吗？我很快就画好。

劳埃德翻到新的一页，铅笔快速移动，以捕捉青春与死亡的新鲜，男孩的深色头发，他的蓝眼睛，他扣错纽扣的衬衫和过短的裤子，他磨损的鞋子和不再有弹性的袜子，他紧抓着兔子后腿的手指，它们的眼睛震惊地大睁着，它们的身体还没僵硬，嘴里流出的血还没凝固，他的铅笔忙碌不堪，他的喉咙不停哼唱，直到他调整呼吸，从胸膛升出一声野兽般的呻吟，这是他已达成目的的信号。他的手放松下来，他填充男孩的脸，给眼睛和嘴加上阴影

没有胜利

每天

捕猎食物

他画上男孩的皮肤，乳白色，脸颊上有粉色雀斑。

像你母亲，詹姆斯。

什么？

你看起来像你母亲。

詹姆斯冲地面弯腰。

你画好了吗？我能把这两个小家伙放下吗？

劳埃德停止画画。

是的。谢谢。我画好了。

他把兔子摊在草地上，两只叠在一起。

你在那儿干得很好，詹姆斯。

不算差。

没有枪。没有刀。你是怎么做到的？

我有自己的办法。

我想你确实有。

他把速写转过去给詹姆斯看。

你觉得怎么样？

詹姆斯盯着画看了一会儿。

这就是我看起来的样子吗？

劳埃德把画转回去，又看了一眼。

这是我看到的样子。

我看起来非常邋遢，詹姆斯说。

劳埃德耸肩。

你也许需要一条新裤子。

那你最好多给我外婆一点钱。

他再次看了看画上的自己。

不过画得不错，劳埃德先生。

我会把它画成油画，叫它《詹姆斯和两只兔子》。

到时候能把画给我吗？

我不知道。看情况。

什么情况？

很多情况。

劳埃德合上了素描簿。

跟我说说你了解的鸟类知识吧，詹姆斯。我的书没用。

我知道一点。班伊弗林教过我。

什么？

班伊弗林。我的太婆。她很了解鸟类。

那我去跟她聊聊。

詹姆斯摇头。

她不会英语。

完全不会？

一个词都不会。

其他人呢?

有些人听得懂但不会说,有些人能说一点。

你母亲呢?

她会一点,但不说。

为什么不?

詹姆斯耸肩。

我不知道。不愿意说。

那我要怎么跟你太婆聊鸟类?

你没法聊。

你必须教我。

劳埃德把素描簿扔在兔子旁边,晨风吹干了草。詹
姆斯捡起它,翻动纸页,直到他找到自己的画像。

要看什么情况?

你说什么?

我的画。为什么不能给我?

它是我画的。

可画的是我。

这是我的作品,詹姆斯。

我们至少应该共同拥有它，劳埃德先生。

不能这么分。

那要怎么分?

劳埃德指着兔子。

你不是要给它们剥皮吗?

是的。

你最好开始动手。皮可能会粘住剥不下来。

我还有充足的时间，劳埃德先生。

好吧，我在这里还有工作要做，詹姆斯。

我不会出声的。我就看着。

我更希望你离开。

劳埃德待到傍晚才走，那时，岩石和悬崖再次沉入了阴影。他走回村庄，洗了澡，然后走到厨房吃晚饭。班伊尼尔把一盘炖兔肉和土豆泥重重甩在他面前的桌上。

谢谢，他说。

詹姆斯低声说。

你惹麻烦了，劳埃德先生。

我做了什么?

你画了我。你说过你不会画的。

是吗？

他举起刀叉。

这就是我最后的晚餐吗，詹姆斯？

可能是。

他吃了饭。

这顿最后的晚餐非常不错，詹姆斯。

劳埃德提高嗓门。

兔肉太好吃了，奥尼尔太太。

詹姆斯做了翻译。班伊尼尔冲艺术家扬起下巴。

我惹上大麻烦了，詹姆斯。

是的，劳埃德先生。

他们笑了。

所以你是怎么抓兔子的？

改天我带你去。

太好了。

但你得停止自言自语才行。如果你在外面嘟
嘟囔囔，没有兔子会跑出洞口的。

我想也不会。

还有哼唱。你知道你会哼哼吗？

是吗？

你哼的。作为一个安静的人，你制造了很多声响。

我喜欢给自己做伴。

饭后没有甜点，茶又凉又稠。

我的惩罚还在继续，詹姆斯。

劳埃德站起来。

谢谢你，奥尼尔太太。

劳埃德离开了，回到他的农舍，关上门继续工作，画抓着兔子的詹姆斯，整晚在餐桌旁工作，先用铅笔，再用木炭，不停转动手腕，以免在画上留下污迹，用男孩的形象填满一张又一张纸。

詹姆斯带着早饭过来。

画了不少我，他说。

好好看一眼，詹姆斯。跟我说说你怎么想。

詹姆斯仔细查看那些画，上面分别画了他的眼睛、他的双手、他的嘴唇、兔子的眼睛和嘴、正在凝固的血液、作为猎人和采集者的岛上男孩、作为猎人和采集者的我、作为岛上男孩的我。

都非常好，劳埃德先生。但有点怪。

因为你在看自己？

也许吧。

我敢肯定是这个原因。

劳埃德吃了早饭，倒了两杯茶。

喝点茶吧，劳埃德说。

艺术家把素描收成一堆，轻轻放到桌下，远离茶水。詹姆斯坐了下来。

你外婆今天怎么样，詹姆斯？

还在生你的气。

啊。

她觉得看了自己的画像会让我脑袋肿大。

劳埃德搅动牛奶，让它与茶混合。

你怎么想？

我不知道。不管怎么说，看着不一样。以那样的方式看见自己。

他们透过窗户看向大海，并排坐着，喝着茶。

今天有什么计划，劳埃德先生？

我会准备我的画布。

你会再画我吗?

劳埃德摇头。

今天不画。

劳埃德续满两个茶杯。

你会做什么,詹姆斯?

没什么。

如果你愿意,可以帮我。

做什么?

给我的画布上涂层。涂底漆。

詹姆斯耸肩。

挺好。没别的事可干。

太棒了。把火生起来,詹姆斯。

詹姆斯将灰重新点燃,生起了火焰。劳埃德把胶矾
水放在高温的边缘,在火焰上方弯腰,手里拿着一
根棍子,搅动装在一只发黑的锅里的胶状混合物

年老的大师们

房间

像这个

寒冷

黑暗

但位处荷兰

　　大多数艺术家不做这个，劳埃德说。

　　其他人怎么做？

　　买现成的。

劳埃德把锅里的东西分成两半，递了一把刷子给詹
姆斯。

　　我应该做什么？詹姆斯问。

　　照着我做。

劳埃德将两张小画布放在桌上，把刷子蘸进锅里，
开始给一张画布抹涂层，从左上角开始，然后向右
涂。詹姆斯照着他的动作涂抹第二张画布。

　　没有颜色，詹姆斯说。什么都没有。

　　后面会有的。等这个变干之后。

　　如果没有颜色，画画有什么意义？

　　我妻子也这么说。

　　你应该听她的。

詹姆斯按照劳埃德演示的样子刷涂层，男孩的动作

均匀而有节奏，呼吸放缓至近乎无声，房门敞开，
迎来大海和鸟儿的声音，微风轻柔，为农舍带来凉
爽，却不吹起炉栅里的灰。

《自画像：与岛上男孩一起准备画布》

他们给十二张画布上了涂层。詹姆斯按照劳埃德演
示的那样，用石油溶剂清洗了刷子。

所以你为什么这么做，劳埃德先生，既然你
可以买到涂好的?

我喜欢这个仪式。重复几百年来一直在做的
动作。

为什么?

这样它就完全是我的作品了，我想。

画布不是你做的，劳埃德先生。

确实，但涂画的工作都是我做的。

不再属实了。这幅是我涂的。

劳埃德缓缓点头。

确实是这样，詹姆斯。

你今天要去悬崖吗，劳埃德先生?

要去。

我能跟你去吗?

不行。

詹姆斯拿起喝空的粥碗。

你喝完茶了吗?

是的,我喝完了。

他收起茶杯和锅。

谢谢你,詹姆斯。

不客气,劳埃德先生。

我们明天涂第二层。

之后我可以画吗?

也许吧。

亚历山大·戈尔是阿尔斯特防卫团[1]的一名
全职成员，6月6日，星期三，上午十一点刚过，
他站在贝尔法斯特[2]马隆路上的所属兵营外。他
二十三岁，是新教徒，刚结婚四个月。他十九岁的
妻子正怀着他们的第一个孩子。

　　一辆卡车沿马隆路行驶，开往兵营。卡车
里的两名爱尔兰共和军成员开火，杀死了亚历山
大·戈尔。

1　阿尔斯特防卫团（Ulster Defence Regiment，简称 UDR）属英国
　　陆军步兵团，成立于 1970 年，主要职责是维护北爱尔兰的治安，
　　大部分成员为兼职的志愿者。从宗教成分来说，成员几乎全是新
　　教徒。
2　贝尔法斯特（Belfast）是北爱尔兰首府。

在去悬崖的路上——粗花呢帽戴在头上，双手深深插进深色防水外套的口袋里——一位身穿黑衣的老妇人向他挥手。

Dia dhuit[1]，劳埃德先生。

他挥手回应，凉爽的空气拂过手掌。

你好。

他笑了，声音响亮

"布列塔尼，1889

《bonjour[2] 高更先生之二》

自画像"

他继续走，吹着口哨

"爱尔兰，1979

《dia dhuit 劳埃德先生》

自画像"

1　爱尔兰语，意为"你好"。

2　法语，意为"你好"。

6月9日，星期六，约瑟夫·麦基走向贝尔法斯特的一家肉店，离城堡街上的游乐场不远，他在那儿当门卫。他三十四岁，是天主教徒和爱尔兰共和军正统派成员。两个来自阿尔斯特防卫协会[1]的男人在他身边停下摩托车，朝他脑后开了四枪，同时加快发动机的转速，盖过枪声。

1　阿尔斯特防卫协会（Ulster Defence Association，简称UDA），北爱尔兰阿尔斯特市的忠诚派准军事组织，宣称的目标是保卫阿尔斯特的新教徒忠诚派地区，以及对抗以爱尔兰共和军为代表的共和主义，在北爱冲突中杀害了许多天主教徒，1992年被英国政府正式宣布为恐怖组织。

他使用木炭，摘掉并吹走炭条脱落的碎片，手指竭力捕捉光影的舞动，当光线达到完美状态时，他就能开始上色，用蓝、灰、绿、黑和米黄画悬崖

孤绝的美

大陆前哨

帝国边缘

并且用黑、灰、深蓝、浅蓝、白和银画泡沫飞溅、熠熠闪光的大海，用蓝色画天空的无边无际，蔚蓝、天蓝、碧蓝、龙胆蓝、钴蓝、普鲁士蓝、波斯蓝、法国蓝、层叠稠密的蓝、靛蓝、佩恩灰、马斯黑、象牙黑，直至无限。

往边缘又坐过去一些，他画了悬崖的轮廓，并在接近纸页顶部处画了一条线。在线条上方，图画框架外，他画了太阳在天空中的样子，几乎在他头顶正上方。他追踪光线在崖壁上的落脚轨迹，将它描在纸页上，临摹太阳如何遮蔽和照亮地表岩层、洞穴

以及岩石里的皱褶。他追踪光线直接落在悬崖上，滤过流云，被切得支离破碎，每一刻的太阳和阴影都跟前一刻不同。

他翻到新的一页，再次描画悬崖的轮廓。他换回铅笔，继续处理岩石底部，钻研、搜索着再现岛屿劈开大海的那一刻，灰色花岗岩在海陆交会处肢解大洋的那一刻，一声雷鸣般的咆哮将水猛地投进空中，把它打成浮浪，变成泡沫，化为上午阳光中的水珠和光点。

一片影子落在他的作品上。他抬头看。看向天空。搜寻云朵。但影子来自背后。他转身。又是詹姆斯，这次拿着一个酒壶和用茶巾裹着的一包东西。劳埃德扔下铅笔。铅在一块小石头上啪地折断。

你想干什么？

你忘记吃东西了。

是吗？

是的。

詹姆斯放下食物。

你出来时没吃早饭。

是吗？

你不饿吗？我要是没吃早饭，肯定已经饿得不行了。

劳埃德把他的素描簿扔在草地上。他转过身，不再面对悬崖。

这是茶？

是的，劳埃德先生。

喝点茶是挺不错的。

詹姆斯倒了茶。

我带了第二个茶杯，劳埃德先生。以防万一。

你还挺机灵的。

詹姆斯给自己倒了茶。

所以，你不饿吗，劳埃德先生？

有时候我可以一直不吃东西。我一定有骆驼的血统。

詹姆斯在草地上摊开身体。

里面还有布拉克，劳埃德先生。跟三明治放在一起。

布拉克是什么？

水果蛋糕。

这是不是说明你外婆原谅我了?

这些是我妈给你做的。

你外婆允许她泡茶?

我外婆不肯泡。

劳埃德笑了。

我一定惹了大麻烦。

你确实惹了。

詹姆斯指着茶巾。

我喜欢吃布拉克配茶,他说。

是这样吗?

是的。

你想吃点吗,詹姆斯?

我不介意。如果你要给我的话。

他们吃了布拉克,喝了茶。

我同意,劳埃德说。它配茶很好吃。

詹姆斯捡起素描簿。

这作品很有力量,劳埃德先生。

谢谢你,詹姆斯。

班伊弗林说大海在上升。

就是那个穿黑衣服的老太太？你的太婆？

是的。

我见到她了。一个非常老的女人。

那应该就是她。

她是怎么知道的？关于大海。

她会跟你说，是精灵告诉她的。说它们担心溺水。

你相信她吗？

詹姆斯笑了。他摇头。

她是看岩石知道的。看跟她小时候不一样的
地方。

变化很大吗？

不大。但她能看出来。

劳埃德倒了更多茶，看向下方的海。

我们在这上面应该足够安全，詹姆斯。

不管怎样，我们今天不会有事，劳埃德先生。

詹姆斯翻动纸页，看着其他素描。

你涂掉了一些。

是的。我涂了。

为什么?

它们不够好。

你是怎么知道够不够好的呢?

就是知道。

可是怎么知道呢?

你会觉得快乐。满足。

照这里来看,你一定是个悲惨的家伙。

劳埃德笑了。

你今天会画我吗,劳埃德先生?

不,今天不画你,詹姆斯。

为什么不画?

我在画悬崖。

你什么时候把我画完?

等我画完悬崖的油画。

詹姆斯在草地上躺下。

到那时我都成老头了。

他闭上双眼。

这里很不错,他说。远离所有人。

是的,詹姆斯。

6月9日，星期六傍晚，在阿马郡南部的基迪村附近，英国陆军和皇家阿尔斯特警队[1]拦截了一辆运牛卡车里的爱尔兰共和军。

警方认为，爱尔兰共和军正在部署这辆卡车，以便实施火箭弹袭击。随后，英国士兵和爱尔兰共和军在卡车后部展开了枪战。卡车急速开走，英国士兵声称他们打中了爱尔兰共和军成员，说他们听到了卡车里传来的尖叫声。

一名狱警也向运牛卡车开了火，用他的霰弹枪朝爱尔兰共和军成员开了三枪。

爱尔兰共和军成员逃过边境，进入爱尔兰共和国。运牛卡车在一家采石场被付之一炬，夜幕降临时，三名爱尔兰共和军成员被送到莫纳汉医院门

---

1 皇家阿尔斯特警队（Royal Ulster Constabulary，简称 RUC），1922年至 2001 年间的北爱尔兰警察部队，绝大多数成员为新教徒，在北爱冲突中是爱尔兰共和军的重点袭击对象，同时也被控诉执法粗暴和不公正地对待天主教徒。

口。两人受了伤，但佩达尔·麦克尔瓦纳，一名住在阿马郡修道院屋舍的二十四岁天主教徒，已气绝身亡。

他看见小船出现在地平线上，随后下山走向小海湾，尽管他没东西要取，没理由加入已聚集在下水滑道上的岛民们，女人们身穿夏季连衣裙和开襟羊毛衫，头发梳理整齐，嘴唇涂了口红，肩膀挺直，笔直地站在抽烟斗的老人中间，老人们边吸边咂嘴，发出的声音虽小，他在这满是浪声和鸟鸣的喧闹小海湾里倒也听得见。

《自画像：适应》

《自画像：成为岛民》

詹姆斯站在水的边缘。他冲艺术家点点头。

忙碌的一天，劳埃德先生。

看起来是这样。

劳埃德倚在小海湾的岩壁上，靠着苔藓和藤壶，观察事情的发展。

《岛屿系列：邮船抵达》

他画了岛民、小海湾、邮船、大海，然后是梅雷亚德，头发上包着一块微微闪光的绿头巾，布料与她的红褐色鬈发混在一起，接着是他自己，速写自己速写他们的样子。

《自画像：与岛民们和邮船在小海湾里》

《自画像：自愿的陪伴》

《自画像：满足》

岛民们开始挥手，船靠得越近，挥得就越用力，因为他们看到船头有个男人，高大且皮肤黝黑，正在向他们挥手。

《岛屿系列：岛民们的欢迎》

那个头发被太阳晒褪了色的男人跳下船，跳进水里，还在海里就跟男人们握手，亲吻女人们的脸颊，先吻左边，再吻右边。他揉乱男孩们的头发，把女孩们抛进空中，笑声在小海湾周围回荡。劳埃德将背靠上苔藓和藤壶，贴着悬崖侧身行走，远离人群，远离兴奋。

《自画像之一：不是为我》

《自画像之二：不是为我这个英国人》

依然在水中的那个男人走向劳埃德。他踏入下水滑道，把海水洒在混凝土上。他伸出手。

所以你就是那个萨萨纳赫？

你说什么？

英国人。他们就是这么叫你的。

这算好话吗？

取决于政治观点吧，我想。

他们握了手。

我是让-皮埃尔·马松。

你是法国人？

是的。巴黎人。

这算是有点变化了。

马松耸肩。

我每年夏天都来。

与众不同的度假地点，劳埃德说。

这话我也能对你说。

我不是来度假的。

我也不是，劳埃德先生。

马松带领岛民们沿小径返回，一边走一边用法语唱
歌，女孩们在他身后旋转跳跃，女人们咯咯笑着、

互相倚靠，其中包括梅雷亚德。劳埃德跟上去，跟老人们一起走在后面，跟着他们走进厨房，餐桌上摆满了苹果馅饼、大黄馅饼、水果蛋糕和司康饼，果酱和奶油放在有装饰的碗里，牛奶倒在小罐里。班伊尼尔让马松坐在桌首，但没管劳埃德，随他自己找位子坐。他坐在餐桌中间的位置，靠近米哈尔。班伊尼尔倒了茶，同时梅雷亚德分发司康饼。劳埃德拿了一个。

谢谢，他说。

他把司康饼切开吃掉，没涂果酱，没涂奶油。

你会在这里待多久，马松先生？

叫我 JP。

我觉得叫马松先生就挺好。

悉听尊便。

所以，你会在这里待多久？

三个月。你呢？

跟你差不多。

我很喜欢这里，马松说。这是我来这儿的第四个夏天，你知道。

劳埃德转身面对米哈尔。

今天这里真热闹，劳埃德说。

JP 到的时候总是这样，米哈尔说。

我看出来了。

你适应得怎么样，劳埃德先生？

挺好，谢谢。詹姆斯在照顾我。

我听说班伊尼尔对你大动肝火。

我敢保证那会过去的，他说。

米哈尔笑了。

别抱太大希望。

劳埃德冲着角落里的老妇人点头，她在炉火旁边。

她冲他抬起一只手。

Dia dhuit，劳埃德先生。

你好。

她比那些老人还老，尽管她脸上的皮肤柔软一些，
沟壑没那么明显，脸颊的浅奶油色被毛细血管割成
碎片，毛细血管又被海风吹裂

针尖

红颜料

涂在

浓奶油色上

仿伦勃朗

法国人正从包里取出礼物，一盒盒用银纸和蓝丝带
包装的巧克力。劳埃德低头看自己的双手，从手指
上搓掉木炭

不是来这里

献媚

讨好

是来这里

绘画

他揉搓指节，低下头，但眼睛转过去观察马松在房
间里走动，把巧克力和亲吻分发给女人们，在梅雷
亚德身边流连，红褐色头发和微微闪光的绿色垂到
她背后，她笑着道谢。马松再次坐下。

多么美好的人啊，他说。

你会说他们的语言，马松先生？

是的，我研究爱尔兰语。你喜欢的话，也可以
叫盖尔语。

我没有偏好。

那我们就叫它爱尔兰语。

马松端起茶杯喝了一口。

我是个语言学家，劳埃德先生，我专门研究濒临灭绝的语言。

你来这里拯救盖尔语？

马松慢慢把茶杯放回茶碟。

我想帮忙，是的。

你要怎么帮助一门几乎死去的语言？

我在写一本书。

劳埃德将双臂伸到空中，先是右臂，接着是左臂。

我认为你和你的书来晚了五十年，马松先生。

是的，说英语的人愿意相信这点。

那法国人怎么想呢，马松先生？

爱尔兰语是一门古老而美丽的语言，值得我们支持。

劳埃德端起他的茶杯，要求添茶。

年轻人想要英语，马松先生。

年轻人想要很多东西，劳埃德先生。

班伊尼尔倒了茶。

语言死去，劳埃德说，是因为说这些语言的人放弃了它们。

这可以是一个影响因素，没错。

所以说，这不就是人们的选择吗？他们的自由意志。

那个选择，那份自由，常常比你想的更受限制，也更复杂。

是吗？我放弃爱尔兰语，因为英语对我更有好处。我能得到更好的工作，走得更远。

正如我刚才所说，这比你认为的更复杂。

马松坐回他的椅子里。

你创作的是哪种艺术，劳埃德先生？

风景画。我来这里画悬崖。

啊，又一个想成为莫奈的画家。

这话很粗鲁。

不是每个悬崖画家都试图模仿莫奈吗？

我没有试图模仿任何人。最不想模仿的就是莫奈。

马松接过梅雷亚德递来的司康饼。

我想，莫奈对你来说太文雅了，劳埃德先生。太微妙了。

太无聊。太精致。太布尔乔亚。太他妈法国了。

马松叹气。

你是怎么做这件事的？马松问。

做什么？

画另一位艺术家已经画得尽善尽美的东西？

你怎么能写又一本关于盖尔语的消亡的书？

我的书不一样。

我的艺术不一样。

米哈尔站起来。

我们应该帮你整理东西，JP。让你安顿下来。

你住哪儿？劳埃德问。

米哈尔戴上帽子。

他会住在你隔壁，劳埃德先生。

劳埃德用手摩挲大腿，抹平裤子的绿色灯芯绒。

我花了钱要求一个人住。

你确实是一个人住，劳埃德先生。整座房子都是你的。

我付了你钱，要求单独住在这里。

你租下了农舍，劳埃德先生。不是整座岛。

马松站起来。他拿起他的包，然后指着劳埃德。

你们也应该提前告诉我关于他的事。

关于他的什么事，JP？

岛上有个说英语的人，米哈尔。

岛上一直有说英语的人来，JP。

没有来三个月的。

这座岛欢迎每个人，JP。不管你说什么语言。

马松摇头。

这就是问题所在，米哈尔，这就是为什么这门语言在死去。

他离开了。米哈尔跟过去，房间空了，茶话会结束了。劳埃德留下来，啜饮着他那已经变凉的茶，但之后也离开了。女人们重重地坐进空掉的椅子里，回到她们自己的语言。

进展得真顺利，梅雷亚德说。

她们笑了，笑声短促。

到夏天结束时，他们会成为最好的朋友，弗朗西斯说。

班伊尼尔拉扯丝带，打开装饰着粉色和蓝色糖霜、巧克力薄片和坚果碎的巧克力。

它们好美，她说。几乎让人不忍心吃掉。

她将一块圆形白色松露巧克力扔进嘴里。

我要把我的留着，梅雷亚德问。

留着干什么？弗朗西斯说。

等我准备好了。

准备好什么？你要么想吃巧克力，要么不想。

等那个时刻，弗朗西斯。

她又来了。什么时刻，梅雷亚德？

巧克力都吃完了的时刻。如果我不吃掉它们，我就不用面对那一刻。

对你来说，什么都不能直截了当，是吗？连一块该死的巧克力都不行。

她耸肩。

有些事情是直截了当的，弗朗西斯。

班伊尼尔把巧克力沿着桌子递给她的母亲，班伊弗林。老妇人摇头。

对我来说太甜了。

班伊尼尔拿了第二块巧克力，盖上盒子。

所以，我们准备好对付有这两个男人在的夏天了吗？

这会是纯粹的娱乐节目，梅雷亚德说。

会吗？班伊尼尔说。

一场盛大演出，妈。

我不喜欢这事。同时有两个外国人在。

舒服坐着看戏就行，妈。好好享受。

整个夏天他们都会针锋相对，班伊尼尔说。

自我意识之战，弗朗西斯说。法兰西对抗英格兰。

他们觉得他们拥有这个地方，班伊尼尔说。

算不上新鲜事，弗朗西斯说。

班伊尼尔叹了口气，声音很大。

我不喜欢有他们俩在。

没那么糟，妈。

就是有。我会的英语够让我听懂了。

啊，他们只是在犯傻，梅雷亚德说。

好吧，我不喜欢。

会很顺利的，妈。

不，梅雷亚德。一个是很顺利。两个我们就应付不过来了。

只是多做点饭，多做点清洁工作而已，梅雷亚德说。

班伊尼尔摇头。

我不喜欢。也不想要。

只是因为冬天的宁静刚刚过去，妈。你会习惯的。

不。我不会的。我也不喜欢那个英国人画詹姆斯。

啊，妈。不会再发生了。他们只是在一起做点有意思的事，仅此而已。

弗朗西斯举起茶杯。班伊尼尔给他倒了茶。

你母亲说得对，梅雷亚德。他不该画詹姆斯。

别管了，弗朗西斯。跟你没关系。

我是他叔叔。

梅雷亚德拆开她的巧克力，吃了一颗，又吃了第二颗。然后吃了第三颗。

我们会习惯他们的，妈，梅雷亚德说。他们会习惯彼此的。

我不喜欢。

我们需要钱，妈。

我们确实需要，梅雷亚德。尤其是因为你那个儿子还拒绝捕鱼。

梅雷亚德站了起来。她把果酱刮回罐子里，把剩下的奶油收集在一个碗里。

我会用这些做黄油，她说。

班伊尼尔又切了一块大黄馅饼给弗朗西斯。她在上面加了点碗里的奶油。

我想知道米哈尔应付得怎么样，她说。

我敢说他们让他过得很痛苦，弗朗西斯说。

好吧，他活该，班伊尼尔说。收了他们的钱，又对他们撒谎。

啊，得了，弗朗西斯说。他没撒谎。

他撒谎了，弗朗西斯。

更公道的说法是，他没告知全部信息。

他们笑了。

他应该告诉 JP，那个英国人要来的，梅雷亚德说。

冒着损失三个月收益的风险？弗朗西斯说。他不会那么做的。

对，我想他也不会。

但明天他又要逃走，班伊尼尔说，把他的烂摊子丢给我们。

啊，你也能赚一笔的，弗朗西斯说。

不如米哈尔多。

没人能赚得跟米哈尔一样多，妈。

梅雷亚德收起杯盘，用一块湿布擦了桌子，然后把盘子端回后厨。她泡了新鲜的茶，再次坐到桌旁。她给班伊弗林倒了茶。

你怎么看待这一切，班伊弗林？

老妇人用手指敲了敲椅子的木扶手。

金钱让人看不清真相。

梅雷亚德笑了，轻拍老妇人的肩膀。

是这样的，班伊弗林。

这肯定会是个奇怪的夏天，梅雷亚德。

老妇人从杯子里抿了一口。

啊，你爱 JP，班伊弗林。

没错。而且在这个阶段，我们足够了解他了。
知道他在这儿的固定日程。

没错，班伊尼尔说。而且我们享受这点。

梅雷亚德把茶递给她母亲，递给弗朗西斯。

但我们不知道他跟这个英国人会怎样，班伊
弗林说。这对我们来说是件新鲜事。我们不知道
的事。

所以我们怎么办，妈？班伊尼尔问。

让米哈尔先对付着，班伊弗林说，然后我们
看着办。

他们喝茶，在接近无声中等待，直到米哈尔回来。

怎么样？梅雷亚德问。发生了什么？

萨萨纳赫想换地方。说他想要一个离其他人
更远、光线更好的房子。

你怎么说？

我告诉他，除了帮他把房子连根拔起、掀掉屋顶，别的我什么也做不了。

他们笑了。

JP 呢？梅雷亚德问。

挺好的，直到他发现自己要跟劳埃德共用一堆泥炭。

这有什么问题？

这可把他气坏了，咆哮着说他绝对不想靠近一个说英语的人。"我是为了爱尔兰语来这儿的，"他说，"我需要完全的沉浸。"

你做了什么？

我把他扔进了海里，梅雷亚德。完全的沉浸。

他们又笑了。梅雷亚德给他倒了茶。

说真的，你做了什么？

我只好把泥炭堆分成两半。一边给 JP，另一边给萨萨纳赫。

想象一下吧，梅雷亚德说。一个法国人和一个英国人为了我们的泥炭而争吵。

他们为了我们的地盘[1]争吵了几个世纪，弗朗西斯说。

我想也是。

他靠向她，低声对她说。

你喜欢这样，梅雷亚德，不是吗?

喜欢什么?

成为争夺的对象。

她将他推开。

不，我不喜欢，弗朗西斯。

班伊尼尔站了起来。

行了，我们有饭要做。出去，你们几个。

梅雷亚德从头上解下头巾，把头发扎成髻，走进小后院收集泥炭，动作匆忙，因为劳埃德和马松已经在外面，在墙的另一边，将大块的泥炭扔进磨损的篮子里，背和屁股冲着彼此，劳埃德干得很快但动作笨拙，马松的动作更慢也更仔细，当劳埃德宣布自己收完了，拿起他那半满的篮子回到农舍时，马松依然在弯着腰干活。劳埃德重重甩上门，插上门

1　此处原文为"turf"，兼有"泥炭"和"地盘"的意思。

闩，隔着门对法国人大喊。

下地狱吧，他说。

马松咂了咂舌。

Quel mec[1]，他说。

他继续装填他的篮子，为自己收集散落在分界线附近的泥块，线是米哈尔用靴子后跟在尘土里画的。

Quel idiot[2].

篮子装满后，他把它放在农舍后门，走过水泥地，来到靠着茅房的披棚，在里面找到他每年用来清扫院子的扫帚，鬃毛磨损了，木头风化了，把手顶部已经破损，扎出许多木刺。跟以前一样，他说。一直以来都这样。他开始扫地，像他在每年夏初做的那样整理院子，扫起泥炭碎块、灰尘和泥土。一条在篮子里安顿下来的狗，他说。他沿着米哈尔画的线扫，但没有越过它，每扫一下就把水泥院子分得更清楚，一边是浅灰，另一边是深灰。扫过的。没扫过的。干净的。肮脏的。他捡起那块横跨分界线

---

1 法语，意为"什么人呐"。

2 法语，意为"真是个白痴"。

的泥炭，把它扔进自己的篮子里。我的，劳埃德，因为是我先来这里的。整个院子都是我的。一直是我的。总之，去你的。因为你来了这里。因为你入侵了。也去你的，米哈尔。因为不提前告诉我。因为收了我的钱，收得比去年多，却不告诉我他会在这里。一个英国人。在这个夏天，我最后的夏天。他不该在这里，不该在这座岛上，不该在这个院子里，因为这是我的地方，我的隐居地，我在一天结束时独自安坐的地方，躲在粉刷过的墙壁之后，远离岛上的其余人和物，远离岛民，夕阳照在我紧闭的双眼上，而我剖析白天的语言，分析词组和屈折形式、语调和借词，搜寻英语的影响，搜寻那门外语潜入岛屿、房屋、嘴巴和岛民的舌头所留下的痕迹，追踪那些标志着改变的微小措辞，记录爱尔兰语在这座岛上何时开始走向终结，这些思想，这种知识，被这个院子的狭小和静止包裹、保护，只有鸟儿能听到我的喃喃自语，就像在我奶奶的木镶板庭院里，她的房子在村庄边缘，远离小镇，更远离城市，我独自坐在铁铸的圆桌边，坐在柳树下，鸟儿在我头顶，在我周围，在那些夏天清晨见证了我童年的咕啾，我的父母、我的姑姑们、我的表兄弟姐妹依然在睡觉，我奶奶在厨房里，哼唱着准备我的热巧克力，动作里有种清新和柔软，随着白昼渐长，她的动作会变得焦躁、僵硬，但在那时，在清晨，当我坐在外面，独自在庭院里，当她把巧克力粉搅拌进温牛奶里时，她是温柔的，微笑着把蓝白相间的碗放在我面前，从厨房回来时依然面带微笑，拿来了一篮面包、黄油和果酱、一把茶匙、一把刀、一块餐巾和一杯水，把它们全都放在我面前，揉揉我的头发，告诉我再见到我、留我住几天，她有多高兴，而我，甚至在当时便意识到，我们的亲密转瞬即逝，亲吻了她的手，她的皮肤尚未衰老但已开始变老，抱着她直到她抽身离开，返回厨房，拖鞋拍打着还没被白天的太阳晒暖的瓷砖地板，再次让我和鸟儿独处。就像这里曾经的样子。就像我曾经在这里的样子。单独，在这个院子里，直到现在，直到这个英国人带着他的英国话到来。马松举起扫帚，把它重重扔到水泥地上。去你的，劳埃德。这个院子是我的。之后我不可能坐在这里，在静默中思考白天，因为你会在那儿，就在隔壁发出声响，更糟的是，还说英语，一种我现在不得不整合进我的工作的傲慢，因为你的在场会影响结果，影响研究发现，破坏我所做的一切，我恨这点，劳埃德，恨你的傲慢，你的入侵，你的支配，你对我这些年的工作的彻底颠覆，我花了好几年记录这门语言的衰亡，在一间潮湿、发霉的农舍里度过了好几个寒冷的夏天，我擦洗、漂白这间农舍，却总是眼睁睁看着黑色返回表面，与此同时，我坐在餐桌旁寻找这门古老、正在死去的语言里细微的语言学变化，追踪从一年夏天到下一年夏天微小却重要的趋势，以此证明一种世代性的爱尔兰语对英语的吸收整合，一种缓慢但明显的走向双语的偏移，最终，我想，会走向单语，但那是缓慢的，劳埃德，你听到了吗？这个语言学演化发生得很缓慢，直到你突然出现，摧毁了我的工作，因为现在这个朝英语的偏移会变得突然而猛烈，更符合爱尔兰城镇及其腹地的语言学历史，而非一座偏远岛屿的。这里的爱尔兰语几乎是纯净的，劳埃德，污染它的只有学英语的学童、移民断断续续的探亲，他们带着老练的他者性从波士顿和伦敦归来，以及唯利是图的语言中间人，像米哈尔这样只想交流的人，不关心媒介，也不关心媒介需要保护，直到有一天，他意识到爱尔兰语的失落和英语的崛起减损了他赚钱的能力，作为中间人、代理者的能力，当一直属于我的院子没有提前通知或商议就被夺走时，当一个英国人没有提前通知或商议就搬到我隔壁时，他可以耸耸肩，声称是误会，中间人米哈尔无动于衷地摧毁了我五年的工作，不，不止五年，因为我花了好长时间才找到这座岛，并学会他们说的这种爱尔兰语，但是他无动于衷，因为他从中赚钱，养肥了他的钱包，改善了他的命运，却以我为代价，以我的工作为代价。

马松把扫帚伸进悬空的泥炭下方，扫出更多灰尘和碎屑，然后将扫出来的垃圾聚成一堆。他回到披棚，去拿一把因表面结了水泥而偏重的铲子。他斜放铲子，把垃圾扫上去，但由于铲子边缘太高、太不平坦，灰尘又漏了下去，让他再次思考，就像他每年都思考的那样，他是否应该带簸箕和扫帚给岛上的女人，带给班伊尼尔和梅雷亚德，她们将垃圾铲到碎纸板上或那把用来铲炉灰的黑色小铲子上，在她们把火灰弄撒在已经扫干净的地板上时骂骂咧咧，但今年再次决定不这么做，而是选择了巧克力，尽管巧克力更贵，因为他来岛上是为了观察而非影响，为了记录而非改变。马松抬起铲子，将尘土甩到了英国人的泥炭堆上。

这时，他听到了詹姆斯的喊声，用的是英语。

  茶点好了，他说。

詹姆斯敲了他的门，走进画室。

  茶点在桌上，劳埃德先生。

劳埃德继续画。

  你可以把它们拿过来，谢谢。

詹姆斯摆弄着门把手。

  我不能这么做，劳埃德先生。

  我的早饭你就送过来了。

  那不一样。

没有理由不一样。我付了你们足够的钱。

男孩转身要离开。

把我的晚饭送到这儿来吧，詹姆斯。

我不能，劳埃德先生。不允许这样。

谁说的？

我外婆。你得跟她谈谈。

劳埃德缓缓叹气。

她已经在心里狠狠记了我一笔。

没错，劳埃德先生。

他擦掉手上的湿颜料。

所以要么跟你走，要么饿着。

就是这样，劳埃德先生。

那个讨厌的法国人也会在吗？

吃饭的地方只有一个。

米哈尔还在这里吗？

他在。

他能救救场。

弗朗西斯也在，詹姆斯说。

他就帮不上什么忙了。

劳埃德拿起他的帽子和外套。

我晚饭后会去悬崖。

看起来要下雨。

那我就会淋湿。

别忘了打理炉火，劳埃德先生。

我已经没心情在乎了，詹姆斯。

劳埃德坐下时，男人们已经在吃了。班伊尼尔在他面前放了一盘食物，炸鲭鱼、土豆泥和卷心菜。

无处不在的卷心菜，劳埃德说。就像巴黎。

马松耸肩。

我们不在巴黎，劳埃德先生。

这我注意到了。

他开始吃饭。

你不介意吗？

我介意很多东西，劳埃德先生。

你不介意吃这种食物。

我不是为了食物而来的，劳埃德先生。

这很明智。

劳埃德将叉子叉进食物，叉进游弋在并非自身油脂里的鲭鱼，叉进依然呈块状的土豆，叉进在水里煮了太久、淡而无味的卷心菜。他叹了口气，将鱼捣进土豆里，再加上卷心菜，把叉子压在食物上，直到这三种食材混合在一起，泛着油光。他把混合物送进嘴里

鱼的身体

进入人的身体

冷肉

冷油

正在凝结

舌头和牙齿

已经凝结

他咽下去，然后干呕

谨慎的

有礼貌的

好人劳埃德

他把刀叉放回盘子上，不确定如何继续，尽管他饥肠辘辘，食物的样子和味道也跟其他晚上的相同。他再次捣了捣混合物，加了盐和白胡椒粉。他将食

物铲进嘴里，咽了下去

不尝味

不思考

好人劳埃德

他吃空了他的盘子，然后上下打量餐桌，马松的叙述让岛民们入了迷，法国人说着他们的语言，但他做出的表情和手势来自他自己的语言。

《自画像：局外人》

他撕扯手上的颜料，剥下一条条蓝色和灰色，撕掉泼溅的白点，低着头，专注于这项任务，专注于桌上那堆越来越大的颜料碎屑。米哈尔在说话，在喊他。他抬头看。

劳埃德先生，你想让我们为了你说英语吗？

那就太好了。

马松摇头。他继续说爱尔兰语。

这是一座说爱尔兰语的岛，他说。

岛上有一个说英语的访客，米哈尔说。

他是自己选择来这里的。

我们也很乐意接待他。

他选择了来一座说爱尔兰语的岛。

我们也说英语，JP。

你就是这么跟他说的吗，米哈尔？为了说服他来这里。

米哈尔再次换成英语。

JP 对爱尔兰语充满激情，劳埃德先生。

马松也转成了英语。

米哈尔跟我相反，他说。

这是我的语言，JP。我可以随心情使用它。

梅雷亚德和班伊尼尔呢？马松问。

她们怎么了？

她们不说英语。

她们懂的比你认为的要多，米哈尔说。

这是她们的房子，马松说。而她们是说爱尔兰语的。

我刚说了，她们不会有事的。

班伊尼尔往桌上放了一块苹果馅饼。

你正在杀死你自己的语言，马松说。

她切开馅饼，刀刃磕到了盘子底部。

爱尔兰语比你认为的要强大，米哈尔说。

它比你相信的要弱小，米哈尔。

米哈尔耸肩。

比你愿意相信的要弱小，JP。

班伊尼尔先端给劳埃德，并且给他倒了茶

恩赐

和

恩惠

我今天的

要杀也是他们的语言，劳埃德说。不是你的。

马松摇头。

你没资格谈论这个。你们花了好几个世纪试图
消灭这门语言，这种文化。

劳埃德把叉子叉进馅饼。他吃了两块，喝了些茶。

法国也好不到哪儿去，劳埃德说。看看阿尔
及利亚。看看喀麦隆。看看太平洋岛屿。

你在转移话题。

劳埃德耸肩。

现在讨论的是爱尔兰，马松说。讨论的是爱尔

兰语。

　　在你拯救这门语言的宏伟计划里，劳埃德说，爱尔兰人有发言权吗？

　　反正英国人没有，马松说。

劳埃德喝完茶，吃完馅饼，走了出去，走进詹姆斯预言过的雨中。风也很大。他放弃去悬崖的计划，回到了农舍。屋里很冷。火灭了

岛屿的

闪烁火焰

非我能控制

他再次用报纸、树枝和泥炭搭出框架，蹲下来看火在炭堆上蔓延，观察火焰舔舐木头和干泥，释放出甜腻的烟雾，这烟雾渗进房间，沾染了他的衣服、他的书籍，压过了扎根在他鞋子和靴子表面的湿气和霉斑的气味

在我的皮肤表面

玷污我

用各种气味

他们的

他们的过去的

依然存在

于这块燃烧的泥炭

古老的怨恨

埋在这燃烧的土块中

牛粪

猪粪

烂土豆

经历饥荒的骨头

战争的腐臭血液

贫穷的

责备的

闷住我

令人窒息

英国薰衣草

干洗的粗花呢

尽管他闻起来依然

像巴黎

像咖啡

像巧克力

他的泥炭一尘不染

他听见马松大喊。他在呼唤詹姆斯。男孩回喊。

    天杀的。

他用拨火棍敲了一下炉栅。

马松喊得更响了。

劳埃德反复敲打炉栅，叮当作响的抗议在村庄里回荡，直到马松到达艺术家的门前才停下来。

    别再搞出这么大动静了，他说。

    我在试着工作，劳埃德说。

    没人拦着你，马松说。

    你在。因为你在说话。

    我有权说话。

    我需要安静才能工作。

马松笑了。

    看起来是这样。

劳埃德丢下拨火棍。

    你太大声了，他说。你得保持安静。

马松摇头。

这人真离谱，他说。

我需要安静，劳埃德说。我就是为了这个才来这里的。

而我需要谈话。

去别的地方谈你的话。

这里，劳埃德先生，正是我的工作场所。

我只是叫你尊重我的工作。

我对你提出相同的要求，mon arriviste[1]。

去你的。

劳埃德走进画室，离马松的农舍较远的房间，摊开一张没画过的纸。他画了圆圈，起初是细小、灰色、缓慢的圆，之后越来越大、越来越黑、越来越快，手和腕疯狂转动，直到他的愤怒消散，手部动作放缓。接着，他换成木炭，开始画詹姆斯，手在纸页上方冷静地移动，心思沉入工作的孤独中，一边描绘出男孩的头、头发、耳朵、鼻子、嘴唇、眼睛的形状

皮肤清爽的

1　法语，意为"我的暴发户"。

眼神如露的

兔子杀手

鸟蛋小偷

他在纸上画满男孩的眼睛和嘴唇，努力在年龄的柔
软与岛屿生活的坚硬中寻找平衡。他在他的眼睛下
画了些皱纹，把他画老了

伦勃朗

把提图斯[1]画老

不是我的儿子

而是

英国艺术家创作的

爱尔兰男孩

他涂掉眼睛，重新开始，换回铅笔，但画出的眼睛
依然太老或太年轻，太黑，皱纹太多，皱纹不够
多。他换到一张新纸上，描画出完整的詹姆斯。他
将兔子换成了两把步枪

坚强的小人儿

伦敦的宠儿

1　提图斯（Titus）是伦勃朗的儿子，经常充当父亲的模特。

名声

他柔化了男孩的五官

娃娃脸的反叛者

纽约的宠儿

财富

他在另外的干净纸页上重新开始，但画回兔子，男孩的手指轻而牢固地抓着死兔子的脚

《岛屿系列：詹姆斯和两只兔子》

漠不关心

伦敦

默默无闻

纽约

贫穷

马松在他窗外大喊。他把铅笔和素描簿丢到地上。

这无法忍受。完全无法忍受。

他走出去，可马松已经走了，雨也停了。他拿上帽子和外套，利用最后的天光走到悬崖，蹲坐在边缘，凝视下方冲刷着岩石的海浪。他画了大海、岩石、逐渐衰弱的太阳，工作到光线黯淡才停止，然

后走回被摇曳的煤油灯和泥炭火照亮的村庄。他走到班伊尼尔的房子，敲了门。他们招呼他进去，坐到桌边，加入他们，一瓶威士忌摆在一圈人中间，其中包括马松。

你要来一杯吗？米哈尔问。

谢谢。

班伊尼尔指了指一把椅子。他坐下。米哈尔将威士忌倒进一个茶杯。

我刚才去悬崖了。

今晚很适合去那里。

是的。光线特别棒。

米哈尔微微一笑。

听起来不错，劳埃德先生。

艺术家举起杯子。

大家干杯。

他喝下去，打了个战，不习惯酒的生猛。他的眼睛泛起泪光。米哈尔笑了。

不是你常喝的伦敦威士忌，劳埃德先生。

不，米哈尔，这个更烈一点。

他咽下杯子里剩下的酒。

我想要一间在悬崖上的画室，他说。

米哈尔闷哼一声。

一间画室？

一个棚子。一顶帐篷。什么都行——只要是一个能安静工作的地方。

那里什么都没有，劳埃德先生，米哈尔说。

我知道，但我会付你双份的钱——租房子付一份，悬崖上的画室再付一份。

你没法租一个不存在的东西，劳埃德先生。

就算是跟米哈尔租也不行，马松说。

他们笑了。米哈尔重新满上他的杯子。

我离村子远点比较好，劳埃德说。

确实，马松说。

我需要一个人待着，劳埃德说。

詹姆斯从壁炉旁的阴影中走出来，站在桌尾。

悬崖上有一间老信号屋，他说。你可以待在那里。

那里乱七八糟的，詹姆斯，米哈尔说。

没那么糟，他说。我有时会坐在那儿。下雨的时候。

里面干燥吗？劳埃德问。

干燥的。

我能在里面睡觉吗？

人们以前这么做。但里面没有床。

我可以给你做一张床，米哈尔说。

劳埃德点头。

谢谢，他说。我需要的不多。

也不会有很多，劳埃德先生。

劳埃德喝完了他的威士忌。

你明天能带我去看看吗，詹姆斯？

可以，劳埃德先生。

谢谢。

雨下了一整夜，他跟着詹姆斯穿过依然潮湿的草丛，走在一条几乎看不见的小径上。

我没来过这边，劳埃德说。

没人来这里。

这就是我想要的。

小径消失了，丛生的野草难以穿过，在他们到达一座狭窄、向外伸出、被水环绕的悬崖时，他的双腿已十分疲惫。

这座岛的手指，詹姆斯说。

我从来不知道它在这儿。

你为什么会知道?

他们走上一座小山，它的险峻在劳埃德的腿肚子回荡。山顶有一间水泥屋，高高栖在边缘附近，被大海围绕。

景色真不错，他说。

是这样的，詹姆斯说。

冬天这里什么样?

不知道。

詹姆斯用力推开红色的破门，底部的铰链早已和门分离，劳埃德跟着他走进阴沉、昏暗的光里。小屋极小，分成了两部分 —— 前半边有一个煤气炉、一张桌子、一个壁炉、两只桶和三个架子;后半边有四个架子和一个床头柜。

这里很完美，詹姆斯。

詹姆斯笑了。

噢，是的，劳埃德先生。完美。

劳埃德笑了。

这就是完美的，詹姆斯。

住在这里很艰难，劳埃德先生。

我能想象。

尤其在天气对你不利时。

我没问题的，詹姆斯。

他们走到外面，走进光里，然后绕水泥屋走了一圈，踏着从窗户上掉下来的碎玻璃。

没有厕所？

没有，劳埃德先生。

自来水呢？

没有。

这会很有意思。

会的，劳埃德先生。

你在这里住过吗？

没有。我来这里待一小会儿。为了远离他们所有人。

但是不过夜?

没有床。

我会弄一张来,劳埃德说,等我走了,你可以用。

你会在这里待多久?

直到夏天结束。

你会一直待在这儿吗?

再看吧。

他们来到岬角边缘,低头看向大海,弓着身体抵御逐渐涨起的风。

完美,詹姆斯。绝对完美。

劳埃德在边缘坐下。

这里可以当作你的冬季藏身处,詹姆斯。

詹姆斯摇头。

那我得手脚并用地爬过来,劳埃德先生。冬天这里没法走路。

那谁来警告船只?

冬天他们就靠自己了。一直这样。

算不上什么信号站嘛。

反正在冬天不算。

小屋是谁建的?

你们的人,詹姆斯说。他们想要制高点。

什么都比不上利用当地信息,对吗,詹姆斯?

我们该走了,劳埃德先生。趁还没下雨。

他们刚到村里,雨就落了下来,打在脸上,如同针扎。班伊尼尔递给他们硬邦邦但暖烘烘的毛巾。

谢谢你,奥尼尔太太。

她冲他点头。

我想尽快搬进那间小屋,他说。

詹姆斯做了翻译,他外婆派他去找米哈尔。

筹备起来要花一星期左右,劳埃德先生。

没关系,米哈尔。

你要付我修理费。

没问题。

还有租金。农舍租金的一半。

小屋的主人是谁?

别担心,我会转交的。

雨停后,他拿上院子里的扫帚、铲子和布,回到了小屋。詹姆斯拿着两只桶、一瓶清洗剂和一壶茶跟了过去。

我得想办法弄个厕所出来，詹姆斯。在地上挖个茅坑来用可不太舒服。

至少你可以坐在桶上，詹姆斯说。

是可以这样。

但金属会冷。尤其在夜里。

这也是个要考虑的因素，詹姆斯。

他们扫了地，收拾了东西，在午后走了大约半英里，来到一个由石头围成的小小海湾，从海里汲取咸水。

我可以在这里洗澡，劳埃德说。

不要在这里，劳埃德先生。

为什么不行?

看看这水流。

我很擅长游泳。

到了美国，给我们寄张明信片。

劳埃德在詹姆斯身边坐下来，看着迎头撞上海岸的浪。

我有叔叔阿姨在美国，詹姆斯说。

你会去那里吗？

坐船过去太久了。

你可以飞过去。

坐飞机过去太久了。

劳埃德笑了。

这样的话，你会一直待在这里。

等你走了，我会住进小屋里。

米哈尔会跟你要房租的。

他会的，詹姆斯说。但我不会付给他。

詹姆斯笑了。

你是唯一这么做的人，劳埃德先生。

他们看着大海的漩涡。

但我感觉自己会喜欢伦敦，詹姆斯说。

那是座不错的城市。

海浪翻滚到岸上，撕扯着沙滩。

你准备吃什么？詹姆斯问。

豆子、鸡蛋之类的吧。

我会带你去能取淡水的地方。

谢谢。

詹姆斯后仰，用手肘支撑身体。

我外婆觉得，你会每天回来找我们吃正餐和茶点。

我会偶尔出现。

她不会喜欢的。

摆脱了我，她会很高兴。

也许吧，但她也不想让你瘦成皮包骨。你们的人会觉得她没喂饱你。

什么，詹姆斯？"爱尔兰人让英格兰艺术家挨饿"。

男孩笑了。

英国广播公司肯定铺天盖地都是这条新闻，詹姆斯。《泰晤士报》会派记者追踪你的外婆。让伟大的不列颠艺术家挨饿的邪恶爱尔兰老奶奶。

肯定的，劳埃德先生。

叫她别担心，詹姆斯。我比你们想的能吃苦。

比你看起来能吃苦？

劳埃德叹气。

我希望如此。

詹姆斯在草地上摊开手脚。

所以你是吗，劳埃德先生？

是什么？

一名伟大的不列颠艺术家。

还不是。但我希望能当上。想当上。

你要怎么成为伟大的艺术家？

靠搬进悬崖边上的水泥小屋。

詹姆斯笑了。

那应该管用。

劳埃德也躺在了草地上。

你真的会在这外面待到夏天结束吗，劳埃德先生？

我会待到马松离开为止。

那就是整个夏天了。

年老岛民们跟米哈尔和弗朗西斯一起修理门窗，补屋顶，清理烟囱。他们造了一张简陋但能用的床，立起了架子，还在门的底部钉了木头，防止雨水渗进小屋。完工后，其他岛民和马松走出去看小屋。

《自画像：被展出》

你待在这里会疯掉的，马松说。

我待在之前那里才是快疯掉了。

岛民们绕着小屋走动，进进出出。头发里夹着绿围巾的梅雷亚德在桌上放了一包食物，跟其他人一起坐在草地上，用公用的茶杯喝茶，用公用的盘子吃水果蛋糕，茶是劳埃德用泉水泡的，而水果蛋糕是班伊尼尔带过来的。她跟詹姆斯说了句悄悄话。

她担心你会孤独，劳埃德先生。

告诉她，感谢关心，詹姆斯。但我没问题的。我习惯给自己做伴了。

詹姆斯做了翻译。

现在她想知道你有没有结婚，劳埃德先生。

结了。

你妻子叫什么名字？

朱迪丝。

她在哪儿？她能来这里陪你吗？

劳埃德摇头。

这不是她会做的事。她在伦敦。她是艺术商。

她买卖画作。

她买你的画吗？马松问。

现在不买了。我们的口味发生了分歧。

但你们没离婚？

目前是这样的。你呢？

没结。

劳埃德转身面对岛民们。

你呢，米哈尔？

我结了，他说。娶了一个对面的女人。来自遥远的那边。

什么意思？

她不是岛上的女人，劳埃德先生。

有什么区别？

岛上的女人没有商店也很快乐——不是这样吗，梅雷亚德？

梅雷亚德什么也没说。

弗朗西斯呢？劳埃德问。你结婚了吗？

米哈尔笑了。

弗朗西斯在等梅雷亚德。

弗朗西斯吹了声口哨，看向天空。梅雷亚德欠身把剩下的水果蛋糕包进茶巾，收起杯子。

啊，她会改变主意的，米哈尔说。最后肯定会的。

她起身走进小屋，将杯子和水果蛋糕放在桌上，咕哝着，嘟囔着，咒骂着，咒骂他们，咒骂他们的计划，咒骂她那在外面的草地上发号施令的母亲，叫劳埃德用碗盖住火腿，命令詹姆斯翻译她说的话，要求弗朗西斯和米哈尔把清洁工具拿回村里。做这个。做那个。早上。中午。还有晚上。她冲洗了杯子，把它们放回架子上，擦干双手，但在小屋里逗留了一会儿，缓慢、安静地移动，触摸画架、他的画笔、他的颜料，翻开他的速写簿、他的艺术书，在那些用油画颜料、木炭、墨水画出的女人上方逗留。虽死犹生的女人，通过艺术家的手对我说话。她走出小屋，走下岬角，走在其他人前面，把劳埃德留在悬崖边。他拿起他的素描簿，开始用铅笔素描，也开始哼唱。

《艺术家的小屋之一》

壁炉和窗户之间的单个架子，放着四个茶杯、四个盘子、两只碗、两口炖锅、两把餐刀、两把叉子和四只勺子，光线落在下方的小餐桌和椅子的角落。

《艺术家的小屋之二》

两个架子固定在隔开厨房与卧室的墙上，位于台面上方，摆放着食物——有一罐茶、几罐带汤的豆子、两瓶牛奶、煮粥用的燕麦、用蓝白相间的茶巾松松垮垮包着的面包、土豆、白萝卜、卷心菜、装在罐子里的糖、包在绿白相间的茶巾里的水果蛋糕，还有一大块放在盘子上的蜜渍火腿，油脂在傍晚的光线下闪闪发光。

《艺术家的小屋之三》

蜡烛、火柴、雨靴和一只门边的桶；挂在门背后的两个钩子上的帽子和外套。阴影浓重。

《艺术家的小屋之四》

颜料、铅笔、木炭、纸、颜料盒、背包和画架，从门口到床的尽头，靠墙一字排开。光影混合。

《艺术家的小屋之五》

一张床，窗户两侧各一个架子，折叠整齐的衣服，堆放整齐的书。全都处于阴影中。

他在画上签了名字，劳埃德，然后走出去画房屋外部，正在腐坏的前门，风化的窗户和皱起的水泥，波纹铁皮的屋顶，以及头顶的鸟儿，它们随着大西洋的风飞舞盘旋。

约翰·汉尼根是一名新教徒，有三个孩子。他三十三岁，负责管理蒂龙郡[1]奥马城的公墓。他也是阿尔斯特防卫团的一名兼职成员。

6月19日，星期二早上，他正步行去上班。时间是早上七点三十分。他在附近的糖果店逗留了一会儿。在他离开商店时，一名爱尔兰共和军成员走下一辆橙色的大众汽车，朝约翰·汉尼根头上开了两枪、身上开了五枪，杀死了他。

1　蒂龙郡（Co. Tyrone）位于北爱尔兰。

马松敲了门，用手肘把门推开，微笑着走过去，微笑着弯腰吻她，抓起她的手，抚摸青筋凸起的皮肤，皮肤比去年夏天更软更薄，她的笑容更加无力，曾经有牙齿支撑的饱满嘴唇如今布满了皱纹。她挥手让他走开，斥责他的吻。

愚蠢的法国人，她说。

他微笑，宽慰于她还在这里，在这栋房子里，在这把椅子上，依然像四年前他第一次见到她时那样，喝着她那深色、黏稠的茶，抽着发黑的陶土烟斗，她的编织物放在椅边的篮子里。他再次拍了拍她，抹平她肩上围的黑色披肩。

你好吗，班伊弗林？

还过得去吧。

不管怎么说，你看起来挺好。

你也一样，JP。

他打开他的录音机，从包里取出笔记本和笔。他倒了两杯茶。她吸了一口烟斗。

我看见你们把英国人送到悬崖上了。

马松点头。

村子似乎不够大，容不下我们两个人，班伊弗林。

两头公牛在一片地里。

他们靠向彼此，笑了。

你愿意开始了吗？

她放下烟斗，清了清嗓子。他打开录音机。她开始说话，与他相比，她讲的爱尔兰语喉音更重。

我如今已是老妇人，身体虚弱，但记忆牢固。八十九年前，我出生在这里，在这座岛上。从我出生到现在，已经过了很久，世界也变了样。有些方面变好了，有些方面变坏了。我父亲是渔夫，除了星期天，每天都出海，而我母亲在家里，和其他女人一起去海边，扎起裙子采集仁慈的天主赐予的食物，从岩石上和大海里捡拾海螺和海藻，派仍是小孩子的我去攀爬她够不到的地方。

他轻拍她的手，鼓励她继续，哄她再次讲述她的故事，就像她在之前的三个夏天里对他讲过的那样。

　　岛上的男人依然捕鱼，但女人和儿童不再走到海边，不再搜寻食物，这非常可惜，令我非常悲伤，因为海边有很多营养，海藻和贝壳里有很多好处，可以让岛屿远离疾病。可没人听我的。像我这样的老妇人。喋喋不休。他们更喜欢跑到米哈尔的船边，要巧克力和蛋糕，递出钱交换现成的食物，充满盐和糖的食物，如此远离这座岛提供的健康。你应该为食物而劳作，JP。为食物劳作能让你保持强壮。总之，这就是我的想法。

她吸了口烟斗，喝了口茶，他再次轻拍她的手，微笑着鼓励她继续，尽管她的话语来得比之前慢，她的呼吸也比以往浅，吸气时呼哧作响。脆弱。之前没听到过。不在任何其他录音里。他轻抚她的手。你让我担心，班伊弗林。让我不安。比我自己的奶奶这样呼吸更让我不安。我自己的母亲。因为我花了好几个月寻找你，班伊弗林，在西海岸上下搜索，出入房屋，登上又离开岛屿，反复被告知我来得太晚了，所有那些女人，所有那些男人，都死了，被埋葬了，语言也随他们入土，但你在这里，班伊弗林，用你的存在、你的话语抵御时间，拒绝现代化，拒绝适应英语的入侵，拒绝在你的语言里混杂这另外一门语言，拒绝让你自己显得更有意义，因为你理解你的意义，对这门语言，对这座岛，对我的意义，作为图腾的老妇人，提醒我们什么正在失落，提醒我们生活曾经的样子。

你还在听我说话吗，JP？

我在听，班伊弗林。继续。

当时没有船给我们送东西或者带走东西，大多数时候我们都听天由命，依靠上帝、大海和土地给我们的东西过活，这挺合我的心意，因为我满足于那样的生活，我也不需要越过肩头看有什么从远处过来，思考那边的生活是什么样的，因为我的视野有限。我只知道这些，我也不渴望我不了解的东西，尽管后来其他人非常想离开。我自己的孩子，他们只会谈论美国，从早到晚，为它疯狂，但我没什么兴趣，JP。因为只要有食物、有地方休息，我就觉得没有理由满世界找地方做相同的事，尽管我知道在过去的时代，这些地方的人没得选，要么离开，要么饿死，但我出生在更幸运的时代，饥荒[1]都结束了，我们吃得足够好，虽然我们不会吃胖，你可记好了，但不管怎样，我不确定吃胖能有多少好处。

马松拿起她的手吻了吻，听着她的语言、她句法里的偏移，搜寻语调、屈折、发音里的变化标记，但什么也没找到，因为她讲故事的方式和去年相同，也跟前两年相同，没有能损害我的工作的东西，我对这座岛屿的语言学模式的研究，这个对一家四代人的纵向分析，这工作会被这个英国人彻底破坏，只要你，班伊弗林，对他卸下防备。防备他的英语。你只需要再坚持两个半月，抵抗他的影响，抵抗他的侵犯。到那时我就完成了，班伊弗林。一本书，一个博士学位和一份教职。

你还好吗，JP？

1　指发生于 1845 年至 1852 年间的爱尔兰大饥荒，爱尔兰因此损失了 20%—25% 的人口（包括死者和移民海外者），受灾最为严重的是爱尔兰西部（即本书故事的发生地）和南部。它是爱尔兰历史的转折点和不可磨灭的民族记忆，激化了爱尔兰人对英国统治者的憎恨情绪，也推动了爱尔兰独立运动的兴起。

我还好。挺好的。请继续，班伊弗林。

她抽了一口烟斗。

你看起来有点苍白，JP。

只是有点累。继续吧。

我有时候跟詹姆斯这孩子去海边，我像我母亲那样把裙子扎起来，走在海滩上从岩石间捡海螺，在淡水里冲洗它们然后吃掉。这对我有好处，不仅仅是新鲜，而是知道我在做我母亲做过的事，再之前她母亲做过的事，一直追溯到几百年前。我享受这件事。跟过去的联系。成为比我更老的事物的一部分。这让我觉得不那么孤单，JP，不那么疯狂地担心我还剩多少时间，因为我不是领路者，只是追随者。

他倒了更多茶。

我只去过对面三次，第一次是去埋葬我母亲，第二次是去埋葬我父亲，第三次是去埋葬我丈夫。很快就又要渡海了。我不用为了安妮的丈夫渡海，因为他是淹死的。不过你知道这一切，JP。在一个秋日里失去了三个好男人。我的女婿，我的外孙，还有我外孙女的丈夫。没了。再也回不了家。连他们自己的葬礼都没来。那是个艰难的时期，JP。可就像我说的，不管你在哪里，都会遇上艰难时期。它们总有办法跟着人走。尽管岛屿花了很长时间才恢复。你可以想象。最糟糕的是看着梅雷亚德，她还带着婴儿。那时他才几个月大。她丈夫没了。她父亲没了。她兄弟也没了。男人的三位一体。没有任何事物能替代他们。如果不是为了孩子，JP，她不会活在世上。这是事情的真相。但那个詹姆斯是个好小伙。对他母亲非常好。对他外婆也是。他对我也好。上帝对他很好。他对我们都很好。

她画了十字祈求上帝保佑。他喝了口茶。

　　像我们这样愿意过这种生活的人，我知道，已经不多了。安妮，班伊尼尔，是我的孩子中唯一还在岛上的。而她现在没有丈夫也没有儿子。我的其他孩子如今在大海之下，滑下岩石的小谢默斯，愿上帝保佑他安息，或者在地面上，住在波士顿。现在是美国人了。太过软弱，受不了这种生活。你瞧，这里的生活包含一种严酷，不是每个人都能应付的。到处都存在严酷，我知道，不论是城市还是乡村，但这里的严酷更露骨，天气和我们的与世隔绝剥去了它的一切伪装。很多人不适应那种朴素。他们说，它令他们厌烦，但我看出来了。那不是厌烦，JP。那是恐惧。贫瘠和原始把他们吓坏了。送走他们，让他们把自己包裹在时间表、账单、假期和房子里，包裹在沙发、厨房台面和窗帘里，一种用购买和拥有来掩盖生存之赤裸的生活。隐藏生存的严酷。把它变得可接受。可忍受。但我想知道这真的能做到吗？也许吧，毕竟詹姆斯是唯一依然跟我们在一起的年轻男人。其他人都走了，逃离了，只给我们留下皱巴巴的、没有牙齿的老人。

他对她微笑。她继续。

在其他地方，有树木和遮蔽物的地方，生活的低贱更容易掩饰，更容易打扮成比实际情况精美的东西。我能看到，你知道的，即便我此时在这座岛上，他们跨越大海，来回奔波，想着在那里会更好，却发现他们想念这里。可他们只能胜利归来，带着别人都没有的东西回来——一顶新帽子，更

161

好的鞋，一个更大的肚子，一双雨靴。我自己的孩子就是这样从美国回来的。试图证明他们离开是对的。证明我们留下来是愚蠢的。手提箱里塞满花哨的衣服，还装了许多故事，讲述他们去过的地方、见过的人，固执地相信他们在这个地球上的立足点比我们的高，更有价值。又是为了什么呢？如果是为了获取食物和温暖，是的，我能理解。但很大一部分是为了在这个世界中寻求肯定，而这个世界即便表示肯定，也极为少有。仿佛某个头衔能确认你是谁。某座房子或某台汽车可以证明你的价值。我猜，对有些人来说是这样的。男人觉得这能吸引女人，我猜，但那是什么样的男人？那又是什么样的女人，JP？为你拥有的东西，感谢上帝吧，我说，停下来，不要一直追逐每个新冒出来的亮闪闪的东西。是的，那让我们变得比喜鹊好不到哪儿去。

他检查了录音机，检查卷轴上还剩多少磁带可以捕捉她的声音，也捕捉她的思维，捕捉她对这门语言的忠诚。我要怎么评价她呢？怎么跟他们解释她？我要告诉我的教授她是个斯多葛派吗？因为斯多葛派会为你自豪的，班伊弗林。苏格拉底也会欣赏她的，一个蜷缩在泥炭火前的无牙老妇人，尽管他很快便会因她给自身思维所设的限制而感到厌烦。第欧根尼？他会赞美你的朴素生活，班伊弗林，但会鄙视你对传统的坚守，而奥古斯丁和阿奎那这两个基督徒会迅速厌倦你对上帝毫不质疑的接受，颇有讽刺意味。尼采显然会憎恶你对生活方式的奴从，一种继承自你母亲、你外婆的生活，但叔本华会赞美你，班伊弗林。他会喜欢你拒斥社会肤浅性的做法，喜欢你拒绝成为喜鹊的态度。

他关掉录音机。

也许在巴黎我会告诉他们，她是一名真正的存在主义者，一个爱尔兰西部的海德格尔，对抗技术，对抗改变。班伊弗林和她的此在[1]。班伊弗林，未经装饰的哲学。在被涂满晦涩的术语和条件之前，因为一代代人都尝试回答无法回答的问题。尚未回答的问题。

1　此在（Dasein）是海德格尔在《存在与时间》中提出的一个基本概念。

他笑了。

不是吧，有什么好笑的？

我喜欢和你在一起，班伊弗林。

你表现这点的方式非常奇怪。自己讲笑话自己笑。

我是这样的，我想。

他往两人的杯子里倒了更多茶。她加了牛奶，他们喝茶。

那个英国人要怎么办，班伊弗林？

什么怎么办，JP？

他应该待在这儿吗？总是说英语。

他现在搬去悬崖了。妨碍不到别人了。

只要下一场雨，他就会回来。

我们到时候看着办，JP。

马松站起来，收起他的录音机。

我的教授一直在听你说话，班伊弗林。

是这样吗，JP？

他当然什么都听不懂，但他被这旋律、这古老迷住了。

那是个很好的年代，JP。

也非常美。

没错。

我们为我的论文定下了标题。为我的工作。

叫什么？

"演化或消亡？四代人中的爱尔兰语语言学模式。对一个岛屿家庭的五年比较研究。"

真拗口，JP。

确实。

她抽了一口烟斗，但是火已经灭了。她往里面塞满烟草。

那个英国人很快就会让你看到消亡。

他会的，班伊弗林。

她点燃刚放进去的烟草，用手护着火焰，从烟斗吸气，反复咂嘴唇，直到斗里的火焰成形。

只有你能阻止他，班伊弗林。

她往后坐进椅子里抽烟。

如果你要靠我这样的老妇人，希望可不大，JP。

他吻了她的手，将录音机的带子搭在肩头。

我不打扰你休息了，他说。

你录够了，JP？

够我处理的了，班伊弗林。

他往她的杯子里倒了更多茶，吻了她的两颊，随后轻轻地在身后带上门。他在回农舍的小径上遇见了詹姆斯。

你在忙什么，谢默斯？

我的名字是詹姆斯。你知道这点。

你的爱尔兰语名字是谢默斯。

我用我的英语名字。

我更喜欢爱尔兰语名字。

由不得你来选，JP。

弗朗西斯·巴尼·沙利文在他位于贝尔法斯特盂买街的联排房屋家中，靠近将天主教徒和新教徒隔开的墙[1]。那是6月20日星期三的下午茶时间。他与他的妻子、六岁的儿子和四岁的女儿在一起。

两个年轻人敲响了前门，说要找他。弗朗西斯·巴尼·沙利文开始跑。这两个年轻人追着他穿过门厅，进入厨房。他们开枪射击这个三十四岁的天主教徒的背部，他的妻子在旁边目睹了这一切。他被送达医院时已气绝身亡，死于阿尔斯特防卫协会之手。

1　北爱冲突期间，贝尔法斯特修建了许多高墙，将天主教徒聚居区和新教徒聚居区隔开，以防止族群冲突，被称为"和平线"或"和平墙"。

马松坐在院子里的一把椅子上，夕阳照着他闭上的双眼，班伊弗林的声音在他脑海中盘旋，她的屈折、语调、措辞，她刺耳的呼吸，她的句法，她嘶哑的笑声，充满烟味。他的思维试图将它们固定在那里，固定在他的头脑内部，钉住它们，分析它们，处理它们，将它们分类，可它们无法静止，无法沉淀在这个被英语特质污染的院子里，外语的颗粒令他的头脑内部躁动不安，这些颗粒徘徊在空中，依然紧紧依附在墙面，在椅子、泥炭的表面，稀释她的存在，直到她的声音一点点从他身上溜走，让他只听见岛屿的声音，大海撞击岩石，鸟儿鸣叫，男人们在村庄墙边谈话，女人们依然在房子里劳作，班伊尼尔和梅雷亚德在后厨谈论一天结束前要干的活，地板要扫，锅要擦洗，壁炉要清空，火要生，她们干活时收音机开着，播音员正用更柔软的南方口音东拉西扯，谈论杀人事件的规律，北面、那边、国境另一侧的暴力看起来十分棘手，梅雷亚德加入谈话，对他们说话，谈论他们，说她想知道，那个看见丈夫被枪击的女人能不能从中走出来，听到枪声，看见爸爸倒在厨房地板上、沾满他自己的血、逐渐死去的那些孩子能不能，妈，他们亲眼看着自己的父亲死去，他们怎么能从这件事里走出来，他们的爸爸死去的那个夜晚不会一直是他们的阴影吗，问题一个接一个，直到班伊尼尔关掉收音机，因为这么做是不对的，梅雷亚德，在夏日傍晚专注地谈论死亡，像今天这样一个美好的夏日傍晚，她把话题转到那个英国人的生活，待在外面的悬崖上，你觉得他会孤单吗，梅雷亚德？无聊？饥饿？我不知道，妈。你觉得他为什么跑去住到那里？你觉得那是一种疯狂吗，那种与世隔绝？我不知道，妈，但他挺乐意去的，能单独待在那儿，就他自己，远离 JP 和他的絮叨，然后他伸长脖子想听得更仔细，可她们的嗓音移到了房子前面，走出了他的听力范围，让他只听到海水冲刷岩石的声音、海豹在海滩上的叫声、鸟儿对依然在海上的鸟儿的啼鸣，鸬鹚、塘鹅和海鸥高喊夜晚即将来临，喊着该回悬崖了，它们充满喉音、刺耳的夜歌与他奶奶房子里的如此不同，在铸铁圆桌上方的柳树里，金翅雀、蓝冠山雀、燕子和白鸽，我母亲指着上面的鸟儿，将不同的夜歌与它们对应起来，要求我专心听鸣啭和啁啾，把我的注意力固定住，不要分心去听厨房里的声音，不去听不包含我们的笑声，尽管我的父亲，她的丈夫，就在那里，跟他们一起笑，我的奶奶，我的表兄弟姐妹，我的姑姑们，而我们在外面等待，在几近黑暗的黄昏里，等待咖啡和甜点的客人，我母亲坚称在外面听鸟叫好极了，就像她童年时常做的那样，在那座海边城市倾听更有异国情调的鸟儿，呼吸着比我奶奶的房子这里更炎热、干燥的空气，比我们家里更炎热、干燥，一套位于北方的雨水和黑暗中的公寓，在五楼，看得见大洋，但距离遥远，还掺杂着有时令她哭泣的疾风和暴雨，因此我们应该享受这里，亲爱的，坐在树下，感受夜晚的温暖，倾听鸟儿，一点也不关心从厨房传来的动静，不关心他们的笑声，尽管她看到我现在哭了，因为他们被允许帮忙，妈妈，我的表兄弟姐妹在帮忙而我不在，他们被允许端蛋糕、搅奶油而我没有，因为奶奶叫我跟你待在一起，叫我不要动，待在外面，和你待在近乎完全的黑暗中，而他们在那边的明亮里，欢笑着，妈妈，过得很开心，玩着我不能玩的游戏，因为我要跟你待在这里，她拉起我的手，吻了吻，低声对我说，你是家族里的王子，让-皮埃尔，以后要当国王的，太宝贵了，不能让你干这些苦差事，可我喜欢干活，妈妈，我喜欢搅奶油、端蛋糕，我不理解，因为奶奶在早上对我很好，在大家都醒来前，她那时候喜欢我，在我一个人待着时，没有你，没有爸爸，没有我的表兄弟姐妹，她喜欢那样的我，但不喜欢这样的我，当大家都在这里时，她就对我刻薄、冷酷，我母亲揉了揉我的头发，告诉我这不是我的错，我奶奶表现得很怪异，行事古怪，因为她上了年纪，她说，她的手指穿过我的头发，把我拉向她，抱着我，直到他们再次坐在桌边，我的父亲，我的奶奶，我的姑姑们，我的表兄弟姐妹，他们都用乡音快速说话，我很费劲才能听懂，我母亲则根本无法理解，因此当他们谈论葬礼和总统候选人时，她沉默地坐着，深色的眼睛略微抬起，仿佛观察着鸟儿在变暗的树叶下闭眼，她的士兵丈夫，我的父亲，不时碰碰她的手臂，叫她加入，当她再次解释说她听不懂他们说话时，他有点恼火，所以他再次叫他的母亲和姐妹说那种他们在学校里学的法语，他的妻子，我的母亲，在中小学里、在大学里学的那种法语，她在家、在北边，跟他说的那种法语，可她们没理他，也没理她，继续说她们的方言，直到我的士兵父亲，她的丈夫，醉到足以为她而战，与他的母亲和姐妹作战，带着他代表他的国家，作为士兵在沙漠里对阵他妻子的族人时曾展现出的激烈与热情，他的怒气上升，直到他将怒火喷向他的家人，喷向他的国家对待他妻子——我母亲这样的人的方式，直到我奶奶变得疲倦，惊讶于时间的流逝，宣布聚会结束，把我们都打发去睡觉，我父亲的怒火依旧在燃烧，溅到我们跟他共用的房间里，落到我们身上，他的妻子和儿子，他说我们俩没有做出任何努力，让自己融入他的家庭，坐在外面的树下，等着别人来服侍，拒绝帮忙，就像个小王子和他的母后，不愿屈尊搅奶油或端蛋糕，他带她来法国可不是为了这个，把她从那个糟糕的国家拯救出来不是让她能坐着等人服侍的，表现得好像她比他的家人优越，因为她受过大学教育，那还是用法国的税收支付的，好像她比他优越，尽管没有他，她什么都不是，因为他把她救出了那间海边的破茅屋，内部已被炸毁，把她从那些要求她怎么穿衣服、怎么生活的男人手心里救了出来，跟他在一起，她可以随心所欲地自由生活，她却选择了忘恩负义，居高临下，对他，对他的家人，而他，作为拯救了她的法国人，认为这无法容忍，坚持说她应该道歉，请求他的原谅，而她跪在我面前，解开我的衬衫纽扣，为我做好上床睡觉的准备，泪水从她的脸颊上滚落，她为不理解他的家人而道歉，发誓下次会更努力，而他，对她的泪水和下跪很满意，走回楼下，又喝了点，丢下我们，任由我们一起爬上床，闭上眼睛不去看他，直到第二天早上，那时我们会打包行李，找出借口说为什么圣诞节我们不会回来，但是第二年七月会回来，在开车离开时挥手告别，在我们，就我们三个，返回北方时，他们的嘴唇在我的脸颊上，他们的手在我的手臂上留下的痕迹，逐渐褪去。

约翰·亨利·斯科特驾驶奶罐车，大家都叫他杰克。他在蒂龙郡开车去各家农场收牛奶，每天都走相同的路线。他四十九岁，是一名新教徒，已婚，有九个孩子。他也是皇家阿尔斯特警队的预备役成员，他即将庆祝他的银婚纪念日。

6月22日，星期五下午，他正沿着内伊湖的湖滨开车。爱尔兰共和军开火，朝他头上和身体上开了几枪。奶罐车撞进了树篱。

黎明的雨敲击着波纹铁皮屋顶，将他吵醒，小屋裹在雾中，雾气渗进水泥墙，渗进房间，让室内生寒。劳埃德更深地钻进毯子里

无生命的光

无价值的白天

他试图再次睡去，可雨下得更大了，敲打着金属。他把毯子拉过头顶。声响穿透毯子，寒冷也是。他坐起来，穿上他前一天穿过的衣服，加上第二双袜子、他的帽子、他的手套和他的油布外套。他重新生起火，看着火焰烧碎小屋的灰色

私人内室

但

灰色

依旧

他往门边的桶里撒了尿，煮了茶和麦片粥，用掉了最后一点鲜奶，然后坐在炉火前的椅子上吃了早

饭，耷拉着肩膀，头缩进胸膛。

《自画像：独处》

他把盘子扔进第二个桶，往火里扔了更多泥炭，开始画鸟，用长而弯曲的笔触勾勒翅膀，但用更短促的动作画头、喙和眼睛，他的手、眼睛和思维集中在铅笔刮擦纸面的声音上，闭耳不闻猛击金属的雨声，画满一张又一张鸟儿，升起、盘旋、攀升、转圈、滑翔、旋转、斜飞、潜水的鸟儿，划破海面的鸟儿，没有睫毛的黄眼睛睁得大大的，充满喜悦，工作到突然饥肠辘辘，身体冷得发抖，牙齿打战。他拿起一只碗，滑溜溜的，沾着动物油脂，可火腿没了，牛肉也是。他用手指擦碗，抹起剩余的油脂，舔掉了它。他查看架子，可豆子没了，面包也是。他解开一块放进锡罐的茶巾，发现了两枚鸡蛋。他从桶里拣出煎锅，简单洗了洗，再用一条脏茶巾擦干。他煎了蛋，就着锅吃掉了，一边透过窗户，看着厚重的雨帘。

《自画像：被踢出巢外》

他往火里扔了更多泥炭，然后把脏茶巾塞进门底下

的缝隙，那里积了雨

茶、面包、黄油和果酱

饶舌的那个

岛民们的宠儿

被拥抱

安静的那个

差点饿死

快患上关节炎

被驱逐

他脱掉靴子，爬回床上，外套和帽子都没脱。他闭

上眼睛，不去看小屋，雾，屋顶上的雨

来自饥饿的复仇

6月24日，星期天早上，詹姆斯·约瑟夫·波特的尸体在路边被开车经过的人发现，那人当时正前往阿马郡芒特诺里斯村的教堂。

詹姆斯·约瑟夫·波特，一名六十四岁的新教徒农场主，也是阿尔斯特防卫团的兼职成员，他被发现时穿着衣服，但光着脚。他的头被爱尔兰共和军从一种高射速武器射出的三四颗子弹击碎。

爱尔兰语正在消亡，但尚未死去。

马松看着他在印有蓝线的页面上写的字。细长。典型的法国风格，他说。他继续写。

死亡过程缓慢，在几个世纪里逐步发生，因为人们逐渐抛弃爱尔兰语，改说英语。在此研究中，我追踪这种消亡，跟踪调查了一个家庭里跨越四代人的四名成员，其中年纪最大的班伊弗林只说爱尔兰语，而她的曾外孙谢默斯·奥吉兰则可以自如切换两门语言。

爱尔兰语属凯尔特语，是印欧语系的一个分支，它在语言学上的近亲是苏格兰盖尔语、马恩盖尔语、威尔士语、布列塔尼语和康沃尔语。马恩语和康沃尔语已经灭绝，而其他几门语言生存得极为艰难，受到政府政策和公众倡议不同程度的帮助或阻碍。

很难确定爱尔兰语最初是在什么时候来到爱

尔兰的，但最古老的物质遗迹可追溯到从五世纪和六世纪留存至今的欧甘石，这些巨石上标记着代表拉丁字母的线条和凹痕。大多数欧甘石镌刻着人名和学术写作，据信，在维京人于 900 年至 1200 年间入侵爱尔兰之前，这门语言大体上没有变化。语言从征服中幸存，但就像语言通常会做的那样，适应了新的变化，吸收了斯堪的纳维亚语的词，比如 "ancaire"（锚）、"bád"（船）、"stiúir"（舵）、"bróg"（鞋）、"pingin"（便士），以及 "margadh"（集市）。

他看向窗外，看着雨，看着岛民们冲进校舍参加班伊尼尔的弥撒。他转了转笔。班伊尼尔。这座岛的罗马守护者。教皇的代理人。他接着写论文。

　　第二次入侵由盎格鲁-诺曼人在 1200 年至 1500 年间发动，它带来了类似的，甚至更强的影响。诺曼语词汇被吸收进爱尔兰语中，形成了诸如 "cóta"（外套）、"hata"（帽子）、"gairdín"（花园）、"garsún"（男孩）、"giúistís"（正义）、"bardas"（公司）和 "cúirt"（法庭）等词语，但英语只对爱尔兰语产生了中等程度的影响，两门语言并存。只有都柏林、沃特福德、科克和邓多克是该国的核心英语区。戈尔韦市和都柏林、沃特福德、科克和利默里克周围的地区是多语的，而该国其余地区只讲爱尔兰语。盎格鲁－诺曼人自己开始学习和使用爱尔兰语，正如天主教神父、历史学家约翰·林奇在他十七世纪的作品《驳斥坎布伦西斯》中写的那样，他们变得"Hibernicis ipsis Hiberniores"，比爱尔兰人更爱尔兰，或者说"Níos Gaelaí ná na Gaeil iad fhéin"。[1]

英格兰国王亨利八世于 1509 年即位，这对爱尔兰语产生了持久和灾难性的后果。亨利八世不仅成了爱尔兰国王，还是新成立的圣公会新教教会——爱尔兰圣公会的领袖。他解散了天主教修道院，制服了爱尔兰族长和盎格鲁－诺曼领主，强加了一个新的社会等级，划分的基础不再是宗族、地区和语言，而是宗教。他把人分成新教徒和天主

1　两句引文分别为拉丁语和爱尔兰语，意思均为"比爱尔兰人更爱尔兰"。

教徒，这一区分持续至今。

马松抬头看。透过窗户，看着岛民们在弥撒结束后离开校舍，穿过雨帘奔向家中。

1558 年继位的伊丽莎白一世继续她父亲的工作，在整个爱尔兰扩张新教，再次击溃说爱尔兰语的族长和他们的双语同盟益格鲁－诺曼人。她用说英语的新教徒大农场主取代了他们，坚持要求在所有行政和法律事务中使用英语。没有行政地位的爱尔兰语，在买卖土地、交税或者跟人数日益增长的英国地主打交道时毫无用处。爱尔兰语成了二等语言，激起了一场安静的语言内战，跟宗教划分一样，依然存在于现代爱尔兰。

詹姆斯推开门。他往桌上放了一杯茶和一块涂了黄油、果酱的司康饼。

谢谢你，谢默斯。

詹姆斯没关门就走了。

是詹姆斯，他说。

马松站起来，关上门，继续写作。

查理一世统治期间，说爱尔兰语的天主教徒

的境况有所改善，这位斯图亚特国王兼温和的圣公会信徒于 1625 年登上王位，但这改善很短命。

随着查理一世被斩首，英国内战结束，追随奥利弗·克伦威尔的议会派分子在爱尔兰展开报复行动，袭击曾支持已被罢黜的国王的盖尔首领和盎格鲁－诺曼领主。克伦威尔的军队杀死了成千上万人，又放逐了成千上万人，没收了土地，奖赏给他的士兵和资助人。对已经衰落的爱尔兰语而言，那是一个灾难性的时期，可更糟的尚未来临。

詹姆斯回来了。

我忘记拿你要洗的衣服了。

在卧室里，谢默斯。堆在地板上。

我叫詹姆斯。

有人叫你谢默斯，你应该高兴。

我的名字是詹姆斯。

1691 年，《利默里克条约》签订后，颁布了严酷、灾难般的《刑罚法》；前述条约确认，在博因河以及奥赫里姆的战场上，英格兰的詹姆斯二世和法兰西的路易十四所属的天主教势力，败给了人称

"奥兰治的威廉"的英格兰国王威廉三世的新教徒军队。詹姆斯二世的爱尔兰支持者离开了爱尔兰，将国家和语言的控制权让给了信奉新教的英格兰。剩下的天主教土地大多被交给了新教徒，并且根据新法律的规定，天主教徒无法获得平等的教育权和政治代表权，他们的继承权遭到阻挠，被禁止携带武器或进入军队和职业阶层。

詹姆斯带着一个火腿三明治、涂了黄油的布拉克和一杯茶回来了。

谢谢。

你到底在写什么？

爱尔兰语的历史。

只有疯子才为这个激动，JP。

马松笑了。

对我来说它值得激动。

我更喜欢劳埃德先生的艺术。

那你最好去找他。

啊，他不想让任何人靠近他。

他想一个人发疯。

肯定是这样。

你走吧。我忙着呢。

《刑罚法》给这门语言造成了灾难性的后果，因为所有学校、法庭、租约、租金簿、令状和传票只提供英语版——这可是一个百分之八十的人口说爱尔兰语的国家。只有大约五分之一的人通双语，这些人倾向于当中间人、店主、旅店老板、接生婆、仆人、商贩和工匠，全都为说英语的新教徒提供服务，后者是地主、法官、律师、检察官、文官、军官和代理人。那些只说爱尔兰语的人是社会上最贫穷的群体，作为佃农生活在恶劣的条件下，依靠地主的善心和土豆丰收度日，那是他们唯一的食物来源。此外，天主教徒有义务向他们当地的爱尔兰圣公会牧师缴纳什一税。

马松抬头瞥了一眼，看向窗外。劳埃德正走进村里，没刮胡子，淋得湿透，耷拉着肩膀。马松看着英国人从他窗前经过，眼睛盯着地面。他听着劳埃德打开农舍门，走了进去。他继续埋头写作。

由于被排除在权力和教育中心之外，也与印

刷术在欧洲大陆的迅速发展脱钩，爱尔兰语变得边缘化，逐渐成为穷人的口头语言，依靠诗歌和政治诗文来传播思想与理念。此前，爱尔兰诗歌大多咏叹人与自然和风景的关系，这时变得政治化，因为许多诗人渴望爱尔兰有一天能再度崛起，成为一个珍视其盖尔文化的天主教国家。

单语的爱尔兰语诗逐渐变成双语诗，因为诗人们在一句话里使用爱尔兰语和英语，或者在不同诗节间转换语言，略通两门语言的诗人们创作了双语混合的作品，他们活跃于十八世纪中叶，面向的读者至少拥有一定的英语理解能力，一种接受式双语[1]能力，就像我们今天在这座偏远岛屿上看到的，比如说，班伊尼尔，她能听懂用英语说的话，但只说爱尔兰语。

他看着劳埃德再次经过窗户，穿着干衣服，但没洗澡，没刮胡子，朝班伊尼尔的厨房走去。劳埃德敲门走了进去，把梅雷亚德吓了一跳，她依然穿着星

1　接受式双语（receptive bilingualism）又称被动式双语，是语言学专业术语。——编者注

期天的好衣服，坐在火边，听着收音机，织着毛衣，大腿上放着一卷炭灰色的羊毛。她冲他微笑。

An bhfuil ocras ort[1]?

他点头。

她把编织物放到一边，关掉收音机，站了起来。她指了指桌子。他坐下。她准备了一盘炒蛋、面包和司康饼。她倒了茶。

谢谢，他说。

Tá fáilte romhat[2]，她说。不客气。

你会说英语，他说。

Giota beag，她说。一点点。

班伊尼尔来到厨房。她跟劳埃德打了招呼，但只跟梅雷亚德说话。两个女人离开了厨房又回来，不再穿着星期天的衣服，接着准备食物、生火。他吃了东西，喝了茶，愉快地感到暖意涌入身体。

谢谢，他说。

1　爱尔兰语，意为"你饿了吗"。

2　爱尔兰语，意为"不客气"。后文多处先说爱尔兰语再说英语，意思相同，不再逐一加注。

他再次走进雨中，走向他的农舍

霉斑

霉菌横行

有增无减

他生起自己的火，烧水用来洗澡、刮胡子。他重新装上窗帘，四处转悠，等水烧热，查看画架上自己的作品，以及墙上其他人的作品。他拿起他那本伦勃朗素描集

薄层和浓墨

棕色调

简单的线条

柔软

沉睡的女人

阅读的女人

沐浴的女人

他哼唱着往浴盆里倒满热水，哼唱着擦洗皮肤，刮胡子，岛民们从他窗前经过，穿过雨水，拿着盒子，米哈尔和弗朗西斯跟在他们后面，水滴到了班伊尼尔的厨房地板上。

你们应该先换衣服再坐下，班伊尼尔说。

她指着紧挨厨房的卧室。

男人的衣服在那里。

弗朗西斯把一个盒子放在桌尾，跟着米哈尔进了另一个房间。梅雷亚德往面粉里加了脱脂乳，在男人们回来时抬起头，米哈尔穿着她父亲的衣服，弗朗西斯穿着她丈夫的衣服。

明天的天气怎么样？班伊尼尔问。

今天晚上就会转晴，米哈尔说。我们应该不会有事。

你们什么时候走？

小母牛七点到小海湾。差不多就那个时间吧。班伊尼尔往茶壶里倒了水。

我需要卖个好价钱，米哈尔，她说。

我会给你办到的。

为了过冬。

我会帮你把过春天的钱也赚了，安妮。班伊尼尔盯着他，穿着她丈夫衣服的男人。

如果你一直拿走我们的钱，我们是过不下去

190

的，她说。

你拿的比我多，安妮。

那你肯定是一分钱都没赚了。

梅雷亚德把面包揉成型，拍打它。

北边发生了可怕的事，她说。其中一个男人有
九个孩子。

米哈尔摇头。

这事真让人震惊。

他是新教徒，梅雷亚德说。有九个孩子。

这可不寻常，班伊尼尔说。

梅雷亚德把面包轻轻放上托盘。

想象一下，你是那个妻子，她说。九个孩子
都抬头看你，指望你知道接下来该怎么办。

他在加入皇家警队前就该想到这点，弗朗西
斯说。

他是预备役，弗朗西斯。

也算皇家警察。

也许他是为了孩子才加入的。为了钱。

女王的先令[1]所需的代价。

她在面包表面切了个十字。

你从劳埃德先生那里拿，不也挺开心的，弗朗西斯。

拿什么？

女王的先令。

这不一样。

是吗？

我们不是在自由邦[2]里吗，梅雷亚德？

她戳了面包四次。

这还是之前那个说着除非统一，爱尔兰绝不会自由的弗朗西斯·吉兰吗？

在这里收一个英国人的钱，跟为英国人工作并压迫爱尔兰人不一样。

英国人的钱就是英国人的钱，弗朗西斯。

她把面包扔进火上的锅里，洗干净手，跟他们坐在

1　接受女王的先令指加入英国军队。

2　指爱尔兰自由邦（Irish Free State），它存在于 1922 年至 1937 年间，包含爱尔兰三十二个郡中的二十六个，是大英帝国的自治领。自由邦的字面意思为"自由国度"。

一起。

所以这个英国人怎么样了？米哈尔问。他过得怎么样？

他刚回来了，梅雷亚德说。他在那外头待了得有一星期。

在这样的雨里？米哈尔问。

一天又一天的雨。

这日子可够难受的。

她笑了。

闻起来是挺难受。

米哈尔指着窗户。

正说着就来了。

劳埃德进入厨房，干干净净，刮了胡子。

我希望能喝点茶，他说。也许还能吃点别的东西。

梅雷亚德倒了茶，给了他两块司康饼。他往两块饼上涂了黄油和果酱。

所以，在那外头怎么样？

挺好，米哈尔。工作进展得不错。

你淋了点雨。

劳埃德皱眉。

很多雨，米哈尔。

在那外头够艰难的。

是的。非常艰难。

但你挺过来了。

有吗？

至少你人在这里。

劳埃德耸肩。

这么说的话，没错，我想我挺过来了。

他吃了第一块司康饼。

什么风把你吹回来了，米哈尔？今天可是星期天。

星期三的赶集日。我们明天要带一头小母牛过去。

坐你的船？

叫它游过去也太远了。

劳埃德对他微笑。

我能跟你一起去吗？

米哈尔摇头。

　　这趟旅程不适合你，劳埃德先生。

　　我这次会好些的，米哈尔。

　　不适合你，劳埃德先生。最好从岸上观察。

劳埃德吃了第二块司康饼。

　　你们什么时候走？

　　很早。

　　什么时间？

　　六点在小海湾。

　　行。我会去的。

　　好的，劳埃德先生。

劳埃德回到农舍睡了一觉，直到詹姆斯敲门叫他去吃晚饭。雨停了。他吃了炸鱼、土豆和卷心菜。

　　谢谢你，奥尼尔太太。非常好吃。

她再次盛满他的盘子。马松靠过来，大声说话。

　　Caithfidh muid Gaeilge a labhairt[1].

他转身面对英国人。

　　抱歉，劳埃德，可我们必须讲爱尔兰语。

1　爱尔兰语，意为"我们必须讲爱尔兰语"。

别提这事了，JP，米哈尔说。

不，米哈尔。这房子里得讲爱尔兰语。

我在外面待了一星期还不够吗？劳埃德说。

不，不够。这是座讲爱尔兰语的岛。

我还应该在外面待多久？

别让他惹恼你，劳埃德先生。

我更愿意听他说出来，米哈尔。我应该在那个没有正经食物和炉灶的悬崖边上待多久。都没有自来水。

直到你离开，马松说。

这是傻话，JP，米哈尔说。

他压根不该在这里，米哈尔。这座岛屿应该受到保护，不让讲英语的人来。

米哈尔笑了。

像一座博物馆，JP？

不如说是保护项目。

那就是一座动物园了？

讲爱尔兰语的岛很宝贵，米哈尔。

你不能因为人们讲爱尔兰语，就把他们锁在

岛上，JP。

如果这样能拯救这门语言，就可以。

你也不能因为人们不讲爱尔兰语，拦着他们不让来。

这是你们的岛。你们可以做你们想做的事。

啊，你真的在说傻话，JP。

是吗？你们还有这个最后的机会来拯救这门语言。

劳埃德倾身向前，靠向马松。

你是语言学家吗？

我是。

我以为语言学家的职责是观察，劳埃德说。

我是在观察。

你不是。你在影响。在宣传。

这门语言正在我们面前死去。为了拯救它，我当然在宣传。

可那不是你的职责，劳埃德说。那不是语言学家的职责。

现在是了。

劳埃德叹气。

我必须现在就走吗？或许我可以先吃些甜点？喝杯茶？

班伊尼尔在他面前放了一片馅饼，倒了茶。

谢谢你，奥尼尔太太。

他吃了馅饼，喝了茶。

所以它还剩多少寿命？劳埃德问。这门语言。

如果詹姆斯待在这座岛上，他的孩子会讲爱尔兰语和英语，他的孙辈也可能如此。

如果他不待在岛上呢？

如果他离开了，他的孩子可能会讲英语，还会讲一点简单的爱尔兰语。但他的孙辈只会讲英语。

所以没希望了，劳埃德说。

不，不是的，但扭转这个趋势需要举国家之力。

米哈尔叹气。

已经试过了，JP，他说。

我们需要保护爱尔兰语区，马松说，投资工

作岗位，让讲爱尔兰语的人留在西部。

没人留下来，JP。没人想留下。

那就让他们留下，马松说。

怎么做？

付钱给詹姆斯这样的人，让他们留在岛上，说爱尔兰语。

如果我不想留下来呢？詹姆斯问。

你哪儿都不会去，詹姆斯，弗朗西斯说。

如果我想，我就能去。

弗朗西斯摇头。

你是这个家里唯一的男人。

你不能逼我留下来，弗朗西斯。

你不能扔下这些女人，把她们单独留在这里。

我想做什么就可以做什么，弗朗西斯。想去哪里就去哪里。

弗朗西斯向后坐回椅子。

不，詹姆斯。你不能。

梅雷亚德起身收拾杯盘和刀叉。

就算这门语言消失，又有什么要紧呢？劳埃德问。就算每个人都说英语又如何？

这是他们的语言，马松说。他们独有的。

所以呢？

它承载了他们的历史，他们的思维，他们的存在。

米哈尔把他的盘子和杯子推向梅雷亚德。他从夹克衫里抽出一根香烟。

上帝啊，JP，你是个狂热的浪漫主义者。

是吗？

他点燃香烟。

它是一门语言，JP。一种跟彼此说话的方式。在商店买面包的方式。仅此而已。

詹姆斯溜出厨房，在外面等着，直到劳埃德回到他的农舍，上楼睡觉。然后他奔跑，跑向悬崖，跑向小屋，到达时天已经快黑了。我为什么不能这么做？是我告诉他有这间小屋的，在他踏进散落在地板上的罐头、没洗的盘子，以及酸掉的牛奶和放久了的小便的恶臭中时，他身上还带着余光。床没有整理，仿佛艺术家刚爬出来，他的衣服堆在地板上或卷成团扔在架子上。詹姆斯弯腰去捡一条裤子，但停了下来，这不是你的烂摊子，詹姆斯·吉兰。不，可这是我的小屋。画架上有幅刚开了个头的油画，画的是悬崖，画架脚边有一堆素描，都是用木炭或铅笔画的。詹姆斯点亮煤油灯，把门开得更大，给屋内通风。他坐在地板上，仔细看那些素描，画的是大海和悬崖，他一边逐张翻看，一边摇头，它们太过扁平了，劳埃德先生，你压根不懂光线，你让光线停留在大海上方，但它不这么做，不是吗？不，它埋在下方，像鸟儿那样潜入海浪之间，既从上方也从下方照亮海水。我会教你怎么做的，劳埃德先生。如果你肯让我教。如果你让我用你的颜料。他重新点火，在水壶里加了水，准备泡茶，觉得很放松，因为劳埃德睡熟了，其他人不会在这么晚的时间跟着他来悬崖，反正他们中的大多数从不离开村子，太老太无趣，不会走这条路。他坐在床上，嚼着已经干巴的布拉克，喝着红茶，仔细审视贴在墙上的鸟儿素描，海鸥，看起来是，可它们的头跟身体比起来太小，海鸥的身体上安了个燕鸥的脑袋，所以这里也需要多加练习，劳埃德先生。他喝完茶，吃完蛋糕，然后躺下，把膝盖蜷曲到胸口，小心不踢到堆在床尾的素描，看着窗外的光线暗下去，夜晚来临，一个男版的金发姑娘[1]，尽管这实际上是我的小屋，床到时候也会是我的，床上会带着跟我、跟我母亲、跟我外祖母、跟我曾外祖母不同的气味。所有这些我必须照顾的母亲。这就是男人的气味吗？这就是我父亲的气味吗？我母亲在夜里躺在他身边时闻到的气味，我躺在他们中间时闻到的气味？弗朗西斯闻起来不这样，不，不这样，因为这是油和颜料混合着汗与霉臭的气味，是纸，是铅笔，是亚麻籽的气味。不是弗朗西斯的气味。他身上有烟，有汗，有盐和海的气味。还有鱼的气味。他身上的鱼腥味从来不散，即便他刚洗完澡，我讨厌那种气味，那种鱼的气味，但我喜欢这种气味，你的气味，劳埃德先生，一名艺术家的气味，一个英国人的气味。想象一下，弗朗西

---

1 金发姑娘（Goldilocks）是童话故事《金发姑娘和三只熊》里的人物，在三只熊外出时，她不小心闯入它们的家中，吃掉了它们的食物，睡了它们的床。

斯·吉兰，喜欢英国人的气味，英国风格的气味。在他们对我们做了那些事之后，詹姆斯·吉兰，你竟然喜欢一个英国人的气味。叛徒。变节者。砍掉他的头。他的腿。他的手臂。他的膝盖。子弹射进大脑，因为我喜欢这种气味。因为我更喜欢这种气味，而不是你的气味，弗朗西斯·吉兰和那些该死的鱼，还有你在我母亲身后喘气的气味，用你令人厌恶的眼睛，你那总是不怀好意的眼睛追逐她，我为什么要喜欢你的气味，弗朗西斯·吉兰，你那像鱼一般可疑、为我母亲喘气的气味？你能素描出气味吗，劳埃德先生？用颜料画呢？你试过吗？你会把我的气味画进油画吗？那会是什么样？我的气味？兔子的气味？母鸡的？也许我已经闻着像鱼了。也许我生来就带着鱼的气味。溺水渔夫的儿子和外孙，他们长眠海底，永远散发着鱼味。他埋进被子里，左右滚来滚去，将他的衣服和皮肤在艺术家的油和汗里蹭，在铅笔、木炭和颜料里蹭，滚到他确定自己闻起来不像鱼，因为如果我闻起来不像鱼，而是有油画颜料的气味，他们也许都会看出我应该离开，看出我不是渔夫，不是一个真正的岛上男孩，而是必须去别处的另一种人，去别的地方，不在这里照顾我的母亲、我的外祖母、我的曾外祖母，现在他们还要把母语也交给我来照顾，还要拯救那个母亲，要彻底拯救它以及另外几位母亲。我不想要这么多母亲。

他待到天全黑下来才返回村庄，经过了牛圈和第二天一早要离开的小母牛。

再见了。

他拍了拍它，温柔的手轻触它的臀部。

祝你好运，他说。

第二天早上不到六点，劳埃德快速穿好衣服，拿了几支新铅笔和一本新素描簿，带入凉爽的早晨里，太阳已经升起，但笼罩在云中，缺乏晒干草地所需的温暖，在他沿着小径走向小海湾时，草丛浸湿了他的裤子，等他走近才意识到那里空无一人，只有海浪轻拍着岩石，海豹在海滩上睡觉，打着呼噜。他沿着小径往回走，寻找米哈尔，可村庄依然在沉睡。他走回小海湾，开始写生，把阳光画得更为发散，把米哈尔的船变成一艘即将入侵的军舰。

《岛屿系列：海豹作为首批死伤者，仿透纳》

他再次走上悬崖小径，但在老村停下，从一栋废弃的房子漫步到下一栋，屋顶不见了，墙壁倾颓为大石和土块。然而，山墙依然挺立。他坐下来写生。

《自画像：废墟中的清晨》

《自画像：在浓重的灰光中》

随后，他听见了小母牛，正哞哞哀叫，并且看见了它，这牲口对狭窄的小径没有把握，对拿着棍子的七个老人也没把握，詹姆斯跟在后面，右手拿着一根棍子。马上到七点了，小母牛是深红褐色的，脸上有一条白色斑纹，脑袋周围套着一根绳子，充当缰绳。它肚子下面也有一根绳子，在脊柱处汇聚成一个大结。

劳埃德跟到詹姆斯后面，避开牛粪堆，他们离大海越近，牛粪堆就越散、越频繁出现。小母牛停在下水滑道顶部，拒绝继续前进。弗朗西斯和米哈尔悄悄走过去，抬起一条克勒克艇，划向大船。他们爬上船。三个老人和詹姆斯跟小母牛待在下水滑道顶部。另外四个老人把两条克勒克艇抬到水里，爬进去，将船稳定在下水滑道边上。

米哈尔大喊。劳埃德开始画。

男人们和詹姆斯用棍子抽打小母牛的臀部，它向前走，踏上混凝土，粪水从它抬起的尾巴下喷出。他们把它往下水滑道推得更远，推向海水。从它胸膛里升出一声哀怨的呻吟。它转身走上滑道，旋转，扭动，自己绊倒自己，可他们将它打回混凝土小径，棍子重重落在它的臀部、它的侧腹、它的腿上。它咆哮，跌跌撞撞地走向大海。

《岛屿系列：带小母牛去集市之一》

他们把它往海水的边缘推得更近。它动来动去，试图逃跑，移向左边，移向右边，在男人们之间寻找一条路径。

《岛屿系列：带小母牛去集市之二》

但他们堵住了它，将它赶往前方，赶入翻滚到混凝土上的海浪。它再次扭动，冲向詹姆斯和老人们，可棍子落在它身上，一连串长而密集的木头落在它的背部和两侧，捶打它的肉体，击打连续不断，直

到它进入大海

怕水

怕人

和棍子

小母牛的选择

粪便给大海染上了颜色，船上的男人们伸手接过小
母牛的缰绳，扭过它的头，让它的口鼻露出水面。
两个男人抓着它，一条克勒克艇各一个，而另外两
人划船，拽着牲口渡过大海，前往大船。

《岛屿系列：带小母牛去集市之三》

米哈尔和弗朗西斯往小母牛脊椎上的绳环绑了更多
绳子，六个男人又拽又抬，把牲口弄上了船的一
侧，放在甲板上，他们迅速将它的腿、头和脖子绑
在一起。一个老人滑下米哈尔的船，带着三条克勒
克艇回到岸上。其他人跟着小母牛离开了，他们离
开小海湾时，它的哞哞叫声不时盖过船的引擎声，
传到岸边。

《岛屿系列：带小母牛去集市之四》

岛民们回到村庄，但劳埃德留了下来，依然在绘

画，看着大海清洗下水滑道，冲刷混凝土，把牛粪冲入大洋，把它送上环绕地球之旅。

《岛屿系列：带小母牛去集市之五》

他合上素描簿，沿小径返回。詹姆斯坐在悬崖顶端，向下看着大海。

牛会呕吐吗，詹姆斯？

我不知道。

马不会。它们做不到。但我不知道牛会不会。

我也不知道，詹姆斯说。

它们会晕船吗？

我不知道。

随后他吃了早饭，回去睡觉，直到被敲门声唤醒。

是詹姆斯来了，他端着一个三明治、一杯茶和一片布拉克。

我给你拿了吃的。

谢谢你，詹姆斯。

你刚才在睡觉吗？

是的。

你的生活真不错，劳埃德先生。

我想是这样的。

我母亲想看看你画的我，他说。

劳埃德摇了摇头，驱走睡意。

为什么?

我不知道。她没说。

詹姆斯耸肩。

她只是想看看，劳埃德先生。

还没画完呢。

她不会介意的。

好吧。叫她过来吧。

什么时候?

现在，如果她想来。

劳埃德领他们进入画室，双手捧着一杯茶。

很乱。我在工作。

Ná bac，她说。

没关系，詹姆斯说。

他从房间的不同地方收起素描，然后把它们一张张
放在画架上，每张停顿一下，好让她专心欣赏他对
她儿子的诠释。

Tá siad go hálainn，她说。它们很美。

谢谢。

他看着她，疑惑不解。

马松知道你会说英语吗？

詹姆斯抬起一根手指，放在嘴唇前。

别告诉他，詹姆斯说。他会非常失望的。

他怎么会不知道呢？

梅雷亚德耸肩。

Creideann muid an rud a oireanns dúinn.

我们相信我们想相信的事，詹姆斯说。

劳埃德笑了。

所以那算不上什么研究，对吗？

他看着她拿起每张素描，转动它以捕捉光线

薄层和浓墨

棕色调

简单的线条

柔软

沉睡的女人

阅读的女人

沐浴的女人

她用手指抚过铅笔，触摸她的儿子，触摸他的作品，把木炭从纸上拿起来。

等等，他说。

他拿来他那本伦勃朗素描集，翻到那张睡觉的年轻女人，她的头枕在一条手臂上，身上松松地围了一张床单。他把画给她看。

我可以画你吗？他说。像这样？

她触摸那个女人。

但要把你的头发垂下来，他说。不像他在画里那样扎起来。

詹姆斯做了翻译。她把书从他手里拿过来，走到窗边，在白昼的灰色光线下看这幅画。

它非常美，她说。Cén uair a rinneadh é? 它多少岁了？

超过三百岁。

Seanbhean óg，她说。

一个年轻的老女人，詹姆斯说。

她摇头。

一个很老的年轻女人 [1]，她说。

劳埃德对她微笑。

她用手指抚过这幅画，抚过女人的脸，沿床单的布料往下，她被赋予了永恒的生命，我也是，如果我让他这么做，这个一点也不像耶稣的英国人。她微笑。一种永久存在，我想。算是吧。

Tá go maith，她说。我愿意。

他盯着她。

你确定吗？他问。

她耸肩。

我说了可以。

你是说了，我知道。我没预料到。

他笑了。

我以为你会拒绝。

她合上书，还给他。

Cén uair? 她问。什么时候？

今天下午。

她摇头。

1　詹姆斯的翻译没有错，是梅雷亚德用英语修改了措辞。

不。小屋。Anocht. 今晚。

太暗了。

Amárach. 明天?

可以，他说。黎明。光线很好。

她冲她儿子微笑。

Mé féin is tú féin i pbictiúirí.

劳埃德看向詹姆斯。

她说了什么?

她说她自己和我自己在画里。

劳埃德微笑。

确实。

劳埃德回去收拾小屋，为迎接她做准备。他先整理了他的素描，把那些要留下来的整齐地堆在床底，把剩下的捆起来放在火边，等着烧掉。他收拾了他的衣服，清理了桌子，清空了壁炉，扫了地，然后出发去海边，两手各拎一只金属桶，一只来自厨房，装满了脏餐具，第二只是他的马桶，已经倒空了，但还残留着粪便和尿液的痕迹。他拎着两只桶走过岩石嶙峋的小径，穿过丛生的草，来到他跟詹姆斯发现的小海湾。他脱掉鞋袜，拎着两只桶走进水里，海水在他脚边猛烈打旋，寒意直冲他的脊椎和牙齿，冻红了他的脚和腿。他弯腰洗桶，但停了下来。

《自画像：在我自己的大便里清洗，仿达利》

他笑了

太幼稚

太滑稽

太多钱

他把马桶放回沙子上，把餐具桶浸入水中，用咸水来磨掉碗、盘子和杯子上的陈旧污渍。随后他把马桶扣入水中，看着海浪夺取、稀释他的便溺。

《自画像：我环游世界》

他闷哼一声。

《自画像：国际艺术家》

他坐在沙子上，等待风和太阳弄干他的脚和手，他的脚短而宽，脚趾上蜷曲着粗黑的毛，他的手长而优雅，仿佛做过美甲。

《自画像：作为手和脚》

《自画像：作为美女和野兽》

他追踪着海水奔流过小海湾，到达左边，又呈弧状
扫向右边，力量之大，根本无法想象他能够从浪底
冒出来，可以顶着浪游出来

但

谁

会注意

会关心

艺术商们亲爱的宠儿

不会察觉

那个亲爱的艺术商

漠不关心

空气太冷，吹不干他的脚，他用手指、双手、袜子
摩擦双脚，穿着湿漉漉的袜子和潮乎乎的靴子回小
屋。詹姆斯坐在地上，倚着门。

　　我想成为艺术家，他说。

劳埃德放下桶。

　　你今天下午过得怎么样，詹姆斯？

　　我想让你教我画画，劳埃德先生。

抱歉，詹姆斯。今天不行。我在工作。

星期天你不应该工作。

我工作。

明天？

不。不收学生。

詹姆斯跟着劳埃德进入小屋。

那么，你会教我吗？

不。

可是你必须教。

其实我不必教。

求你了。

桌上放着一盒食物。

外婆送了这个给你。

我不知道我可以继续住下去。

她觉得你可以。

劳埃德看了一眼盒子里面。

有很多食物，詹姆斯。比往常还多。

她一定是喜欢你。

他开始把食物取出来。牛肉，比平常多的火腿，一打鸡蛋，而不是六个。

你必须教我，劳埃德先生。

这样挺没礼貌的，詹姆斯。

詹姆斯走到墙边。

我能问你点事吗，劳埃德先生？

可以。

詹姆斯指着画。

这些是海鸥还是燕鸥？

海鸥。

它们的头太小了。那是燕鸥的头。

好的。

你也不理解光线落在海上的方式。

是这样吗，詹姆斯？

你在用错误的方式看它。

我现在也是吗？

是的，劳埃德先生。

你怎么知道？

我总是看海，劳埃德先生。没别的事可做。

劳埃德从墙上取下了一张他画的海。他把画递给詹姆斯。

好吧。告诉我，我该怎么看光线。

除了从上方，还要从海下方看。

什么意思？

光线不仅仅待在水面。

我想也不是。

它会破碎，一部分落入水下。

所以呢？

水应该看起来不仅从上方，也从下方被照亮。

这很有意思，詹姆斯。

瞧。我能帮上忙。派上用场。

你可以，詹姆斯。

现在教我画油画吧，劳埃德先生。

我在工作，詹姆斯。

我会在你旁边工作。

不，詹姆斯。我得单独工作。

好吧，我能拿一些颜料和画笔吗？一些纸。

不能从这里拿。

从农舍？

劳埃德叹气。

我真的不想收学生。

我会告诉外婆你要画我母亲。

劳埃德倒吸一口气，动作夸张，用手按着胸膛。

你不会这么做的，詹姆斯。

男孩笑了。

我会的。我还会告诉她，妈身上只会裹一条床单。

劳埃德把詹姆斯赶到门口。

从这儿出去，詹姆斯。从铅笔和木炭开始。别用颜料。

好的，劳埃德先生。

我过几天回去看看你做了什么。

能给我一把钥匙吗?

你肯定会找到进去的办法的，詹姆斯。

詹姆斯笑了。

你说得对。我会的。

劳埃德把盘子放回架子上，拿空了装食物的盒子，在其余的架子上堆满面包、水果蛋糕、豆子、汤罐

头和蔬菜，就像之前那样，土豆、卷心菜和白萝卜

英国艺术家

被流放

法国语言学家

被拥抱

他把鲜奶和黄油拿到外面，储存在北墙边，把它们放进遮光的石头和石板中间。他回到屋内，点起火，用废弃的素描和木屑来助长火焰，然后用小片的泥炭，小心不用太大或太潮湿的泥炭块闷熄它。他泡了茶，吃了牛肉和面包，坐在火前等待梅雷亚德，画脑袋更大的海鸥，画光线从上也从下照射的大海，遵循岛上男孩的指导，他比艺术家更懂光线，他从班伊尼尔的厨房拿钥匙打开英国人的农舍，走进被颜料和亚麻籽油，被碳和木炭的微小颗粒弄得浑浊的画室空气。詹姆斯深深吸气，往他的肺里吸满这种异质性，我可以呼吸它一整天，再也不出来。我会让外婆把早饭、正餐和茶点放在门口，这样我就能待在里面，呼吸这片空气，一个人，躲开他们和他们的鱼腥味，躲开他们和他们为

我的余生所做的计划，待在这里，把玩画笔、颜料、木炭和铅笔，拧开颜料管，红的，黄的，把颜色挤在手指上，在我的脸颊、我的额头画上黄色和红色的条纹，入门，当学徒，艺术家的养成。

他将颜料挤在调色板上，绿松石蓝，法国蓝，勿忘我蓝，镉橙，柠檬黄，金黄，浅绿茜色，深绿茜色，鲜艳的波斯红，深红宝石色，朱砂绿，海绿，橄榄绿，深浓的绿色和白色。很多白色。

他挑了几支画笔，有细有粗，画了一艘海上的大船，网已撒出，鱼蹦蹦跳跳，米哈尔和弗朗西斯在船上微笑。他开始画第二幅画。另一条船。一条克勒克艇。更靠近海岸。米哈尔和弗朗西斯坐在里面，但这次愁眉不展，因为他们把劳埃德划到了岛上，艺术家的右手拿着三支画笔，高高举向天空，是供奉给艺术众神的祭品。他把小岛画成一座散布着农舍的山，他的外婆和母亲在他们的房子门口，手里拿着一个茶壶和一盘司康饼，马松在他的农舍门口，拿着他的磁带录音机，班伊弗林在山的更高处，更靠近山顶，拄着拐杖，幸福地微笑，她四周、她的农舍四周环绕着黄色的光芒。在右下角，在海下，他画了一条倒置的小船，并在船身写下他的首字母缩写，JG。詹姆斯·吉兰。艺术家。不是渔夫。

他又画了四幅油画，接着开始用铅笔和木炭作画，待到天黑，直到他听见他母亲在外面跟 JP 说话。他从后门离开，在她到厨房前先到达那里。

你错过了茶点，她说。

她把一篮脏衣服放在桌上。

我是错过了。

他摸了摸篮子。

那个 JP 让你忙个不停。

他喜欢干净衣服。

它们只会再次变脏。

你饿吗，詹姆斯？

饿死了。

她从火边拿来一个盘子，上面盖了另一个盘子，然后把它放在桌上，放在她儿子面前，他的脸和手溅上了不同颜色的颜料。

盘子是热的，詹姆斯。

　　谢谢。

　　你之前干什么去了？

　　没干什么。

　　你花了很长时间没干什么。

　　我想是这样的。你在 JP 那里做什么？

　　没干什么。

　　我听到你们说话了。

　　那你一定在附近了。

他冲她微笑。

　　我想是这样的。

她揉了揉他的头发。

　　你该睡觉了，詹姆斯。

　　是该睡了。

他离开了。她洗了盘子和餐具，还拨旺了火。她坐下，从椅旁的篮子里拿起炭灰色的编织物。给詹姆斯的套头毛衣，刚开了个头。深色，好掩盖尘土。她将编织物在一条大腿上摊开，数了数针脚。织了八行，还差两行，一行平针，一行反针。开学时正好能织完，詹姆斯。如果你还回学校的话。回到那些牧师和他们的行事办法中去。她开始编织，一根针滑到另一根上方，将羊毛织成环形。他们把你变安静，詹姆斯。他们把你变平静。你的指甲被啃到了肉里。她织完了毛衣的底边，然后往两边各加了六针。她继续织，一行行的平针和反针为即将出现的花样打下基础，她自己的花样，她的设计，就像她曾经为利亚姆，现在为詹姆斯织的那样，詹姆斯什么也不告诉我，只是执意说我不用担心，说他们不喜欢我是因为我是个岛上男孩，不过别担心，妈，因为我也不喜欢他们。她数了数针脚。一百三十四。起初如此，现在依然，将来也永远不变。编织者的祈祷。她继续，又织了三行，平针，反针，平针。她把编织物摊在两条大腿上，又数了一次针脚，开始织她的花样，黑莓针、绞花、苔藓，中间往上是方块，另一面反过来，苔藓、绞花、黑莓。她织出第一个黑莓纹样，在一个针脚上织了三针，把它们聚在一起，用反针收拢，再拉过去，莓的诞生，为毛衣增加纹理。她微笑，轻抚羊毛结，把羊毛变厚，好让詹姆斯穿起来暖和，就像它曾温暖我那样，我母亲织的，不是我外婆织的，她依然称这为英国编织，英国人的阴谋，他们对饥荒的愧疚，对窃取土地的愧疚。他们夺走了我们的土地，她说，让我们挨饿，然后为了缓解贫困，为了减轻他们的愧疚，他们给我们安排了编织。用这种方式织毛衣，再卖掉，他们说。用那种方式谋生，他们说。用那种方式赚取房租，他们说，尽管我们喜欢用另一种方式谋生，靠曾经属于我们的土地，曾经属于我们的大海。可他们叫我们编织，所以现在我们编织。总之，我不织，班伊弗林说。不做那种编织。他们的编织。他们的苏格兰、英格兰、爱尔兰编织。我会做我自己的编织。像我母亲那样编织。像我外婆那样编织。梅雷亚德笑了。笑依然坐在那上面的班伊弗林，坐在火边，拿着她的烟斗、她的茶和她的编织物，对抗一切，织着再也没人想穿的袜子，上面的花样比这些毛衣还复杂的袜子，布满海浪和纹样、花案迂回曲折的袜子，待在一个抽屉里的袜子，因为我父亲，她女儿的丈夫，是最后一个穿它们的岛民，那个抽屉里有几十双袜子等着他从海里回来。梅雷亚德微笑。等他从海里回来，打开那个装袜子的抽屉时，至少他的脚不会冻着。她继续织，二十针平针，绞花的基础，它将从詹姆斯的胸膛两侧向上延伸，从他的髋骨到他的锁骨。接着是苔藓针，平针，反针，平针，反针，在沉睡的房子、沉睡的村庄的寂静中，这编织令人安心，她的金属针一根滑到另一根上方，为毛衣中间的方块花样打基础，覆盖詹姆斯的胸膛，依然瘦削，但他已经变声了，他也刮过一两次胡子了，只刮了下巴，偷偷摸摸地，毛发被冲走，剃须刀藏了起来，用他父亲的剃须刀，却没有他父亲的指导，没有男人的指导，因为牧师们对他没用，那些穿教士长袍的男人，他也没时间找米哈尔，更不会找弗朗西斯，他自己的叔叔，尽管他足够喜欢这个英国人。也许他现在跟英国人说话就像他本来会跟他父亲那样说话，那个如今对他派不上什么用场的男人，长眠海底，穿着这样一件毛衣，深色，就像这件，如今成了鱼的床，螃蟹的毯子，羊毛比他的皮肤和肉体更持久，比他黑黑的头发更持久。可你的骨头呢，利亚姆？你的骨髓呢？你呢？还剩下什么？你的残余物，我的爱人，在那底下，在大海之墓下面，坟墓般的大海。还剩什么东西吗，还是你全都消失了？被吃掉了？粉碎成原子了？被稀释，被扩散。被裹挟着从一片大洋来到另一片。你的微小颗粒环游地球。我丈夫在澳大利亚，在非洲，在南美洲，环游世界却没带我，尽管他曾承诺我们会一起去，一起离开，我们三个。可你走了，没带上我，利亚姆。没带上我们。

她抿了一口茶，继续织。

对了，一根骨头能撑多久不烂？头盖骨呢？比毛衣要短还是长？我的兄弟也穿着一件毛衣。也是深色的，像这件，由他的母亲，我的母亲织成，上面的黑莓纹样比较少，好让我们洗衣时能区分它们。尽管它们很少需要清洗，这些毛衣，因为它们像绵羊那样擅长吸收气味。你见过一头难闻的绵羊吗，利亚姆？牛，见过。山羊？那些家伙身上难闻极了。可是绵羊呢？不用管它，它是一种干净的动物。不像那个法国人，他能保持干净只是因为我在为他做清洁。

她织到了方块的另一边，开始反过来织花样，苔藓、绞花、黑莓。

但我父亲，他从来不穿套头毛衣，即使在隆冬。他穿班伊弗林的袜子和衬衫，还有一年来岛上两次的男裁缝做的无袖夹克衫和扎人的裤子。他穿一件真正的夹克衫去做弥撒，然而在那天，那个秋日，最后那天，他穿了他常穿的衣服，坚定地表示他一点也不冷，尽管他一定很冷，因为水渗进了他体内，浸透他的皮肤、他的肺，浸透他们的皮肤、他们的肺，我的父亲，我的丈夫，我的兄弟。男人的三位一体。阿门[1]。没有男人。在一个平静的秋日。被羊毛的重量坠下去。被编织物的厚重。被我的编织物的厚重。我的爱人穿着我的编织物溺水，穿着我的英国编织物溺水。

她将开了头的毛衣摊在大腿上，基础已经打好，花

---

1   阿门（Amen）是祈祷的结束语，听起来像 "ah men"（啊男人）或 "a man"（一个男人），所以后面联想到了 "no men"（没有男人）。

样已经织就。她把两根针扎进羊毛里，把它们放回篮子，然后站起来，几乎悄无声息地走出门，进入法国人的房子，上了他的床，待到夏夜的深灰色开始发亮，那时她再次穿上衣服，出发去悬崖，找那个英国人，他正将床垫、床单、毯子和枕头从他床上拽到炉火前的狭小空间，把枕头放在他能够从炉火和窗户获得最多光线的位置，等待日光爬进窗玻璃，等待她到来，不确定她是否会来，这个将成为他的沉睡的女人的女人。她碰响了门。他开门，伸出一只手。

谢谢你过来，他说。

她点点头，跟他握了手。他拨旺炉火，添了更多泥炭。他把书递给她，摊开在沉睡的女人那页。

像这样，他说。

好的，她说。

我先出去，他说。

她脱掉衣服，把床单盖在身上，露出腿和脚，把头枕在手臂上，模仿书里的画面。

他进入小屋。

谢谢，他说。

他稍微调整了她的头，然后坐在地板上，眼睛快速移动，左右上下，端详，打量，明亮的蓝眼睛，上面垂着肉褶子，但他依然是个还算年轻的男人，大概四十岁，比弗朗西斯年长，比米哈尔年轻，他的皮肤比岛上男人的柔软，不像海上的男人有那么多疤痕，他的身体也更柔软，更圆润，不习惯干活，更像是宠物狗，而不是干活的狗。

她微笑。

我自己更喜欢干活的狗。

她笑出了声。

他停止绘画。

抱歉，他说，你刚才说了什么吗?

她笑了，摇了摇头。

劳驾，梅雷亚德，闭上眼睛。你应该在睡觉。

Céard a dúirt tú[1]?

他闭上眼睛。

Tuigim. 是的。我懂了。

1　爱尔兰语，意为"你说什么"。

他的铅笔快速移动，他的眼睛挖得更深，钻进我体内，将我浸透，将我吸收，但不像利亚姆那样，不像 JP 那样，也不像弗朗西斯，弗朗西斯和他喘气的舌头。不。与他们不同。

梅雷亚德。

她把两只眼睛都睁开。

怎么了？

他闭着一只眼，另一只眼眯起。她笑了。

睡觉，他说。

是的。

睡觉。不要眯眼。

她不再使用双眼，听他的铅笔划过纸页，笔触缓慢，有节奏，铅笔轻柔地搏动，安抚着她，将她的思绪带离村庄，带离詹姆斯，带离班伊尼尔，她现在该醒了，满腔怒火，因为我不在家，因为我没能把水壶放在炉火上，把盘子放在桌上，让白天运转起来，因为那是我的职责，推动白天的运转，将它维系在那个地方，保持运转，一整天，每一天，都像她做的那样去做，像她做了一辈子那样，从不发问，反正我从没听过她发问。

请坐起来。

他拿起床单，把它裹在她的肩膀、身体和脚上，只让她的脸露出来。

今天早上我们很幸运，他说。过滤的光线。

她点头，但不确定他的话是什么意思。她看着从小窗户透进来的光，被云和玻璃折射，碎成光束，照亮地板的不同部分。

请往后退一点。

他用双手推过空气。她向后移动。

转动你的头。

她转了。

这边。

她再次转头。

然后他坐在她前面，比之前更近，脸往前往下伸，靠向她的脸，以至于她能感受到他的呼吸，闻到他的气味，薰衣草、颜料和松节油。她略向后缩，但他跟过来，用他的眼睛、他的铅笔追逐她，一边画，一边把我固定住，把我按在原地，不时看纸，看页面上的线条和弧度，随后又回来看我，看我的脸，我的眼睛，笔尖唰唰划过，仿佛试图通过我的双眼进入我。

她微笑。

我想我更喜欢法国人进入的方式。

　　别动，梅雷亚德。

她点头。

　　不要动了。

　　Beidh，她说。我会照做的。

　　谢谢。

7月8日，星期天，在北爱尔兰服兵役的第二天，艾伦·约翰·麦克米伦在位于阿马郡南部的克罗斯马格伦村的集市广场周围走动，那里靠近爱尔兰边境。他十九岁，是女王直属高地兵团的一名二等兵。

　　他没看到从村庄广场上一座房子的信箱里伸出的金属丝。他踩上金属线，引爆了爱尔兰共和军布在房子里的炸弹。他重伤不治，死于医院，他的苏格兰父母陪在他身边。

马松煮了一壶咖啡，把它连同一个干净的杯子和一罐牛奶放在桌上。他坐下来，往回翻纸页，浏览他讲述的语言史写到了哪里，他将在夏天这几个月写完的分析兼比较性作品的先导和背景。他喝了些咖啡，短暂凝视海景，随后拿起他的笔。

自 1770 年起，《刑罚法》的严酷程度减轻，允许天主教中产阶级缓慢而逐步地兴起，尽管非官方的以及往往是残酷的歧视持续存在于日常生活中，并且在这个国家依然被不列颠占领的东北部，延续到了两百多年后的今天。

通过使用暴力、经济和法律控制措施，英国人坚持让爱尔兰人适应他们，适应他们的规则和条例，这种政策和态度对爱尔兰语的用法和结构产生了巨大影响——下面是一个简短的例子，我会在本论文的后续章节里提供更多细节。

爱尔兰语里没有用来称呼陌生人或年长者的

中性尊称，例如法语里的"vous"或者德语里的"Sie"[1]。一个版本的"vous"开始在十六世纪出现，在盎格鲁－诺曼人统治期间，不过再次消失，因为爱尔兰语日益成为一种家庭和私人语言，很少需要尊称。然而，即便在语言中，英格兰也需要区分社会等级，这迫使爱尔兰语使用者吸收并引入了"sir"或"sor"[2]，以称呼说英语的有权男人，增加了一层此前不存在的语言和社会不平等。

通过在语言上强化已经由暴力和经济创造出的差异，英国人可以维系控制，并奖励那些顺从新等级体系和加入其中的人，这种殖民体系其他欧洲列强也用过，包括法国。接受英国人强加的改变的爱尔兰人，在经济和社会层面过得比不接受的人好。通过说英语和把爱尔兰语名字英国化，天主教人群更有可能从英国雇主那里获得工作，因为后者没什么兴趣学爱尔兰语名字。过得更好的是说英语且改宗新教的天主教徒。

1　这两个词均意为"您"。

2　"先生、阁下"的正确拼法和变体。

爱尔兰语最终成了农民的语言，贫困者的语言，未受教育者的语言。经过此种边缘化后，它几乎不可能维持自己主导语言的地位，甚至无法跟英语打成平手。没有像比利时或卢森堡那样变成双语社会，爱尔兰成了双言社会[1]，爱尔兰语作为私人语言，只在家里和主要是乡村的小型社区内使用。英语是公共语言，商业和教育的语言，社会和经济进步的语言。家长选择花钱让他们的孩子上英语课，对爱尔兰语教师保存民族语言的尝试感到不屑，因为英语是通往就业、富足和移民的途径，在毁灭性的饥荒后，最后一项是爱尔兰的一个关键需求，那场饥荒在 1846 年至 1848 年间造成一百万爱尔兰人死亡，并导致一百五十万人移民外国。结果，爱尔兰语成了一门次要语言，那些在新体制内没能在社会和经济上取得进步之人的语言。

学者和政治家曾反击过。托马斯·戴维斯，

1　双言（diglossia）又称双层语言，指一个社会中存在两门联系紧密的语言或方言，一门地位高，一门地位低。

一名新教作家和青年爱尔兰[1]运动成员，在1843年宣布爱尔兰语是一门"民族语言"，而 Conradh na Gaeilge，也就是盖尔语联盟，于1893年成立，掀起了支持爱尔兰语的大规模运动。

然而这门语言受伤颇深。尽管依然有人讲爱尔兰语，但它作为主要语言的地位已经失去，人们并未像希望的那样踊跃支持这门语言，导致其使用频率缓慢而持续地减少。

这门语言在这座岛上继续存活着，暂时如此。班伊弗林，这项代际语言学研究里年纪最大的家庭成员，是个只会说爱尔兰语的单语使用者，完全不会英语，而她的女儿安妮·伊尼尔和外孙女梅雷亚德·妮吉兰，是接受式的双语使用者，两人都能听懂英语——尽管程度不同——但只经由爱尔兰语这种媒介讲话。班伊弗林的曾外孙，谢默斯·奥吉兰，是家族里第一个使用双语的成员。他在岛上的初等教育用爱尔兰语授课，但他在爱尔兰本土的中

1　青年爱尔兰（Young Ireland）是19世纪40年代兴起的一项爱尔兰政治、文化运动，旨在争取爱尔兰独立，并进行民主改革。

等教育用英语授课。他是第一个习惯性使用他的英语版名字——詹姆斯·吉兰——的人。

他听见那个英国人在隔壁的农舍里说话。詹姆斯也在说，艺术家和他的学徒在讨论劳埃德从画架上取下的油画。

我跟你说过先素描。

我喜欢画油画。

劳埃德仔细查看他描绘的村庄，用蓝色和灰色的颜料画成。

非常好，詹姆斯。你有一双好眼睛。

詹姆斯笑了。

什么是坏眼睛，劳埃德先生？

劳埃德把画放回画架。

继续画，詹姆斯。

我会的，劳埃德先生。

现在，我得洗澡了。

你确实得洗了，劳埃德先生。

有那么糟吗？

詹姆斯笑了。

我能从你身上闻到一切，除了鱼。

劳埃德用手摸了一圈他长满胡子的脸。

有段时间没洗了。

艺术的真正代价，劳埃德先生。

没错，詹姆斯。

詹姆斯生起火，把澡盆从餐具洗涤室拿进来。

工作进展得怎么样，劳埃德先生？

进展不错。待在外面很适合我。

别告诉 JP。

我不会的，詹姆斯。他会永远放逐我。

他们坐在澡盆两边，等水烧开。

你画我了吗？

一点点。我还练习了画鸟。还有海上的光线。

很高兴听到这话，劳埃德先生。

你的画不错，詹姆斯。你有一双自然的眼睛。

这算是好眼睛吗？

你不需要别人教你怎么看。你自然而然就看到了。

这很有用。

没错。

因为我不想当渔夫。

我也不会想当渔夫。

詹姆斯摇头。

你会成为一个贫穷的渔夫的，劳埃德先生。

我可能会变富。

詹姆斯笑了。

我不信。

劳埃德看着水，还没烧开。

也许米哈尔能训练我。收我当学徒。

詹姆斯摇头。

米哈尔再也不会跟你上同一条船了。

那就找弗朗西斯。

更不可能。

那就得由你教我了，詹姆斯。

詹姆斯摇头。

我要当艺术家。

那种生活可不轻松，詹姆斯。

比当渔夫轻松得多。

在其他方面很难，詹姆斯。你看不到的方面。

我宁愿选择我看不到的方面，也不选我在捕鱼上能看到的艰难。

劳埃德看着锅，看着从水中升起的那缕蒸汽。

你会教我吗，劳埃德先生？

我不是老师，詹姆斯。

那谁会教我？教我像你这样画画？

你得去艺术学校。

在哪儿？

都柏林，我想。或者伦敦。或者格拉斯哥。

我要怎么去？

我不知道，詹姆斯。

在水完全烧开，被倒进澡盆前，詹姆斯站了起来。

这样应该就可以了，劳埃德先生。

我想是的，詹姆斯。

詹姆斯回到画室，关上隔在他们之间的门。他画了满是鱼的大海，海面上有一艘船。一个男孩站在船上，一只手拿着一支画笔，另一只手拿着一张渔网。在船下方，在海床上，他画了一艘倒扣的克勒克艇，旁边散落着三具尸体。他署了名，JG。

劳埃德来到画室，穿好衣服，大胡子不见了，头发干净整齐。

　　你母亲知道你画得有多好吗？

　　她不知道我在这里。

　　为什么不？

他耸肩。

　　我们会为她办一次画展，詹姆斯。一次联合展览。

　　我不想。

　　这是很好的作品。

　　我不想让她知道我在做什么。

　　为什么不？

詹姆斯继续回去画画。

　　洗澡水够热吗，劳埃德先生？

　　够热，詹姆斯。谢谢。

劳埃德靠着窗台。

　　把你的其他作品给我看看，詹姆斯。

男孩走到画室较远的角落，拿出一小堆油画。他把一幅画递给劳埃德，画的是从门边的地板上看过去的画室。

你是怎么想到这个的？

我看见一只蚂蚁爬进来。

劳埃德笑了。

我们就叫它《蚂蚁所见》吧。

他翻看其余的油画。

我们会需要更多颜料，年轻人。

我们确实需要。

还有画笔。

还有木炭，劳埃德先生。

我们会叫人送一些来。

劳埃德用一只手挥扫过房间。

送到欧洲边缘的艺术家聚居地。

詹姆斯笑了。

这名字还挺适合我们的。

迈克尔·卡尼是天主教徒，也是爱尔兰共和军成员。他二十岁，来自西贝尔法斯特的格伦雷路。7月11日，星期三，他被其他爱尔兰共和军成员带离城市，受到折磨，头部遭枪击。他的尸体被丢弃在弗马纳郡[1]的纽敦巴特勒附近，距爱尔兰边境大约五十码[2]。

---

1   弗马纳郡（Co. Fermanagh）位于北爱尔兰。

2   1码约为0.91米。

梅雷亚德倒了威士忌，黄白色的液体慷慨地流进杯中。他们敬了酒，随后喝了一口。

酒不错，米哈尔，梅雷亚德说。比你通常带来的好。

她又倒了一次。

所以你进展如何，劳埃德先生？米哈尔问。在悬崖上头。

挺好的，米哈尔。比预想的要好。

有很多可画的吗？

悬崖。光线很好。

就这个？

差不多吧，对。

反复画悬崖？

劳埃德点头。

他想成为莫奈，马松说。

那是谁？

世界上最著名的悬崖画家。

我猜他是法国人，米哈尔说。

当然了，马松说。

他们笑了，又喝了一口酒。

写得怎么样，JP？

进展不错，米哈尔。我写完了你们的语言史。

结局圆满吗，JP？

那还有待观察，米哈尔。

那就是说你完成任务了？

马松摇头。

现在我开始写我的研究，我的比较工作。

劳埃德喝空了他的杯子。

所以接下来会发生什么，马松？

梅雷亚德第三次倒酒。

正如我之前所说，除非有重大投入，否则这门语言会死去，就像马恩语或斯堪的纳维亚语。

那又有什么坏处呢？劳埃德问。

这是一种观点，马松说。

我是个功利主义者，马松。实用主义者。

然后呢?

与其花钱拯救一门濒死的语言，不如建造房屋，增加医院床位。

这是一门拥有古老历史的古老语言。

马恩语也是。斯堪的纳维亚语也是。世界少了它们一样过得下去。

这对你来说就够了吗，劳埃德? 能过下去。

劳埃德耸肩。

我们得过下去。得发展。

不止如此，劳埃德。

你说得对，马松。这关乎公共利益。

然后呢?

如果英语更符合公共利益，那就说英语。

什么是公共利益? 谁来定义它?

更好的房子，更好的学校，更好的医院。

说爱尔兰语也可以拥有那些东西。

可以吗? 这种事没发生在这里，在这座说爱尔兰语的岛上。唯一发生在这里的事情是贫穷。以及机会匮乏。

马松将举到嘴边的威士忌收了回去。

一个艺术家怎么能对一件如此古老、如此美丽的事物如此冷漠?

如果我生了病,我会想要一家好医院。

就这样?语言的唯一价值?让你得到一家好医院。

以及用来沟通我的症状。

马松将双手甩向空中。

这种态度会让你生病。

梅雷亚德倒了第四次。他们喝了。

这个国家曾经被殖民,劳埃德说。

是正在,弗朗西斯说。

劳埃德耸肩。

语言是殖民的受害者,他说。印度。斯里兰卡。法国人在阿尔及利亚。

是有相似之处,马松说。

法语被强加在阿尔及利亚,在喀麦隆。英语在爱尔兰,在尼日利亚。为了发展,你学了殖民者的语言。

所以呢？

劳埃德耸肩。

这很常见。世界各地都有。

所以呢？

破坏已经造成，劳埃德说。翻篇吧。投资在活人身上。

这门语言依然活着，马松说。就在这座岛上。

只有一群老妇人在讲，劳埃德说。

梅雷亚德不老，马松说。班伊尼尔是中年。这门语言不像英国人想要的那样彻底死去。

我没想要任何东西，劳埃德说。

你一直讨厌这门语言，马松说。感到被它威胁。你的族人对待这门语言很残忍。很野蛮。

劳埃德双臂抱胸，两腿伸出。

是的，当然，我忘了。法国人爱极了阿尔及利亚的语言，培育、滋养了柏柏尔人[1]和阿拉伯人的语言。

你在故作滑稽，劳埃德。

是吗？

是的，你就是。

你为什么不在阿尔及利亚消除法语造成的破坏？为什么来这里大说特说英国人的可怕行径，明明你们做了完全相同的事。

我是一个试图帮忙的语言学家。

去那里帮。

马松举起酒瓶，稳住他的手，他的想法，因为你会喜欢这个的，母亲，不是吗？你的儿子在阿尔及利亚。你的语言学家儿子为你，你的语言，你的文化传统工作。你会爱死这件事的。

他把酒倒进班伊尼尔的杯子，但倒得很慢，威士忌从瓶子里涓涓流下。

相反，我在这里，远离你，母亲，在一块偏远的岩石上研究一门不属于你的语言。不是你想要的结果，母亲。在那些年之后。那么多战斗之后。我尽我可能地远离你，远离那些日子，当时你的手牵着我的手，我们走过那个几乎是一座城市的小镇的街道，更像是我的家，而不是你的，尽管你领着我，坚信在主路之外的窄街上会有一位老师能教我属于你的童年、属于你的族人的语言，你说那些人是我的族人，尽管我并不认识他们，没见过他们，只从照片上认得他们，看到他们的微笑是你的微笑，你们所有人一起，幸福地坐在海边树下的椅子上。Avant la guerre[1]，你说。你轻抚他们的脸，将他们放回他们在你手提包里的位置。我们走着，日复一日，拒绝你认为太随意、太专注于对话的老师，我们在家能对话，你说，不停搜寻，直到你找到了你要找的，在一条更为狭窄的街上，走上一座满是灰尘的房子的楼梯，经过俯瞰后院的窗户，那后院曾是花园，植物被连根拔起，换成了实用的水泥地，我们继续往上爬，来到三楼，进入一个有二十张书桌的房间，破旧且污渍斑斑，但排成了四行，整齐的衰败。一个男人坐在教室前部，穿着一套磨损的西装，坐在一张更大但同样破旧的书桌前。他等我们走到跟前才站起来。他邀请我们坐下，每人坐一

1　法语，意为"在战争前"。

桌，同时他谈论我未来的学习，谈论选择他当我的老师是多么正确，因为他会让我接触阿拉伯语的严格要求。不过也会得到乐趣，马松夫人。乐趣。这是个勇敢的举动，夫人，因为大多数家长，尤其是母亲，都懦弱无能，让他们的孩子粗浅涉猎这门伟大的语言，将就接受口语知识，却没有真正学会或理解，让这些孩子，这些年轻人成为一知半解者，只有一半沉浸在他们的根，一半沉浸在他们的历史里，而这种一知半解，这种半沉浸，他说，往往比无知更危险。一知半解者以为他们懂得一切，马松夫人。可他们几乎一无所知，理解的就更少。你不想让你的儿子成为一知半解者，马松夫人。而你猛点头，母亲。

威士忌沿班伊尼尔的杯子外壁滴下。

老师握了握我的手，欢迎我加入每周两次的课，周一开始，持续两小时。在第一个周一，我过去和另外九个学生坐在一起，都是男孩，肤色都比我深，更像我母亲的肤色，而不像我的，老师在我们中间来回踱步，要求作答，有时用他的声音，有时用他的手背敲我的头，敲得如此之重，令我泪水涌出，有时还会滚落，而你，母亲，坐在外面大厅的椅子上，我们之间隔着塑料玻璃，我在里面学我永远不会使用的阿拉伯语，你在外面读一本法语小说，从你带的瓶子里喝茶，等我红着眼睛和脸颊从教室里出来时，瓶子喝空了。你冲我扬起下巴，母亲，命令我长大，变坚强，成为男人，当我们在冬天的黑暗里走回家时，我们之间唯有沉默。

弗朗西斯夺走了酒瓶。

你把桌子弄得一团糟，JP。

他倒满了各人的杯子。

Sláinte[1]，他说。

他们喝酒。

你应该先收拾自己的房子，劳埃德说。

马松叹气，声音响亮。

一个英国人正在与我拯救爱尔兰语的尝试做斗争。

有什么意义？劳埃德说。你在试图证明什么？

1　爱尔兰语，意为"干杯"。

反正它都快死了。

意义就是说服爱尔兰和欧洲的人们，这门语言很宝贵，应该受到保护。

为什么要去保护一门大多数人都不想使用的语言？

对于这点，劳埃德先生，我要追溯到你们伊丽莎白一世时代的诗人，埃德蒙·斯宾塞。他写过"语言是爱尔兰的，心必须是爱尔兰的"。

劳埃德打了个哈欠。

真是感伤的废话。

不只是感伤，劳埃德。

是吗？劳埃德说。詹姆斯和米哈尔并不因为他们会说英语就不算爱尔兰人了。

米哈尔转身面对两个女人。

有茶吗，梅雷亚德？

她起身走向灶火。

你怎么看，米哈尔？马松问。你说英语时，会不那么爱尔兰吗？

我不谈政治，马松。你知道的。

我们在谈语言，米哈尔。

一回事。

梅雷亚德从门后取下开襟羊毛衫。

Ná bac leis an tae，她说。

她离开厨房，走到外面。

她说了什么？劳埃德问。

她说别惦记茶了，米哈尔说。

班伊尼尔从钩子上取下围巾。

Tá mé ag gabháil amach ag siúl.

她也离开了。

她说了什么？劳埃德问。

她去散步了，米哈尔说。

他站了起来。

我也去，他说。

Mise chomh maith[1]，弗朗西斯说。

两个男人跟着两个女人，四人快速前行，一言不发，直到他们走到种着蔬菜的村庄背后。

我被轰出了我自己的房子，班伊尼尔说。

1　爱尔兰语，意为"我也去"。

一次驱逐，弗朗西斯说。

被轰出了我自己的厨房。

殖民者接管了你的厨房，弗朗西斯说。

班伊尼尔扣上了开襟羊毛衫的扣子，把围巾裹在
头上。

啊，我们其实不能把 JP 叫作殖民者，她说。

法国人一样坏，妈，梅雷亚德说。

他们没殖民过这里，班伊尼尔说。

他们朝悬崖走去，与母鸡反向而行，母鸡一边归巢
一边在地上啄食，在即将来临的黄昏中缓缓漫步。

我希望他们不会把威士忌喝光，梅雷亚德说。

我会再给你带一瓶，米哈尔说。一瓶更好的。

米哈尔和他的承诺，班伊尼尔说。

这话什么意思？

你总在承诺什么，不是吗，米哈尔？

你想说明什么，安妮？

不用担心他们，你说过。他们会安顿下来的。
他们会没事的。你们全都会没事的。现在看看我，
米哈尔。被轰出了我自己的房子。

事情会平息的，他说。

她闷哼一声。

你又来了，米哈尔。总是用将来时。

她加快脚步，离开其他人，更快地走向悬崖。

他们俩单独在的时候都挺好的，梅雷亚德说。

一次一个。

事情会平息的。

我不确定，米哈尔。一山不容二虎。

殖民者之战，弗朗西斯说。

别说了，弗朗西斯，梅雷亚德说。就算你不煽风点火，事情也已经够糟了。

地面向上倾斜，减慢了班伊尼尔的速度。其他人赶了上来，跟她并排走过草地，草被白天的太阳晒干，被风吹得倒伏，还未被即将来临的露水浸湿、泡软。他们走向悬崖，走向冲刷着岩石的大海，弓着身子抵抗风，尽管几乎无风，这弓身来自习惯，与生俱来，即便在一个平静到足以让蚊虫从草地飞起、叮咬他们的手、他们的脸的傍晚，可他们都没注意到，四个人专注于到达悬崖，强大的空气，大海撞击岩石的脉搏。

班伊尼尔深深吸了一口气。

来这儿对你有好处，她说。

确实，米哈尔说。

他们坐下，看着太阳沉入海中，一片粉色和红色的火焰。

这比弥撒更好，梅雷亚德说。

这话太难听了，班伊尼尔说。

是吗？

是的，梅雷亚德。难听。

圣体匣的形状就像太阳，妈。

所以呢？

穿裙子的男人把它举在空中，仿佛它是太阳。

真难听，梅雷亚德。

他们崇拜它。我们被期望崇拜它。

我就崇拜，梅雷亚德。

可它就在这里，在我们面前，妈。太阳。看不到一个神父。

你有时胡说八道，梅雷亚德。

是吗?

也许你是个太阳崇拜者, 梅雷亚德, 弗朗西斯说。一个古老的印第安女人。

或是一位希腊女神, 弗朗西斯。

弗朗西斯笑了。

希腊人可没有红头发, 梅雷亚德。

他们可能有, 梅雷亚德说。你怎么知道?

我见过那些希腊明信片。上面根本找不到红头发。

梅雷亚德点头。

这我承认, 弗朗西斯。

一个意义重大的时刻。

班伊尼尔在草地上伸开双腿。

神父到底什么时候回来呢, 米哈尔? 班伊尼尔说。我得跟他谈谈。

没听说, 安妮。

还得忏悔, 妈。因为有谋杀的想法。

他们笑了。

祝福我吧, 神父, 弗朗西斯说, 因为我把那个英国人推下了悬崖。

一句万福马利亚，米哈尔说。

祝福我吧，神父，因为我把那个法国人推下了悬崖。

一句我们的父。两句万福马利亚。

他们笑了，随后再次陷入沉默，看着大海，听着鸟鸣，听海鸥寻常的尖厉叫声，但也听着夏季的访客们，秧鸡嘶哑的呼唤，海鹦粗嘎的鸣叫。

你会搬回来吗，米哈尔？

觉得我变得太软弱了，安妮。

你呢，弗朗西斯？

我会的，班伊尼尔。在合适的情况下。

我们需要一个男人，弗朗西斯。

我看得出来，班伊尼尔。

梅雷亚德闭上双眼，将膝盖拉到胸口。

冬天很艰难，班伊尼尔说。

一个男人确实能帮忙，弗朗西斯说。

你会回来吗，弗朗西斯？

我会的，班伊尼尔。我刚说了，在合适的情

况下。

班伊尼尔用手肘推了推女儿。

这是个好消息，对吗，梅雷亚德？

我们应付得挺好，妈。

我们应付得不好，梅雷亚德。在冬天不好。

梅雷亚德睁开眼睛，在草地上伸开双腿。

我们像这样就过得不错，妈。詹姆斯也越来越
强壮了。长大了。

班伊尼尔打断她的女儿。

就是那个不愿意上船的詹姆斯吗？在一座岛上
用处不大，不是吗？

他别的什么都干，妈。

除了我们需要他做的那件事。

这不公平，妈。

我们需要一个捕鱼的男人，梅雷亚德。

他是个好猎人。

没人买兔子，梅雷亚德。

梅雷亚德耸肩。

我喜欢兔子，她说。

我们需要一个捕鱼的男人，梅雷亚德。卖鱼的男人。

我们不需要，妈。我们像这样过得挺好。

班伊尼尔缓缓摇头。

我们过得不好，梅雷亚德。我们像这样过得不好。

米哈尔清了清嗓子。

说句公道话，他说，你们靠自己在这里过得挺不错的。

班伊尼尔笑了。声音刺耳。

你愿意这么想，米哈尔。

这话什么意思？

那座岛上的那些女人靠我给她们的小恩小惠过得挺好。

这不公平，安妮。

这很公平。你给我的总是比你应该给的要少，米哈尔。你都不愿意为了那两个回到我餐桌的人付双倍价钱。

他们很快就会走。

我想让他们中的一个现在就走。

哪个，安妮？

哪个都行。

选一个，我会叫他走。

你选，米哈尔。他俩都是你带来的。

你想让他们其中一个人走，安妮，你来选哪一个。

我能帮忙，弗朗西斯说。

安静，弗朗西斯，梅雷亚德说。

你知道我不会这么做。

我知道，安妮。

你总能得到你想要的，米哈尔。

所以我们会胡乱应付过去的。

你得给我更多钱才行。每个人同样的数额。

可那个英国人几乎不待在你的房子里。几乎不来吃饭。

那我就把法国人送走。

米哈尔笑了。

好吧，安妮。

他们转身离开悬崖往回走，随着他们到达村庄，天空逐渐暗下来。梅雷亚德关上鸡舍，敲了两下波纹铁皮门。

晚安，母鸡们。

7月15日，星期天晚上，帕特里克·奥汉隆正在西贝尔法斯特当地的保龄球俱乐部喝酒。他在庆祝他的六十九岁生日。他得知两个男人破坏了他的车。他冲到外面。两个男人开着一辆福特科尔蒂纳，撞上了他停着的汽车。他走向他们，两人都是共和派。他们朝他开枪，朝这个已婚男人，三个孩子的父亲，天主教徒，退休机修工和修车厂主开枪，他曾两次告诉警察他的车被劫。送到医院时，帕特里克·奥汉隆已气绝身亡。

詹姆斯拿了鸡蛋、鲜奶、火腿、两条煮好的鱼、司康饼、面包和水果蛋糕去小屋。他敲了门。劳埃德正在画架前工作。

我外婆送了这些给你。

谢谢。

劳埃德打开包裹。

我觉得你外婆很想让我待在这外头。

詹姆斯笑了。

看起来是这样没错。

替我谢谢她。

你会在这儿再待多久?

现在要更久了。

画得怎么样?

很好。

我的也是。

劳埃德点头。

那你应该回去画，詹姆斯。

今天我能待在这里吗？

不能。

我可以告诉你村里的新闻。

不谈话，詹姆斯。不闲聊。

我也可以保持安静。不告诉你任何事情。

不行，詹姆斯。

你想让我带你去看海鹦吗？

不。我在工作。不谈话。不闲聊。不看海鹦。

可你说过你想看海鹦的。

劳埃德丢下画笔。

老天爷啊，詹姆斯。行吧。我们去看海鹦。

他们走向悬崖，走在劳埃德走过的小径上。

这里什么都没有，詹姆斯。我现在很清楚这点了。

你会看到的。

他们继续走，詹姆斯仔细查看地面。他蹲了下来。

你脚下有一个群落[1]，劳埃德先生。在下面动

---

[1] 原文为"colony"，既指人或动物的聚居地、形成的群落，也指殖
民地。在小说中，英国对爱尔兰有殖民关系，但岛民对岛上的动物
也是一层殖民关系。——编者注

呢，你却压根不知道。

詹姆斯把手伸进一个洞里，掏出一只海鹦，鸟的头和镉橙色的喙转着圈抗议，双脚猛踢空气。

它真小，劳埃德说。比我想的要小。爪子很锋利。

适合挖洞。

劳埃德往洞里看去。

那里有只雏鸟吗？

也许有。也许没有。

詹姆斯往洞里够得更深，取出一团柔软的灰色毛球。他一只手抓鸟妈妈，另一只抓雏鸟，当鸟妈妈用爪子和喙攻击他，当它扭动身体，奋力接近雏鸟时，他哈哈大笑。雏鸟一动不动，眼睛紧紧盯着它的母亲。

我们应该把它们放回去，詹姆斯。

你想上手握一握吗？

不。谢谢。

冬天它们会待在海上。脸色发灰，渔夫们说。

今天它们的脸色就挺灰了，劳埃德说。

它们挺好的。

它们受够了，詹姆斯。

他把雏鸟放回洞里，松开鸟妈妈。它匆匆追在它的孩子身后。

它发狂了，劳埃德说。

它会没事的，詹姆斯说。没有造成伤害。

我觉得海鹦不这么看。

是你想看海鹦的，劳埃德先生。

我是想看。

现在你看到了。

我是看到了。

你看起来不高兴。

把它们从家里拽出来，这么做似乎不对。

詹姆斯耸肩。

这是你想要的，劳埃德先生。

我要回去工作了，詹姆斯。

詹姆斯离开了，劳埃德陷入更深的孤独。

爱尔兰共和军将一辆装满炸药的载猪拖车停在罗斯利的一个公交站旁，那是弗马纳郡的一个乡村地区。他们将一根金属线从载猪拖车拉到能俯看公交站的一栋活动房屋里。一个男人、他的妻子和他们的孩子住在里面。他们被扣为俘虏，而爱尔兰共和军在旅行拖车里等待，观察着道路、公交站和他们的炸弹。

　　7月17日，星期二早上，四个人聚在这个公交站台。他们在等待去恩尼斯基林的购物公交车。公交车应该在上午十点零五分到达。他们都来自罗斯利。其中两人是被扣押在活动房屋里的男人的兄弟姐妹。公交站上的另外两人是一个年老的母亲和她三十二岁的女儿西尔维娅·克罗，一名新教徒，在信仰使命书店工作。

　　他们听到一辆车。那不是公交车，而是一辆路虎，是阿尔斯特防卫团在巡逻。路虎靠近公交站。爱尔兰共和军引爆炸弹，杀死了西尔维娅·克罗，导致公交站上的另外三人和阿尔斯特防卫团的四名成员受伤。

她回到小屋。

　　谢谢，他说。

他走出去，她脱掉衣服，像之前那样披上床单。她
呼唤他。

　　Tá mé réidh，劳埃德先生。我准备好了。

他调整了她，调整了床单，然后开始画。

她闭上眼睛。

我必须告诉他，叫詹姆斯告诉他，我想身处一个简
单的画框之中，白色或乳白色，不要金色的，不要
花哨，要朴素的。朴素画框配岛上女人。还要挂在
白墙上，劳埃德先生。只要白墙。朴素画框和朴素
墙壁配寡妇，配住在这边缘的年轻寡妇。年轻的岛
上寡妇。我在本土的名字。他们会这么叫我，当我
走在那些街头，进入那些商店，那些眼睛，那些手
指，那些嘴，看着我，指着我，谈论我，看她，在
那里，走进了那家店，走出了那家店，就是她，年

轻的岛上寡妇，你知道她，知道她的故事，在同一天失去她丈夫、她父亲、她兄弟的年轻岛上寡妇，他们全都葬身海底，在同一天下午，就是她，上帝帮助她，上帝拯救她，上帝爱她，但上帝是仁慈的，因为他先给了她一个儿子，一个长得像他父亲的儿子，这样她丈夫就能继续活着，感谢上帝，感谢天主，父亲活在儿子身上，通过他，和他一起，在他体内，感谢上帝，他父亲的眼睛，他父亲的头发，他父亲的下巴，父、子和圣灵，一个男人的圣灵，一个丈夫、一个爱人、一位朋友的，哪里都找不到他的踪迹，岩石上，草丛中，海浪间，云朵里，雨中，祈祷里，念珠中，十字架上，什么都没有，没有一丝痕迹。我找了，日以继夜，夜以继日，像詹姆斯捕猎那些兔子一样搜捕，但一无所获，所以留下的只有快照，黑白的，眼睛在岛屿阳光下眯起，脸上闪过一丝微笑，可再没有别的了，因为大海夺走了一切，将他击成碎片，小到能被送上环球之旅，被进一步腐蚀和溶化，把他捣成更小的颗粒，他被赋予了原子化的永恒，噢主啊，可再没有别的了，没有东西让我在夜里拥抱，在早晨端详，但她会活下去，这个沉睡的女人，三百年，更久，依旧年轻，美丽，未被大海、被盐摧残，如此栩栩如生，让我确信我能闻到她的呼吸，仅仅因为沉睡而显得污浊，她的皮肤洁白无瑕，没有衰老的痕迹，她被赋予了画出的永恒，噢主啊，可这没赋予利亚姆，因为那些照片上没有升起气味，没有呼吸，除了我对他的回忆，一无所有，他体味浓重的皮肤，他的腋窝，他的阴部，一种我在别处没找到过的甜美男子气，弗朗西斯和他肮脏、发臭、鱼一般的气味里没有，JP 和他从店里买来的阳刚之气里没有，这个发出霉味和油味、发出陈汗气味的英国人身上也没有，也许还有薰衣草味，但他或者岛上任何地方都没有乳香、没药或檀香木的气味，那些葬礼气味从未洒在我男人的尸体上，他的棺材上，因为无尸可埋，无灵可守，没有东西可穿进他的结婚礼服，可清理，可亲吻，可拥抱。什么都没有。没有来自他嘴唇，来自他舌头的海盐和烟草的最后滋味。但她会活下去，这个沉睡的女人，仿佛艺术家刚吻了她，正准备再次吻她，因为他很熟悉她，就像我熟悉利亚姆，就像利亚姆熟悉我，就像我们在婚礼前后熟悉彼此，夏夜在悬崖上，在海滩，然后在我的床上，后来成了我们的床，我那时的睡眠和她三百多年前的睡眠一样满足，一种如今不再光顾我的睡眠，我辗转反侧，在地板上踱步，在悬崖上走动，再也不能睡得像她那样，像我曾经睡的以及我想要睡的那样，但我再也做不到了，但也许这个艺术家男人，这个英国艺术家男人，会允许我睡得像她那样，把我画成她那样，如此一来，我便能活下去，睡下去，永恒的生命，永恒的睡眠，赋予了我。

睁开眼睛，梅雷亚德。劳驾。

她盯着他，盯着他在纸上移动的铅笔，他快速左右转动的眼睛，他不时舔过嘴唇的舌头，润湿它们，仿佛准备去接吻，去品尝，像另外那位艺术家品尝他沉睡的女人那样，仿佛他，这个英国人，需要尝到我的味道才能画我，才能了解我，像她被了解那样，但我不需要他，不需要他的味道，只需要他把我从这里带走，带去其他地方生活，年轻的岛上寡妇挂在某个陌生之地的墙上，在异国他乡，而我留下，依然将水壶放在火上，将盘子放在桌上，推动白天运转，呼吸我死去男人的碎片，与大海夺不走的他的点点滴滴一起生活。就像她会做的那样，那个可怜的母亲，回到她女儿生前居住的房子，吞下空气，希望能吸收她的一部分，她的些许成分，炸弹留下的些许成分，把她女儿炸成了细微碎片的炸弹。他们没看见那些人在公交站台吗？他们没看见那些人站在那儿，老妇人和她的女儿，他们俘虏的男人的兄弟姐妹？他们依然引爆了炸弹。拉了金属线。引爆了他们藏在公交站旁的炸弹。谁会在公交站旁边放炸弹？如今你会变得像我，老妇人。当你进城，当你走在那些街头，进入那些商店。那些眼睛会看你。那些嘴巴会谈论你。那些手指会指向你。公交站女儿的老母亲。就是她，上帝帮助她，上帝拯救她，上帝爱她。然后你会回家，老妇人，像我那样，你会待在家里，沉浸在他们从你身边夺走的女儿的碎片里。

今天就这样吧，他说。

他站起来。

你可以穿衣服了。

Go maith.

你说什么？

好的，她说。挺好的。

喝点茶？他问。

她点头。

好，劳驾。

他打开瓦斯炉，放上水壶。

我没有牛奶，他说。

她耸肩。

Gan bainne, mar sin[1].

他转身背对她，她穿上衣服。她叠起床单和毯子，把枕头放在最上面。她走了出去。他跟上，递给她一杯红茶。

谢谢你，梅雷亚德。

Tá fáilte romhat. 不客气。

1　爱尔兰语，意为"那就不加牛奶吧"。

他们并肩站在早晨的清爽中，阳光在水面闪耀，海浪翻过岩石，海鸥俯冲，即使在清晨时分也很刺耳，天空依然染着一抹粉色。

你会再来吗？

一只兔子从他们面前跃过，把露水从草叶上撞下来，水滴在阳光下呈弧形。

是的。

明天？

是的。

她把杯子递给他，重新扎起头发，离开了，走回村里，回到她母亲身边。

你去哪儿了？

散步。

对你挺好。

散步对我有好处。

我们早饭做晚了。JP 在觅食。

他可以等。

你看起来很累。你昨晚睡过吗？

我会没事的。

你取鸡蛋了吗?

没有。

去取吧。

当她带着鸡蛋篮回来时,马松已经在桌边了。他向她眨了眨眼。

Maidin mhaith, a Mhairéad[1].

早上好,JP。

这是英语,梅雷亚德。你不说英语的。

她耸肩,站在明火前的她母亲身旁。

有几个鸡蛋?

十一个。

这够了。我们中午可以做鸡蛋。

晚上呢?

我会叫詹姆斯去抓兔子。你切面包。麦片粥煮好了。

詹姆斯坐到桌边,加入他们三个。

你看起来很累,妈。

是吗?

1　爱尔兰语,意为"早上好,梅雷亚德"。

是的，梅雷亚德，马松说。你没睡觉吗？

他对她微笑。她看着她儿子。

　　我早起去散步了，詹姆斯。一定是因为这个。

　　你去了哪里？

　　外面。悬崖的方向。

　　劳埃德先生怎么样？

她跟他对视。

　　我去了反方向，詹姆斯。

　　回来的时候呢？

　　时间很早。他大概在睡觉。

　　我今天会去那边，詹姆斯说。给他送食物。

　　他需要牛奶，梅雷亚德说。

　　还有更多的鸡蛋，班伊尼尔说。

　　要是我就不会管他，谢默斯，马松说。他去
那儿是要自己待着。

　　他需要食物。还有，别叫我谢默斯。

班伊尼尔倒了刚泡好的茶。

　　也许 JP 是对的，梅雷亚德说。我们不该管他。

　　可他会饿的，妈。

他饿了就会回来，梅雷亚德说。

詹姆斯从画室取了铅笔、木炭和一本素描簿，出发穿过岛屿，蜘蛛网没破，露水像刚降下时那样，在草叶上纹丝不动。

你真不会撒谎，妈。

他仔细观察身边的岛屿地面，寻找刚被兔脚踩过的草丛，追踪通往洞穴的动静，洞口的泥土刚被翻动过。他把网放在洞上方，坐在旁边，等待兔子出现，而他刚坐下不久就来了一只。他将兔子身上的网收紧，抓起兔腿，把它拎到空中，将它的头往石头上砸。他从血迹斑斑的网里拿出兔子，扔在草地上，画下它惊恐的眼睛和从嘴边耷拉下来的粉色舌头，血液从红色的牙齿间细细流出。兔子之死，比你画的要新鲜，劳埃德先生。他捡起兔子，继续打猎，四处寻觅，直到他抓到并杀死第二只。他把两只兔子扔在地上，兔掌交缠，然后画了速写，先用铅笔，再用木炭，反复捕捉死亡的时刻，这例死亡很突然，几秒就结束了，一次震荡，可我父亲的死很缓慢，因为大海渗入他的毛衣、他的裤子，灌满他的靴子，因系得太紧而无法踢掉，渔夫的靴子过于沉重，让学游泳变得毫无意义，因为一旦落入水中，穿着那些靴子必死无疑。最好别穿那些靴子。不要当渔夫。最好当艺术家，描绘死亡，而非成为死亡。

他捡起兔子，转身返回村庄。米哈尔和弗朗西斯在厨房里，跟他母亲和外婆一起喝茶。他把兔子放在桌上。

我们也许会留下过夜，弗朗西斯说。留下吃大餐。

你们反正都会留下的，詹姆斯说。

他外婆为他倒了茶。他坐下来。

我们喝完茶去捕鱼，詹姆斯，弗朗西斯说。你跟我们一起吗？

我抓了兔子。我们今天有东西吃了。

我们会把捕到的鱼分你一份。

他摇头。

你得开始赚钱了，詹姆斯。

我挺好的，弗朗西斯。

班伊尼尔递给詹姆斯一片面包，已经涂了黄油，但没涂果酱。

你应该跟他们去，詹姆斯，她说。

我今天挺好的，外婆。

詹姆斯往他的茶里倒牛奶。

我们需要你开始赚点钱了，詹姆斯，班伊尼尔说。

他喝了茶。吃了面包。

我会的，外婆。只是不靠捕鱼。

他外婆绷紧嘴唇，缓缓点头。

你打算靠什么呢，詹姆斯？

他转身面对米哈尔。

你们捕完鱼会回这里吗？

我们会的，詹姆斯，米哈尔说。

你们会留下过夜吗？

我们会留下。

你们会给我外婆一些鱼吗？

我会的，米哈尔说。

还有照顾那两个男人的钱？

那个也给，是的。

詹姆斯喝掉杯里剩下的茶。

谢谢，那我们今天就挺好了。

梅雷亚德起身清理桌面。

我们不好，詹姆斯，她说。

我们有食物，妈。

我们有。能撑过今天。但撑不过冬天。

我们到冬天再担心冬天的事。

她摇头。

你应该跟他们去，詹姆斯。学捕鱼。

他盯着她，慢慢把杯子放回桌上。他起身走出厨房，走向画室，呼吸很浅，气喘吁吁地推开门，又反手把门关上，免得有人跟进来，穿着沉重的靴子和编织的毛衣。我不想要你的毛衣，妈。那些让人溺水的毛衣。我不要，妈。我不会做的。我不会成为那个渔夫。那种传统。那种溺水的传统。他摊开一张新纸，用铅笔素描，画了两只兔子，死在草地上，三名渔夫，死在海床上。

我不要，妈，他说。

海鸥的叫声穿透薄薄的窗玻璃，呼唤彼此，但不如之前刺耳，因为它们的肚子填满了，清晨饥饿的焦虑已减轻，所以它们可以休息、嬉戏、玩耍，它们的需求得到了满足。像我想要的那样。兔子抓到了，今天的食物有了，现在这几个小时可以自由活动，不受义务的拘束。就像班伊弗林那样，待在山上随心所欲。但跟你不一样，米哈尔，不是吗？因为你总想要更多，得到更多，拥有更多，一条更大的鱼，一栋更大的房子，一艘更大的船，甚至有一天能有两艘船、两栋房子，就像你在美国的兄弟，用来对他证明你留下来是对的，证明你也可以把你剩下的边角料扔给弗朗西斯这样的男人，扔给我这样的男孩，而弗朗西斯想要它们，你的边角料，想用它们来引诱我母亲，用你的边角料追求她，这样他就能在她的体内、在他哥哥的床上造自己的边角料。可我不想要它们。你的我都不要。我不想要一艘更大的船。或者任何尺寸的船。他开始画油画，橙色，粉色，黄色，劳埃德不用、不会发现被用掉的颜色。要是用了所有的灰色、绿色、棕色、蓝色，他准会把我赶走。他画了村庄，照着外婆在美国的姐妹寄来的明信片画，她更喜欢希腊岛屿的蓝色和白色，而不是这座岛的绿色和棕色。他点头。她大概是对的。也许我应该去那里。住在那里。然而那个地方也船只泛滥。他照搬了希腊房屋的盒子形状，但把它们放在他的岛上，把它们画成橙色、粉色和黄色。他把土地画成一种妖艳的绿，把天空画成一种银灰，混合着雨、云和阳光。他不停画呀画，直到他听见母亲叫人吃晚饭，吃惊地发现劳埃德已经上桌了。

我没想到你会回来，他说。

兔子们跟我讲了那场骚乱。

是这样没错，詹姆斯说。

班伊尼尔把盘子放在四个男人面前。他们分到了大部分的肉。詹姆斯、他母亲和外婆只有边角料和酱汁。

我应该抓三只的，詹姆斯说。

或者捕一些鱼，弗朗西斯说。

他们开始吃饭。

过去几天里发生了什么？劳埃德问。我错过什么了吗？

生活照常进行，米哈尔说。

一个女人在公交站等车时被杀了，詹姆斯说。她比妈妈还年轻。

我们不谈政治，詹姆斯，米哈尔说。

这不是政治，詹姆斯说。这是事实。一个女人在公交站等车时被杀了。被炸弹炸飞了。

这种死法令人震惊，劳埃德说。

这种活法令人震惊，弗朗西斯说。

站在公交站等车？詹姆斯说。

劳埃德指着詹姆斯的手。

我看出来你在画油画，詹姆斯。

他看了看自己的手，溅满颜料。

我是在画。

选的颜色很不寻常。

你拿走了所有好颜色。

劳埃德仔细端详自己的手。

我想是这样的。

马松敲了敲桌子。

B'fhearr liom dá labhraíodh sinn Gaeilge，马松说。

你说了什么？劳埃德问。

我希望我们能讲爱尔兰语，马松说。

劳埃德叹气。

我回来是为了谈话，他说。跟人说话。我没法用爱尔兰语做这事。

那就学爱尔兰语。

马松切换成爱尔兰语。劳埃德看着梅雷亚德，她的眼睛

遥远

内敛

在别处

修改

目前的作品

未来的作品

他吃完饭，鞠躬致谢，随后返回他的农舍，炉火亮着，用过的杯子在桌上，纸在地上，詹姆斯的画还在画架上

迷幻的希腊

爱尔兰岛屿

就像她想让我画的

艺术商妻子

半个妻子

但从没得到

永远不会

詹姆斯跟着他进来。

抱歉，劳埃德先生。我没想到你会回来。

我喜欢这个，詹姆斯。很有独创性。

真的吗？

我妻子也会喜欢。

她真好。

她可不好。

那她是什么样的？

她经营一家画廊。现代艺术。但不喜欢我的

艺术。

为什么不？

太老派了。

我喜欢你的艺术。

谢谢。你非常好。遗憾的是，你不是我妻子，你也不经营一家著名的伦敦画廊。

詹姆斯笑了。

她为什么不喜欢？

觉得之前都有人画过了。觉得摄影做了我做的事。

她的想法有道理。

是吗？

你临摹已经存在的东西。

她就是这么说的。

可你非常擅长这件事，劳埃德先生。

他鞠躬。

谢谢你，詹姆斯。你真好。

他拿起詹姆斯的油画，细细打量。

她会喜欢这个的。

你这么说罢了，劳埃德先生。

她会喜欢这份天真。但也喜欢这份现代性。

那是一件好东西吗，劳埃德先生？

可能是，詹姆斯。把你的其他作品拿给我。

詹姆斯把他的油画和素描铺在画室的地板上。劳埃德审视这些作品，将希腊岛屿跟爱尔兰岛屿混合的大胆，以蚂蚁的方式观看画室的新颖，男孩作品中与他自己的作品形成鲜明反差的清新。他闭上眼睛，又睁开。

这样吧，我们得这么办，詹姆斯。

詹姆斯一动不动地站着，等待着。

我们会共同办一场展览，在我妻子的画廊里。

詹姆斯拍手欢呼。

太棒了，劳埃德先生。

你画六幅油画，詹姆斯。

我会的。

好小伙儿。

你会画几幅，劳埃德先生？

还不知道。也许二十幅。

可她不喜欢你的作品。

如果你和我一起，她就无法拒绝我。你，现代、年轻、天真的艺术家，而我，古板、年老但有经验的传统派。

　　你没那么老，劳埃德先生。你的牙都还在。

劳埃德笑了。

　　在艺术世界，我老了。他们迷恋青春。迷恋
新颖。

　　那就是我了，詹姆斯说。

　　没错。我会跟在你的衣摆后头，詹姆斯。

　　所以我不用当渔夫了。

　　你不用打鱼了，年轻人。

詹姆斯微笑。

　　太好了，劳埃德先生。但我外婆会对这件事
暴跳如雷的。

　　她会的，詹姆斯。

　　我得走下这座岛。离开。移民。

　　你会的。

　　我会住在伦敦。

　　你会因为太出名而在那里住不下去。少女们会
在街上把你包围。

　　我会躲在你的房子里，劳埃德先生。

劳埃德咯咯笑。

她们还是会找到你的，詹姆斯。

劳埃德合拢双手，用手指敲击额头。

我们会把展览叫作《岛民们》。

可你不是岛民，劳埃德先生。

我现在是了。

劳埃德取了些干净的衣服，还有他那本伦勃朗素
描集。

我要回悬崖了。你继续画，詹姆斯。

你才刚回来。

马松禁止我说话，所以我还不如待在小屋。

他取了更多颜料和纸，以及铅笔。大多数木炭已经
用掉了。

我们得小心使用物资，詹姆斯。

也许你妻子可以寄一些过来。从她的画廊。

劳埃德摇头。

她不是那种妻子，詹姆斯。

詹姆斯看向抽屉里。

我会写一张我们需要的物品清单，劳埃德先

生，然后给米哈尔。

你写吧，詹姆斯。

他离开了画室，吹着口哨

双语

三语

无人之语

不是你的，马松

不是我的

他敲了敲厨房门，走了进去。梅雷亚德正在后厨洗锅。

我能拿些食物去悬崖吗？

'Bhfuil tú ag gabháil siar arís? 你要回去了？这么快？

他点点头，她擦干双手。

Cén uair? 什么时候？

现在。你还会来吗？来小屋。

我会的。

她把食物装进一个盒子，将盒子递给他。她还给了他一瓶鲜奶。

为了我的茶，她说。

他对她微笑。

你想来就来，他说。就算我在睡觉。门反正
上不了锁。

我会的，她说。

她又去找他，在黎明，穿过雨，她晃醒他时，水滴
在他身上。

你湿透了，他说。

他递给她一条毛巾。在她擦干身体的时候，他穿上
衣服。

我不确定这值得你费工夫。光线太差了。

她指着火。

弄大点，她说。

他拨弄炉火，而她脱掉衣服，在床垫上伸展开，身
上盖着床单。他跪在她身边，给她看另一幅伦勃朗
的素描，画的是一个女人的裸背和臀，面朝墙壁。

像这样？他说。

她看着那幅画。一言不发。

没人会知道那是你，他说。

她推开床单，坐起来。

谢谢你，梅雷亚德。

他画，她看着他厨房的地板，看着灰尘、泥土、他餐食的残渣，他的皮肤、毛发、指甲的碎屑。她闭上双眼。不是我的责任。没有责任，没有义务，只是躺在这里听他的铅笔在纸上移动，他的胸膛升起又落下，他的气息吸进又呼出，呼气结束时发出轻微的杂音，仿佛他老后不会太健康，这与我无关，只是跟着铅划过纸面的声音一同传来，那声音反反复复，轻巧的动作，用力的动作，直线、曲线和圆圈，一张纸，接着是另一张，在过去的几分钟里，厚重的晨光没有改变，但我在改变，在被改变，年轻的岛上寡妇正在变成别的东西，但那到底是什么，我不知道，那将会是什么，我不知道。也许他知道。这个艺术家男人。这个英国人。也许在画我的头发、我的背、我的臀、我的胯、我的腿、我的脚时，他知道我会变成什么，画上的我依然没有衰老的痕迹，就像她，艺术家的肉冻里的那个沉睡的女人。那就是我想要的，劳埃德先生。被拔升，离开，去往一个我能长久存活的地方，超越日常的短暂，别人通过上帝、来世、天堂的承诺而获得的永恒，但我已经搜寻过那里，看过那里，那里一无所有，只有一片看过就忘不了的虚空。我需要一个办法来抵抗它的严酷，劳埃德先生。抵抗它的荒凉。一种我自己的来世。一种比厨房地板上原子化的灰尘颗粒更伟大的来世。一种来自一个英国人的来世，他长着悲伤的眼睛和悲伤的嘴，令他忧愁的是绘画的需要，孤独地居住在悬崖边缘的需要，一个隐居的修道士，他的颜料和画笔是献给他的艺术之神的祭品。

请转身，梅雷亚德。

她顿了一下，盯着他，这个将把我从这座岛带离的艺术家男人。只有你画得好我才能长存，劳埃德先生。如果你跟那位画了沉睡的女人的艺术家一样有才华，让我能像她那样活下来，不受寒风苦雨损毁，这风雨每年冬天都在撕扯我的脸，直到有一天，我的皮肤会在张力下崩溃，像我母亲和外婆的脸那样，支离破碎，伤痕累累。

面对我，他说。

她转身。面对他。用她的眼睛，她的嘴、乳房、肚子、胯、阴毛、双膝和双脚。

谢谢，他说。

她微微低头，闭上眼睛。

眼睛睁开，他说。

她看他看着她，用他的眼睛、他的铅笔吸收她。他发狂般地工作，唇间升起轻轻的哼唱。

《岛屿系列：梅雷亚德之一，脸和头发》

《岛屿系列：梅雷亚德之二，肩膀和乳房》

《岛屿系列：梅雷亚德之三，肚子、胯和阴毛》

《岛屿系列：梅雷亚德之四，腿和脚》

《岛屿系列：梅雷亚德之五，背和臀》

《岛屿系列：梅雷亚德》

他把铅笔和素描簿扔到地上，然后喘着气，发出呻吟，站起来，走出小屋。她用床单裹起自己，捡起素描簿，看着被分解成不同身体部位的自己，一页又一页的她的肩膀、背、臀、乳房、肚子、大腿、阴毛、膝盖、脚，然后是她的脸、她的下巴的细致速写，完整，被蹭花了，她的鼻子，在三次尝试后被放弃，仿佛它太难了，或者太无趣，接着是她的眼睛，几十双，一页又一页悲伤、孤独的眼睛，比他的眼睛更悲伤，仿佛他画的是他自己而不是我，因为他的眼睛是悲伤、孤独的眼睛，可我的不是，没那么悲伤，反正不像他的眼睛那样悲伤、孤独。

他回到室内，她放下素描簿。

你觉得怎么样？

她耸了耸肩。

你没法告诉我你的想法？

Tá sé go maith，她说。不错。

他微笑。

谢谢。

她打了个寒战。

对不起，你一定很冷。

他往火里扔了更多泥炭。她穿上衣服。

眼睛，她说。

眼睛怎么了？

悲伤的眼睛。

他耸肩。

　　你有一双悲伤的眼睛，梅雷亚德。美丽，但悲伤。

他泡了茶，他们坐在外面，并肩坐在他的防水外套上，聆听鸟儿啼唱晨曲。

7 月 27 日，星期五早上，吉姆·赖特和他二十一岁的女儿坐进了他的车里。

他四十八岁，已婚，有四个孩子。身为新教徒，他是威廉国王保卫者奥兰治分会[1]的活跃成员，也是前预备役警察。他是一名福音歌手，也参与救世军的活动。

他在阿马郡波塔当镇的一家汽车修理厂当门店经理，在去工作的路上，他顺便送女儿上班。他妻子在外地度假。

他拧开点火开关。汽车爆炸，杀死了他，重伤了他的女儿。

爱尔兰民族解放军声称对此负责。

---

1 威廉国王保卫者奥兰治分会（King William's Defenders Orange Lodge）是新教徒兄弟会，以奥兰治的威廉国王命名，总部位于北爱尔兰，政治倾向为联合派、忠诚派。

那个在外地度假的可怜女人，梅雷亚德说。

她倒挺好，班伊尼尔说。

啊，妈。别说了。

至少她在丈夫死前度了假。比我得到的多。也比你多。

啊，妈，这话太难听了。

我知道。

你还好吗，妈?

我想我们永远不会有假期了，梅雷亚德。

大概不会吧。可你度假又能干什么呢，妈?

我会过得很好的。离开这里。

梅雷亚德摇头。

不，你不会的。你不会坐着不动的。

我可以试试。

你整个假期都会担心母鸡。担心詹姆斯有没有捡鸡蛋。

班伊尼尔笑了。

我想会是这样的。

她叹气。

但你不想度假吗，梅雷亚德？像你姨妈那样去希腊？

我在这儿已经受够岛屿生活了，妈。

那就去一座城市？

镇子对我来说都太大了。

班伊尼尔点头。

对我来说也太大了。

不管怎么说，我不在的时候，他们可能会回来的。

谁？

利亚姆、爸爸和谢默斯。

班伊尼尔盯着她女儿。

你真的相信这个吗，梅雷亚德？

梅雷亚德微笑。

不，不是真的相信。但它让我不想度假。

班伊尼尔缓缓点头。

我想它做到了这点。你清理过它们的窝吗?

母鸡的?

我清理了。

有额外的鸡蛋吗?

没有。我们都捡完了。

7 月 28 日，星期六，詹姆斯·约瑟夫·麦卡恩正走在阿马郡波塔当镇的奥宾斯街上，那片区域的居民以天主教徒为主。他二十岁，是一名天主教徒。一辆红色的福特雅仕在他身边停下。那是阿尔斯特志愿军[1]。他们开枪射击了他。詹姆斯·约瑟夫·麦卡恩跌跌撞撞地进了附近一家酒吧的门，仍有意识，但流血不止。不久之后，他死于克雷加文医院。

---

[1] 阿尔斯特志愿军（Ulster Volunteer Force，简称 UVF），阿尔斯特忠诚派准军事组织，挑选成员时非常隐秘且限制人数，所以成员远不如阿尔斯特防卫协会多。该组织宣称的目标是对抗爱尔兰共和主义，尤其是爱尔兰共和军，在北爱冲突中杀害了许多天主教徒，后被英国政府正式宣布为恐怖组织。

有一万多人参加了波塔当的那场葬礼，妈。

把声音调大，梅雷亚德。

她们停止做饭，专心听新闻播报员说话。

那是场巨型葬礼。

半个镇子的人都去了，梅雷亚德。

他们中有多少人会出席那个可怜的天主教徒的葬礼？他只是在走路而已。

反正不会是半个镇子的人。

不会是那个镇子的，妈。

马松从窗前走过，录音机放在他肩头。他朝她们挥手。

去看班伊弗林，梅雷亚德说。

你听过她吗，梅雷亚德？在他的磁带上？

我听过，妈。

她听起来很古老，班伊尼尔说。

梅雷亚德笑了。

那会是你，妈。

不会的。

会的。二十年后。某个法国男大学生弯下腰来看你，宣布他发现了爱尔兰最后一个说爱尔兰语的人。

她们笑了，泡了茶，而马松爬上山，敲响班伊弗林的房门。他弯腰吻她时，她微笑。

愚蠢的法国人，她说。

他在她两颊各吻了一下。

在你身边犯蠢是件乐事，他说。

你做事有你自己的一套，JP。

她抽烟斗时咂嘴。

你很幸运，我不是个年轻女人，JP。

他们笑了。他为两人倒了茶，然后坐下。

但梅雷亚德是，班伊弗林说。

他点头。

确实。

也很美，班伊弗林说。

她确实美。

班伊弗林喝了口茶。

那个英国人也这么觉得。

我敢肯定他是这么想的。

我看见她从那里回来，大清早的，我散步的时候。

从他的小屋？

她点头。

没多少东西能逃过你的眼睛，班伊弗林。

什么都逃不过，JP。

他向后靠进椅子里。

你觉得她在那儿干什么？跟英国人一起。

不知道，JP。

她进小屋了吗？

据我看到的情况，她进去了，JP。

她在那里做什么？

你得问她了，JP。

啊，这不关我的事，班伊弗林。

她冲他微笑。

是吗，JP？

他缓缓点头。

正如我所说的，没什么能逃过你的眼睛，对吗？

对，JP，逃不过。

她母亲知道吗？

你的事还是英国人的？

二者，我想。

她很了解你的事，班伊弗林说。

他抿了一口茶。

但你没法确定，JP。安妮算不上聪明人。很容
易愚弄。

她知道英国人的事吗？小屋的事？

班伊弗林摇头。

不。她对那件事一无所知。

弗朗西斯呢？他知道什么？

他在高高的草丛里等待，JP。你知道的。我们
都知道。

他往前坐了坐，手肘撑在大腿上，双手拢成杯状。

那我要做什么？

什么都不做。照常生活。看会发生什么。如果

真会发生什么的话。

感谢你的建议，班伊弗林。

她吸了一口烟斗。

那个英国人也改变了小伙子的心态，JP。

詹姆斯？

她点头，将烟呼进房间。

他来这儿跟我说他要当艺术家，说他要在伦敦办展览。

真是野心勃勃。

说他要跟劳埃德先生住在一起。

她缓缓摇头。

他走了就没人抓兔子了，她说。

对，马松说。

再也没有炖兔肉了，她说。

他倒了更多茶。

写作进展怎么样，JP？

进展不错，班伊弗林。

我希望他们会让你当教授。

他猛呼了一口气。

我也希望，班伊弗林。

他把茶杯放在壁炉上，又往前倾了些，握住她的双手，对她点头，微笑，坚信他的工作配得上博士学位，配得上教授职位，也配得上更广泛的受众，配得上上报纸，上电视，上电台纪录片。他拉起她的双手，吻了吻，因为我会邀请法国记者来见你，班伊弗林，最后一个说纯正爱尔兰语的人，最后一个这样生活的女人，肩上围着披肩，抽陶土烟斗，穿编织袜，我会说服他们采访你，听你讲这门不受现代性影响、不被英语入侵污染的古老语言，如同你的父母、你的祖父母、你的曾祖父母讲的那样，一条可追溯到几百、几千年前的语言学世系。他放下她的手，但依然抓着它们，搁在他的大腿上。在他们跟你说完话、录完音、拍完照、录完像之后，他们会转向我，找到你并捕捉到这门古老语言的最后时刻的法国语言学家，在欧洲边缘的简陋条件下，跟这个女人一起生活了五年的伟大法国语言学家，没有电，没有水，饮食只有鱼和土豆，他应该得到表彰，亲爱的读者，亲爱的听众，亲爱的观众，由总统授予法国荣誉军团勋章，以表彰他对文化的贡献，表彰他对这门濒死语言、这位古老美人所付出的努力。他拍了拍她的手。但之后会有人提出疑问，事情总是这样的，班伊弗林。为什么选爱尔兰语？为什么不是巴斯克语？或者布列塔尼语，马松教授？你不是在布列塔尼长大的吗？你的父母怎么想？他们一定非常骄傲，还是说他们更希望你能待在家里，研究他们的语言。我们会问他们的。然后楼梯上一阵猛冲，一大堆录音机、相机和笔记本漩涡般涌到五楼，发现她依然在那扇俯瞰遥远大西洋的窗边，告诉记者，她不确定为什么他在爱尔兰拯救爱尔兰语，明明他应该在阿尔及利亚学习她的语言，学习古典的阿拉伯语，文学的阿拉伯语，她在他小时候试图教给他的语言，一周又一周跟着一个对这门语言、对阿尔及利亚满怀深情的男人上课，这个男人在一周又一周后，越发意识到我对他的热情无动于衷，也意识到我父亲是法国人，一名法国士兵，一名把我母亲从阿尔及利亚带到法国的法国殖民士兵，我的肤色比他的浅，我的名字更法国，因此他扇我耳光，扇得比他扇其他男孩更重，他走在我们的课桌间，一个张开的手掌打我的后脑勺，一根手指弹我的脸颊，留下刺痛，在反复讲述法国人对阿尔及利亚人做的可怕行为时盯着我，清真寺变成教堂，土地被夺走，并以微不足道的价格卖给自私自利的欧洲人，语言被贬低，宗教被禁止，更糟的是，被迫放弃原有的身份，成为法国人。还有饥荒。永远不要忘记饥荒，孩子们。尤其是你，马松。又用力敲了一下我的后脑勺。你绝不能忘记饥荒，马松。你必须永远记得我们伟大的国家在法国人手下受了多少苦，那些法国人把我们变成一个小法国，漂亮的小村庄，葡萄园，钟塔，可我们是游牧民、牧羊人，我们自己的国家有着骄傲的传统，我们自己的古老语言，但这一切都不被容忍，全都被驱逐，被剥夺，你们理解这点吗，孩子们？理解你们要继续这场伟大的斗争，因为你们是阿尔及利亚人的儿子。

我举手。

可我父亲是法国人，我说。

他掌掴了我的后脑勺，力道比往常更重。我看向塑料隔墙另一边的母亲。她正在读书、喝茶，头上裹着一条围巾。

乔治·沃尔什是一名五十一岁的新教徒警察，已婚，有一个孩子。7月31日，星期二，他正坐在阿马法院外一辆没有警标的车里。爱尔兰民族解放军的两名枪手开车驶向他的车并开火，用子弹扫射，杀死了他。

你听枢机主教讲话了吗，妈？

没有。

呼吁他们停止杀戮。

你觉得他们会听吗？

不觉得。

我也不觉得。

我想他必须试试，梅雷亚德说。

我想也是。

班伊尼尔递给梅雷亚德一篮衣物。

把这个拿给 JP，行吗。我听到他拿着那个录音机在屋里。

他这么听她说话会发疯的，来来回回听磁带，来来回回。

班伊尼尔摇头。

村里有个疯子，悬崖上有个疯子，这个夏天可真要命。

梅雷亚德接过篮子。她把篮子放在了马松身边的椅子上。

　　你的东西洗好了。

　　谢谢你，梅雷亚德。你想喝点咖啡吗?

她坐下。

　　想。

他把水放在火上烧。

　　你看起来很累，梅雷亚德。

　　是吗?

她微笑。

　　大概是你害的。

　　大概吧。

他又坐下来。他打开录音机。

　　她喜欢你，JP，你对她的关注。

　　我乐在其中，梅雷亚德。

他们听磁带，她的嗓音嘶哑，破碎。

　　她比我想的更衰弱，梅雷亚德说。更老。

　　她是这样的。

　　她的语言也更古老。

爱尔兰语正在快速变化，梅雷亚德。

她轻拍他的手。

有变化也不错，JP。

水冒泡，烧开了。他泡了咖啡，把壶和两个杯子放在桌上。

你要牛奶吗，梅雷亚德?

要。加点糖。

他搅动糖和牛奶。他再次打开录音机。他们喝茶，听录音。

她知道很多事，他说。

啊，她说些有的没的。一个又一个故事。

她是个可靠的见证人，梅雷亚德。

这倒是，JP。她什么都不会错过。

他把手伸向她，将她的头发拢到耳后。

她告诉我，你去了英国人的小屋。

她从杯里喝了咖啡，对甜度感到满意。

我去过那里，还走了更远，到悬崖上。

你去那儿做什么?

跟你有什么关系?

我感兴趣。

为什么？

他倒了更多的咖啡。她加了她自己的糖，她自己的牛奶。

我在找利亚姆，JP。

马松拿起杯子。

当然。

他喝了一口。

然后呢？他问。

然后什么？

你找到他了吗？

她摇头。

没有，还没有。

你多久去那里一次，梅雷亚德，去找他？

她耸肩。

看情况。夏天比冬天去得多。冬天我待在这附近。在小海湾里，在海滩上。

总是在找。

总是。

你什么时候才会停止？

等我找到他。或者找到他的痕迹。

随后梅雷亚德站起来。

谢谢你的咖啡，JP。

马松清空洗衣篮，把篮子递给她。

你今晚会来吗？

你也说了，我很累。

他重新开始工作，再次用班伊弗林的声音填满房间，这门语言的保护者，看守人，藐视、漠视语言学研究的传统观念，它们主张女人改变语言比男人快，为了改善孩子的命运，增加孩子提高社会地位的概率。班伊弗林可不是。语言的忠诚派。语言学战士。我母亲也不是，坚持让我上晦涩的古典阿拉伯语课，而我明明想要法语，想说法语，想阅读法语，想成为法国人。不像她曾经那样。像她现在这样。依然在五楼，在俯瞰遥远大海的窗边。身处无人之地的女人。

下课走回家的路上，她跟我讲了其他男孩和他们母亲的故事，她们的身体遮盖得比她的严实，她们的法语没她熟练，因此她们用阿拉伯语谈起她们童年的街道，讲述她们如何到达法国的故事，她们在哪里购买食物，她们如何应付北方的寒冷、北方的雨，而她们习惯了光和热，但我对那些故事、那些男孩、那些同学毫无兴趣，因为我有自己的同学，说法语的同学，我想跟他们一起玩的男孩，想更了解他们，想在公园、在足球场跟他们待在一起，像他们那样说法语，可她不愿让我出去跟他们玩，坚持选择那些课，那些男孩，那些来上课的好男孩，而不是在公园里踢足球，满嘴脏话。我不想要那些男孩，我母亲的男孩，但我不能对她这么说，我那已然悲伤的母亲，我那已然孤独的母亲，不能告诉她，我讨厌古典阿拉伯语，讨厌那个老师，那些男孩，那些穿深色衣服的女人，恨我是个柔弱的十岁男孩，无力承担她失望的重量。我在她身旁继续走，一言不发。默认了她会反复讲述她的童年故事，她遇见我父亲之前的日子，她会告诉我她在一所天主教大学学习法语文学时的事，一个年轻、美丽的阿尔及利亚法语使用者，亲法者，含苞待放，只等我英俊的父亲出现，他随战争而来，带来我的种子，随后种在她体内，种子的生长宣布她不再是阿尔及利亚人，不再是他们中的一员，不再安全，因为她跟他们不同，是法国人了，她想，当她登上一艘离开的船，跨越地中海，在她梦想的国度登陆时，她为法国做足了准备，就像我父亲为她做足了准备一样，她的阅读和思想准备好了面对挤满知识分子的咖啡馆，面对街角的政治，晚饭、午饭、早饭餐桌上的讨论和辩论，面对关于书籍、电影、戏剧的谈话，却只在他，这个法国士兵，为他的新家庭弄来的五楼公寓里发现了沉默和孤绝。尽管他不再是一名士兵，而是成了一个修车的机修工，深层清理汽化器的专家，使得她成为去除工装裤上的油渍的专家，每天都有干净的工装裤可穿，他的名字在左胸的口袋上，但她的名字哪儿也不在，除了在她偶尔收到的阿尔及利亚家人寄来的信上，然而信件稀少，一个在边缘等待儿子开学的女人，这让她终于能认识法国女人，去法国人的房子，参与法国人的生活、法国人的午饭和晚饭了，却只在校园里进行过关于孩子和作业、游泳比赛和生日派对的礼貌对话，没有任何关于书籍、关于戏剧、关于政治的谈话，这把她推向一旁，我同她一起，推向在法国的阿尔及利亚人，推向阿拉伯语报纸和书籍，推向头巾和长裙，让她能跟商店里的男人谈论政治，钱柜边上的老人和他们的儿子，交换政治新闻、关于家的记忆和故事，同他们欢笑，因为她从来不跟我父亲微笑，他那时不再是汽车机修工，而是成了邮政职员，法国政府的公务员，他冲她大吼大叫，要求她改短裙子，取下头巾，对她吼道她嫁给了一个法国人，这婚姻把她变成了法国人。可我不是法国人，她说。我什么都不是。不在任何地方。身处无人之地的女人。你在我的土地上，我的房子里，不许穿长裙，不许戴头巾。她改短了她的裙子，但依然在那些商店里戴头巾，在店里，男人们跟她谈论她儿子的阿拉伯语课，男人们用阿拉伯语跟我说话，但我用法语回答。

十九岁的通信兵保罗·里斯和十九岁的炮兵理查德·詹姆斯·富尔明杰是被派往阿马郡南部的陆军车队成员，此行的目的是检查警察乔治·沃尔什被杀案中使用的烧毁车辆。

那是8月2日，星期四。来自英格兰克鲁镇的保罗·里斯和来自英格兰科尔切斯特镇的理查德·詹姆斯·富尔明杰已在北爱尔兰待了九天。

爱尔兰共和军在烧毁汽车附近的一根排水管里放了一枚四百磅重的炸弹。

调查完成后，阿尔斯特防卫团带领陆军车队离开现场，沿阿马和莫伊之间的公路行驶，靠近爱尔兰边境。这两个十多岁的士兵在车队中间的一辆路虎里。爱尔兰共和军的炸弹爆炸了。路虎掉进了爆炸形成的弹坑中。爱尔兰共和军的枪手向路虎里的士兵开火，杀死了这两名青少年。

他们没怎么理会枢机主教的话，梅雷亚德说。

他们没有，班伊尼尔说。也许等下个月教皇来的时候，他们会听他的话。

也许会，妈。也许不会。

梅雷亚德擦洗土豆。

你会去看他吗，妈？

班伊尼尔摇头。

对我来说太远了，梅雷亚德。

她轻拍她的胸口，她的头。

反正他在我心里，梅雷亚德。早上、中午和夜里。

8月2日，星期四，西贝尔法斯特的一个女人报警说，她的房子遭遇了入室盗窃。她告诉警察，自己刚度假回来，这个发现令她很不安。经警方核实，她说的是实情，于是派了两名警察去调查。

警察开车前往她位于克朗达拉街的家，离福尔斯路不远。他们正从路虎里下来，突然，爱尔兰共和军从马路对面楼上的一扇窗户开火，杀死了二十六岁的警察德里克·戴维森，他是一名来自爱丁堡的已婚新教徒，有一个四岁的女儿。

劳埃德醒得很早，被洒落进小屋的光线唤醒。他快速穿上衣服，走出去追赶从海里升起的太阳，触过平静海面的红色火球，播撒深红、猩红、朱红，惊起岩石嶙峋的悬崖上的鸟儿

长着羽毛的修道士

在它们大教堂的唱诗班里

他用铅笔写生

做晨祷的异教徒

礼赞

基督太阳

他画到太阳爬出海面为止，色彩沉淀为蓝、黄和白，早晨的表演随之结束。他多待了一会儿，深呼吸，让凉爽的空气清洗他的肺，然后回到没有梅雷亚德的小屋，尽管光线很强。他还是画了她，想象光线会如何落在她的脸上，她乳房的轮廓上，她的胯上。

他吃了早饭，喝下茶和麦片粥，两样都有足够的牛奶，然后拿起工具，走到悬崖上。詹姆斯已经在那里了，趴在悬崖边，手里拿着素描簿和铅笔。

你到早了，詹姆斯。

我想要光线，他说。

今天光线很好。

看看阳光在岩石上闪耀的样子，劳埃德先生。劳埃德在他的画架上放了一块小画布，用颜料画了海上的太阳、鸟儿、草地。他换成铅笔，画了手拿素描簿和铅笔趴着的詹姆斯。

《岛屿系列：艺术家的学徒》

他们在沉默中工作着，各自隔绝在自己的绘画尝试中，先素描，再用颜料，之后又素描，画落在水上、岩石上的光线，画吹过草丛、穿过鸟儿翅膀的风之涟漪，那些鸟儿是在空中盘旋的海鸥和鸬鹚。十一点时，詹姆斯拿出一壶早已加过牛奶的茶、两个杯子，以及涂了果酱和黄油的面包。他们一起坐着，看向大海，看着鸟儿斜飞和潜水。

你不介意吧，对吗，詹姆斯？

介意什么？

我画你母亲。

他耸肩。

你要担心的不是我。

你的外婆？

不，她不知道妈的事。总之现在还不知道。

那我要担心谁呢？

弗朗西斯。

劳埃德倒了更多茶。

为什么我要担心他？跟他有什么关系？

关系比你想的要大。

我不在乎弗朗西斯。

你应该在乎。

为什么？

他是我父亲的弟弟。

劳埃德摇头。

我不怕弗朗西斯，詹姆斯。但作为她的儿子，

你怎么想。

与我无关。

怎么会呢？

我有我的生活，她有她的。

你可真是个大人。

是吗？我不操心她，她不操心我。

劳埃德耸肩。

我跟我母亲从没做到这点。

也许你有一栋大房子。在一座小岛上的一间小房子里，你没得选。

这话也许有点道理。

她还在世吗？

是的，我父母都在世，但我很少见他们。

你妻子呢？你什么时候见她？

你问了很多问题，詹姆斯。

你知道关于我们的一切。轮到我问你了。

这很公平。

所以，你什么时候见你妻子？

我回伦敦后会见她。

她现在在你的房子里吗？

也许吧。大概不在。

那她在哪儿？

我们有时住在一起。

那其他时候呢？

她跟另一个男人在一起。

啊。

还有更糟的。

那是怎么回事，劳埃德先生？

她更喜欢他的作品，胜过我的。

詹姆斯摇头。

这真糟。

他们笑了。

我更喜欢你的作品，胜过他的。

你没见过他的作品。

反正我更喜欢你的作品。

你非常贴心，詹姆斯。

而且忠诚，劳埃德先生。

没错，还有这点，詹姆斯。非常忠诚。

我以为你还结着婚。

我也这么想。

所以你不算结着婚了？

我结着婚，但又没结。

你把我弄糊涂了，劳埃德先生。我母亲之前结婚了。现在不是了。你要么结婚了，要么没结。

也许我是半结婚状态。有时结了。有时没结。

那你的妻子也是半结婚。

不，詹姆斯。她总是结着婚。一半跟我结，另一半跟他结。这让她总是结着婚。

你更喜欢哪一半？结婚的那半，还是没结婚的那半？

好问题，詹姆斯。

劳埃德掸掉胸口的碎屑。

我不确定，詹姆斯。有时我想念结婚的状态，有时不想。

詹姆斯站起来，走向画架。

画非常好，劳埃德先生。

希望如此。

你对光线的理解好了很多。

你说得对，詹姆斯。确实是这样。

看，我很有用。

你确实有用，詹姆斯。

你应该把它放进展览里，劳埃德先生。

也许吧。我们会等到夏末。到时再决定。

詹姆斯笑了。

有什么好笑的？

这就是为什么她会办这场展览，劳埃德先生。

我没懂。

你妻子。

什么意思？

给半个丈夫的半个展览。

劳埃德微笑。

你说得对，詹姆斯。这就是为什么她会做这件事。

詹姆斯收起壶和杯子，以及用来装面包的茶巾，两人回到他们的工作中，回到他们的沉默。

8月3日，星期五，六十五岁的威廉·惠滕在医院去世，死因是他在6月受的伤，当时，爱尔兰共和军在北爱尔兰炸了五家酒店。6月19日，炸弹爆炸时，这位来自爱尔兰共和国克莱尔郡的新教徒退休商人，正跟他的妻子在安特里姆郡巴利卡斯尔镇的海洋酒店度假。

梅雷亚德推开小屋的门。劳埃德还在床上。

　　Gabh mo leithscéal，她说。

他摇头，让自己醒过来。

　　抱歉，她说。

　　在下雨，他说。

她点头。

　　是的。

　　没有光线，梅雷亚德。你得在阳光照耀的时候过来。

她耸肩，雨水从她的头发滴下。

　　Tá mé anseo anois.

劳埃德穿上衣服。

　　你刚才说的是什么意思?

　　我现在到这儿了。

　　对。对，你到了。

他套上靴子，但没系鞋带，而是开始素描，雨水从她的头发滴到肩上。他翻动纸页，在厨房中间的窗户下放了一把椅子，走动时，他的鞋带轻拍地板。

坐那儿，他说。

她坐下。

脱掉你的衣服。只脱上身的。穿着裙子。

她摇头。

Ní thuigim. 我不懂。

他将双手垂到腰部，然后举过头顶。

Á, tuigim[1].

他画了落在她乳房上的雨滴，在水珠上破碎的灰色光线。他画了她被雨打得蓬乱的头发。还有她潮湿的脸。

《岛屿系列：雨后的女人》

他快速工作，但又丢下素描簿。他系上鞋带，走了出去。他拿着三根海鸥羽毛回来。他把羽毛给她。

拿着，他说。用右手拿着。

她接过羽毛，而他开始扯她的裙子，她母亲的旧衣物，红色的羊毛裙。她站起来。他解开侧边的钩

1　爱尔兰语，意为"啊，我懂了"。

子，把裙子往上拉，直到它定在她乳房下方。他指

示她回到椅子右侧。她坐下。他调整她的姿势，让

她斜坐在左臀，把她的左手平放在椅子上。

　　你还好吗？他问。

　　很好，她说。

他画。

《岛屿系列：手持羽毛的女人，仿高更》

　　你可以穿上衣服了，他说。

她拾起衣服，从一个口袋里拿出了一只装满牛奶的

罐子。

　　给我们的茶用，她说。

　　好主意，他说。谢谢。

他们坐在椅子上喝茶，看着他画的拿着羽毛的她。

　　画很美，她说。

　　谢谢。

她指着高更的名字。

　　Céard é sin? Cé hé sin? [1]

　　他是个艺术家。法国人。我会给你看他的作

1　爱尔兰语，意为"这是什么？这是谁？"。

品的。在农舍里。

她点头。

　　Nuair a bheas tú ar ais. 等你回去。

她离开了，他继续画，对饥饿置之不理，很高兴下
雨了，让詹姆斯没法过来

不能给他看

儿子的眼睛

同时，他画下她的乳房、她的髋部的曲线，她的发
卷，从她身上、从他自己身上呼唤出了一位他没预
料到的美人，他已多年没用手指抚摸过这样的美人
了，至少十年了，那是他最后一次画朱迪丝，当时
她更年轻，跟梅雷亚德一样年轻，在他创造她的轮
廓时，他的手指和身体不停搏动，他奋力画每一张
她，她的头发、眼睛、鼻子和嘴唇，她的肩膀、乳
房、肚子和臀部，她的阴毛，她的指甲，她的髋
部、大腿、小腿，她的脚腕、脚和脚趾，在她的身
体上一路挑选地方，钻进去，一小时又一小时地素
描再画油画，用颜料去匹配她的皮肤，她的雀斑，
她的疤痕，匹配她的美，他数周以来唯一全情投入

的作品，在这幅画完成前，他禁止妻子观看，他那以擅长图形而著称的艺术家妻子，他则以素描、以色彩和色调著称，确信他艺术家妻子的这幅肖像会为他们获取关注、名望、金钱，足以让他们脱离地下室生活，在那里，他们会躺在一起，欢笑着，他在她体内，一个整体，她说，完美的艺术家，他说，她的技巧和他的合二为一，融入一对将主宰艺术世界的艺术家伴侣，他画的她是一份介绍，一张他在数周的工作后终于完成的名片，他把画呈献给她，放在她脚下，可是她摇头，挥动手腕，坚定地认为它太固守成规，太传统，不符合他们需要创造的势头。太老套。太无聊。相像，没错，但仅此而已。不过是一张照片而已

贬责它

我

我们

他转而去画风景画

沉默

怀着各自的观点

而她逐渐远离，厌倦了他的细腻，他作品里不起眼的细微差别，反而偏爱她开始卖的招摇的、宣言式的、大胆的、引人注目的艺术，卖给富人，卖给那些住在顶层豪华公寓和重新整修、重新设计、重新改建的骑士桥[1]寓所里的人。她也开始搜寻一个更招摇的丈夫，搜寻一个想要她要的东西的男人，一个又一个，直到他最终被选中，一个现代派，意志坚定，确信会成功，新的半个丈夫是她新画廊里首场单人展览的主角，老的半个丈夫则被逐出艺术之城，单独住在一座岛上，与世隔绝，吃着土豆和鱼，画着一个不是他妻子的女人，不是他的半个妻子，不是他的任何妻子，但亲密依然在他的手腕、他的铅笔、他的木炭每次转动时增长，半个丈夫创造作品来困惑他的半个妻子

被发掘的美

她的

我的

1　骑士桥（Knightsbridge）位于伦敦中心地带，以超豪华住宅和高档零售店而闻名。——编者注

埃蒙·瑞安是都柏林的一名公务员，暑假时带着妻子和两个孩子回到他的老家，沃特福德郡[1]的特拉莫尔镇。他三十二岁。

8月7日，星期二，他带着两岁半的儿子去了镇里的银行。四名爱尔兰共和军成员，配有武装并戴着面罩，闯入银行抢钱。

埃蒙·瑞安试图带着儿子跟其他顾客一起离开银行。他被一名持枪者拽回银行，随后被近距离射击。他的孩子待在他身边，在抢劫继续进行时，坐在父亲的尸体旁。

1　沃特福德郡（Co. Waterford）位于爱尔兰共和国。

詹姆斯带了一杯茶和一片涂了果酱的面包给马松。

Go raibh maith agat[1].

不客气，詹姆斯说。

你应该跟我说爱尔兰语，詹姆斯。

我为什么要这么做，JP？

这是你祖先的语言。

英语也是。讲了几个世纪了，JP。

在这座岛上不是。

詹姆斯耸肩。

反正我要离开了，他说。我要去伦敦。

我听说了。

我在跟劳埃德先生准备一个展览。

你会变得闻名世界的，谢默斯。

我会的。而且我的名字会是詹姆斯。

他离开了。马松回头继续工作，由于说英语的艺术

1　爱尔兰语，意为"谢谢"。

家的到来，这座岛上的爱尔兰语被放弃的速度加快了，最明显的变化出现在梅雷亚德和詹姆斯身上，因为梅雷亚德现在会不时说英语，而詹姆斯习惯性地以英语回答用爱尔兰语表述的问题和评价，就像我曾做的那样，在那些商店里，钱柜旁的父子们，我母亲恼怒于我用法语回答，愤怒于她的儿子对这些文雅、有教养的男人如此粗鲁，他们只是想让我加入他们的谈话，我却想看起来像我每天早上去上学时都会路过的那家咖啡馆里的法国人，其中有我父亲，侧身靠在吧台，看向街道，他的晨间咖啡放在柜台，一支香烟搁在他下唇的曲线上，跟经过的人打招呼，点头，挥手，问好，由此可判断他心中的关系，熟人，邻居，朋友。他对我挥手。他的半个法国儿子。他对我母亲点头。他一点也不法国的妻子，傍晚，下班后，他会责骂她。她的厨艺，她的衣服，她的气味，她的阅读，叫喊着她太令人尴尬，没法带去见他的朋友，他的家人，那样穿衣打扮，那样说话，发出那样的气味，还说她阻碍了他在邮局的前途，他升职的机会，管理岗位给了那些没骨气的胆小鬼，在他去打仗时，他们待在家里娶了法国女人，这些没骨气的胆小鬼爬进了楼上的办公室，爬进了更大的车，更多的薪水，变得肥胖且自满，漠不关心他获勋士兵的身份，漠不关心，可那些人明明应该跪下来感谢他对国家的贡献，感谢他冒着生命危险对抗阿尔及利亚的野蛮人，那些从沙漠里冒出来跟法国要求独立的肮脏游牧民，明明正是法国修了他们的街道，教育了他们的孩子，建造了他们的城镇，他们的市政厅，他们的学校、医院、房屋，供应了他们的水、他们的卫生设备。全都是法国建造的。现在大喊大叫。冲着她。冲着我。号叫。在法国人到来前，什么都没有，一无所有，连厕所都没有，他的愤怒把我钉在地板上，钉在餐桌边的他和在水槽边洗碗的我母亲正中间，她合上的双眼告诉我不要说话，保持沉默，别提钱柜旁的父子们，别提我正在学的阿拉伯语，别提教我语法、历史和政治的阿尔及利亚男人，别提我父亲一无所知的每周两次的课，因为我母亲很小心，我们会在七点前到家，在他之前到家，冬天的寒冷已离开我们，离开我们的外套，离开我们的皮肤，晚饭已准备好，七点就能开饭，那时他走进家中，满腔怒火即将爆发，她合上的双眼叫我在他又一次责骂她时站着不动，骂她是对一个又一个士兵投怀送抱的小镇婊子，用她的美貌捕猎一个法国男人，一个会爱上她、把她从那个糟烂国家救出来的法国傻瓜。而我就是那个白痴，他喊道。那个爬进你腿间的傻瓜。我就是那个上当的倒霉蛋。上了你的当。如今我成了这样，像这样活着，一个没有前途的男人，一个娶了来自那个糟糕国家的婊子的男人。

我得做作业，我说，我便去了我的房间，去做早已做完的作业。

8 月 10 日，星期五晚上，威廉·阿瑟·麦格劳在酒吧里。他是一名新教徒，来自加瓦村外，那是南德里[1]的一个村庄。他二十九岁，是一名砌砖工。他的三个兄弟是阿尔斯特防卫团成员。另一个兄弟是狱警。

他接受了好意，搭别人的车回家。车停在他家外。他下车时，车里的其中一个男人喊他。他转身面对汽车，被人在脸、胸口和身体上开了六枪。

他父亲发现他死在家门口。

1　指北爱尔兰的伦敦德里郡（Co. Londonderry）南部。

梅雷亚德将洗净的衣服拿到劳埃德的农舍。她把衣服放在厨房餐桌上，浏览他的书，因为詹姆斯在悬崖上，英国人在他的小屋里。她发现了高更，翻开书，跟跄了一下，其中的生命力几乎让她喘不过气来，作品的，女人的，她们的身体，她们的泰然自若，任由艺术家看着她们，画她们。她把书在桌上放稳，逐页翻看油画和素描，那些黄、橙、蓝、粉、红，那蓝色的草和黄色的天空令她欣喜若狂。她翻到书的最后，又从头看起。她把书放回架子，但第二天一早取走它，拿到小屋，叫醒他，尽管光线又是灰扑扑的。在他穿衣、重新生火时，她泡了茶。他们并肩坐在燃烧的泥炭前，看着那些油画，沉浸在它们的温暖中，让它与火焰的温暖、茶的温暖融为一体。

他抬头看窗户。

光线慢慢变好了，梅雷亚德。

Go maith. 很好。

他把床垫从床上抬起。她脱掉衣服，躺下，用床单遮住部分身体。

这样吧，站起来，他说。

她双手撑地，站了起来。他指着她的内裤，由于洗涤、由于穿了很多年而发灰的白色棉布。

这不合适，他说。

他把枕头从枕套里晃出来。他将枕套递给她。

我的手很冷，他说。

他把枕套裹在她的髋部，把边缘塞进内裤里。

不算完美，他说。但能凑合用。

她摇头。

不。不对。

她将手伸进衣服里，扯出她的绿色围巾。她把围巾裹在髋部。他拍手。

完美，他说。

他双手放在她的髋部，将她稍微往旁边转，调整她的角度，让她的右髋比左髋更靠近他。他双手举到空中。

就像正从树上摘苹果，梅雷亚德。

她将手臂往上伸。他画。

《岛屿系列：摘苹果的女人，仿高更》

抬头，梅雷亚德。看着苹果。

她扬起她的头。

伊甸园里的夏娃，他说。

她摇头。

Ní thuigim[1].

夏娃。花园。苹果。

她微笑。

Tuigim. 我懂了。

她抬头看自己的双手，因为洗涤而开裂、发红，表皮皲裂，长出了发炎的红点，柔嫩，有时溃痛，黄管里的护手霜只在每天结束时薄薄抹一层，一个涂层，而我需要的是能修复的乳液，能钻进我皮肤的乳液，就像他现在用铅笔钻的那样，比之前更深，他的呼吸比之前更沉重，他的双眼更专注。

手臂再抬高点，梅雷亚德。

1　爱尔兰语，意为"我不懂"。

她抬起手臂。

　　肘部还是要保持弯曲。

她弯曲手肘。

　　就这样。完美。谢谢。

穿透。挖掘。越来越深。我想让他拥有它，利亚姆。找到它。属于我的这样东西。尽管我不知道它是什么。只知道它存在。在某处。深深埋在我的乳房、我的肚子、我的阴部的柔软之中。我想让他挖掘它，这样东西，这样等同于我本质的东西，超越每个人能看到的美，超越那个，也超越妈看到的东西，詹姆斯看到的，弗朗西斯看到的，JP 看到的，JP 以为他看到的，更接近你，利亚姆，在那些年前见到的东西，真实的我，就像我当时那样，我想让那个东西被挖掘出来，被捕捉，并且被带走。远离这里。

他往火里扔了三块泥炭，以此平息她皮肤上冒出的鸡皮疙瘩。

　　再过十分钟就好，梅雷亚德。

她点头，虽然她的手臂酸痛。

远离这里，在一家伦敦画廊的白墙上，男男女女，
端着白葡萄酒，红葡萄酒，金汤力，挤了柠檬汁，
在我面前驻足，艺术家的最新题材，他描绘的对
象，在一座偏远爱尔兰岛屿上挖掘出的美丽造物，
那地方如此远离文明，他不得不乘一条手工做的船
划过大洋，以为在那段艰险的旅途后，只会找到老
太婆跟她们没牙的男人，却发现了这位美人，年轻
的沉睡女子，花园中的夏娃，端坐的女人，躺下的
女人，雨后的女人，而他们，高雅时髦的伦敦男
女，会举杯敬他，敬他的勇敢，他的无畏，吻他的
脸颊，握他的手，这位了不起的画家，这位了不起
的英国画家，这位画爱尔兰女人的了不起的英国画
家，他的作品完整捕捉了爱尔兰人的奇异通灵论，
因为我伸手去够他想象中的苹果，我的乳房、肚子
和我孕育我儿子的银色痕迹在我体内升起、延展。
他翻到新的一张纸。

《岛屿系列：摘苹果的女人》

挖得更深吧，劳埃德先生，尽管他们会勃然大怒，
弗朗西斯和我母亲，大发雷霆，因为我像这样站在

你面前，一个英国人面前。只穿着内裤站着，梅雷亚德，手臂举在空中去摘一颗想象的苹果。你怎么能这么做？躺下，盖着一条床单，闭着眼，在那睡眠中显得脆弱，但受到艺术家的爱慕，你睡觉时有人看守，有人保护，我们可以容忍这个，我们可以对此视而不见，就像我们对你和 JP 视而不见那样，可像你现在这样站着，内裤上盖着点围巾，情况就非常不同了，梅雷亚德。像这样站在一个英国人面前，站在英国观众前，这太出格了，梅雷亚德。

他把素描簿扔到地上。接着扔掉铅笔。他站起来。

画完了，他说。谢谢。

她弯腰翻动纸页，像他看她那样看自己。

画得不错，她说。

会变得很棒的，梅雷亚德。

她翻了更多页。

但还不行，她说。还没完成。

他摇头。

我同意。还没完成。我还没画出你。

她捡起衣服，开始穿。他把水放上去煮。

你要喝茶吗？他问。

要。

她坐在一把椅子上，拉上紧身裤。劳埃德开始吹口

哨。她走出去，他跟上，递给她一个杯子。他们并

肩站着，再次看着早晨的大海，早晨的鸟儿。

这可能是我最好的作品，梅雷亚德。

Tá áthas orm，她说。

什么意思？

我很高兴，她说。但还有更多工作要做。

他对她微笑。

是的，梅雷亚德。有更多工作要做。

她把杯子递还给他。

谢谢你今天早上过来，梅雷亚德。

她转身面对村庄。

明天，她说。这里。

他笑了。

好的，梅雷亚德。明天。这里。

她从他身边走开。他在她身后大喊。

跟詹姆斯说，等米哈尔到了，告诉我。

她冲他挥手。

我得跟他谈谈。跟米哈尔。

她沿岬角走回去，穿过吸饱了露水的草丛、新织成的蛛网，蛛网正在早晨的阳光下闪闪发光。她把母鸡放出来，伸手进去取了鸡蛋，有些还是暖和的，但大部分已经凉掉了。她兜起开襟羊毛衫的底部，收集起鸡蛋，十二枚鸡蛋装在一个布满黑莓和菱形纹样的羊毛网兜里，早晨的空气冷冷地吹着她的肚子。

你回来晚了，梅雷亚德。

我走得太远了，自己都没注意，她说。

班伊尼尔闷哼一声。

再不注意，你就掉进海里了。

我忘了时间。

摆桌子，梅雷亚德。切面包。

今天有十二个鸡蛋，妈。

至少母鸡在做它们该做的事。

梅雷亚德从开襟羊毛衫里取出鸡蛋，放进了一个木碗里。

它们是好母鸡，确实。

班伊尼尔把水倒进茶壶。

你见到那个英国人了吗？

没有。我去了另一边。

你散步散得怎么样？

今天的光线很好，妈。它落在海上的样子。

班伊尼尔把茶壶放在桌上。

你说起话来开始像那个英国人了。

梅雷亚德耸肩。

JP 马上就会过来，她说。

跟往常一样饿得不行，班伊尼尔说。

他吃得不少，梅雷亚德说。

而且身上一点肉都没有。

对。

他皮包骨。他只剩皮和骨头。

只剩皮和骨头，妈。

梅雷亚德在桌上摆好盘子、碗、杯子和刀叉。她取
出面包，开始切，先是白的，接着是棕的。她拿来
黄油、果酱和牛奶，然后呼唤詹姆斯。他来到桌旁

时穿好了衣服，但头发凌乱，脖子侧面残留着颜料。她用唾液润湿大拇指，蹭了蹭颜料。

他躲开。

别管了，妈。没事的。

你该把你自己好好洗干净。

有什么意义？我今天只会沾上更多。

马松坐在他常坐的早餐位置上，詹姆斯旁边，梅雷亚德对面。班伊尼尔往桌上放了四碗麦片粥。他们开始吃。

今天有什么计划，谢默斯？

我的名字是詹姆斯，我没有计划。

你呢，JP？班伊尼尔问。

我会工作，然后沿悬崖散步。

你应该去找劳埃德先生，詹姆斯说。

我今天没心情跟人起冲突，谢默斯。

梅雷亚德倒了茶，开始喝。

你还好吗，梅雷亚德？你看起来脸色苍白。

我很好，JP。只是累了。

梅雷亚德总是很累，班伊尼尔说。上床太晚，起床太早。

肯定是这个缘故，梅雷亚德说。

天气预报怎么说，班伊尼尔？

今天很好，JP，但这周后面几天会很糟。我想米哈尔和弗朗西斯今天或明天会到这里。

梅雷亚德收起喝空的碗、用过的勺子。

等米哈尔出现，你得去找劳埃德先生。

为什么？

他想找他。

你怎么知道？

梅雷亚德举起餐具。

他说的。

什么时候？

她去了后厨，去了水槽，法国人回到他的农舍，回到他的书桌，而詹姆斯去了画室，去画架前作画。他的第五件展品。三个女人的肖像，他母亲拿着编织物在右边，他外婆拿着茶壶在中间，他太婆拿着烟斗在左边。Mná na hÉireann. 爱尔兰女人。仿伦勃朗。她们三个像布商公会的男人那样看着画外的我，她们的裙子是红色的，胸口是黑色的，深色披肩围在头上，但我母亲的头发是露出来的。她们三个盯着我，家里唯一的男人，而他将要离开，逃走去过他想过的生活，一种跟她们的生活毫无关系的生活，跟这些事都不相干：捕猎食物、准备食物、吃下食物、睡觉，醒来再次做相同的事，一天跟另一天相同，困在一块灰色的岩石上，重复这个循环，一次又一次，反反复复。我离开。离开年轻的岛上寡妇，中年的岛上寡妇，年老的岛上寡妇，三个岛上寡妇织毛衣、喝茶、抽烟斗。并且等待。等待她们的男人从海里爬出来。等待她们的生活重新开始。

米哈尔和弗朗西斯扛着箱子经过画室的窗户，女人们跟在他们身后，弗朗西斯往室内看去，敲了敲窗户。他招呼詹姆斯。詹姆斯摇头。弗朗西斯敲得更重。詹姆斯叹气，扔下画笔，跟随他们走进厨房。弗朗西斯举起两本书，一本关于素描，另一本关于欧洲艺术。

我猜这些是给你的，詹姆斯。

詹姆斯点头。

就素描那本。

弗朗西斯顿了一下，两本书依然举在空中。

就一本？

詹姆斯接过关于素描的书。

那么，另一本是给谁的？

梅雷亚德迈步走向他。

给我的，她说。

他笑了。

你？

是的，弗朗西斯。给我的。

弗朗西斯翻开书。

你要这样的书干什么？

快给我，弗朗西斯。

你对这种东西一无所知，梅雷亚德。

他慢慢翻动纸页，一页又一页。

里面有裸体女人，梅雷亚德。

把书给我，弗朗西斯。

你知道里面有裸体女人吗？

这是艺术，弗朗西斯。

他学她说话。

这是艺术，弗朗西斯。

他轻轻弹了一下书页。

你知道吗，班伊尼尔，你女儿把裸体女人的图片带来了岛上？

我不知道，弗朗西斯。

弗朗西斯摇头。

这可不是做事的好办法，梅雷亚德。

他合上书。他把书递给她。

我希望你没有在巴结那个英国艺术家。

她接过书。她把书放在碗柜上，接着拆开剩下的物品。她派詹姆斯去找劳埃德。

他想跟你说点事情，米哈尔。

两个男人坐在厨房餐桌边等待。喝着茶。抽着烟。两个女人在后厨削土豆，洗卷心菜。詹姆斯带着劳埃德回来。他们坐下。梅雷亚德倒了新泡的茶。

我需要一张画布，米哈尔，劳埃德说。

用来画油画？

对。

我怎么才能弄到，劳埃德先生？

都柏林有家店。

米哈尔笑了。

我从没去过都柏林，劳埃德先生。

我确定他们能把画布寄给你。我写下了店名。

劳埃德递给他一张纸。

等我回去，我会打电话。

谢谢。

哪种画布，劳埃德先生？

大的，没有画框，用来画油画。他们店里最好的。

多大？米哈尔问。

五十五英寸[1]乘以一百四十八英寸。

米哈尔放下茶杯。

我绝对弄不到那个，劳埃德先生。

除了在店里的花销，我会多付你百分之五十的钱。

---

1 1英寸约合2.54厘米。

米哈尔微笑。

这很公平，劳埃德先生。那好吧。我会尽力。

我还需要木头，劳埃德说。一英寸厚，两英寸宽。够让我给画布做框，并用六七个支柱把画布钉在上面。还要一盒短钉子。轻型的那种。

这没问题，劳埃德先生。

谢谢。

劳埃德站起来。

我下周就要。

他离开了，米哈尔把头埋进双手。

那个该死的男人。

班伊尼尔笑了。

现在祝你好运了，米哈尔。

你的英语比我想的要好嘛，班伊尼尔。

够用来嘲笑你的。

你太乐在其中了，安妮·伊尼尔。我要去哪里搞到那么大一张画布？实在太大了。

你可以坐巴士去都柏林，米哈尔。把画布背回家。

我可以告诉他,我找不到画布。

然后损失所有利润?你不会这么做的,不是吗,米哈尔?

他摇头。

不,安妮。我不会的。

弗朗西斯翻开那本依然在桌上的关于素描的书。他慢慢翻动书页。

他要画布做什么,詹姆斯?

我不知道,詹姆斯说。

你整天跟他在一起。

我完全不知道他在做什么,弗朗西斯。

你呢,梅雷亚德?你听说了什么?

她耸肩。

我能知道什么,弗朗西斯?

你一定偶尔见过他。在外面。你去悬崖散步的时候。

她摇头。

我在另一边散步。

他指着书里跨页的带框素描。

这儿的画很小，他说。可他想要的画布巨大无比。

他合上书，右手依然放在上面。

我不喜欢他的计划，弗朗西斯说。

也许他在画悬崖，米哈尔说。像他说的那样。

他得从一条船上画才行，詹姆斯说。为了获得透视。

弗朗西斯闷哼一声。

透视，我才不信。

詹姆斯一言不发。

透视不能为你抓到一条鱼，弗朗西斯说。不能喂饱你母亲和外婆。

班伊尼尔为弗朗西斯倒了茶。她在他的盘子里放了一片面包。他冲她微笑，吃了面包。

他能造成什么危害？米哈尔问。

很大的危害，班伊尼尔说。

在一块画布上涂点颜料，仅此而已。

她摇头。

不只是这样，米哈尔。我们不知道他打算干

什么。

啊，安妮。他来这里带的是一支画笔，不是一把枪。

用一支画笔可以造成很大的危害。

米哈尔叹气。

你在犯傻，安妮。

是吗？看看梅雷亚德带进房子里的那本书中的画。

天哪，安妮，他不会在那间小屋里画裸体女人的。

我知道，米哈尔，但他走的时候会带走一张巨大的画布，那会是他对我们的看法。对这座岛的看法。

JP在写一本关于我们的书，米哈尔说。你不介意那个。

那不一样，班伊尼尔说。

确实，安妮。但它也一样。

她摇头。

我不会理解JP写的东西，她说。但我会理解画作。

梅雷亚德起身走进后厨。

也许他会让我们出名，米哈尔说。人们会从世界各地过来看我们。

我不喜欢这样，班伊尼尔说。

米哈尔耸肩。

我大概也找不到画布，他说。

噢，你会的，米哈尔。你还会把你的烂摊子留给我们。

班伊尼尔跟着梅雷亚德进了后厨。詹姆斯用手指抚弄依然放在桌上的物品。

我会把订购的东西拿去给 JP 和劳埃德先生，他说。

他们俩都想要剃须泡沫和剃须刀，米哈尔说。JP 想要肥皂。劳埃德先生有一盒铅笔和木炭。

詹姆斯先给马松送货，马松出去散步了，然后送去劳埃德那儿，劳埃德在画室里，正在清理他的颜料抽屉。

你正在制造一场骚乱，詹姆斯说。

是吗？怎么说？

没人理解你为什么要那么大一张画布。

所以他们派你来搞清楚。

不。但我还是来了。

这么说你不想知道我为什么要那张大画布。

詹姆斯耸肩。

我没说过这个。

那是用来画一幅单张作品的，詹姆斯。也许是我能画的最好的作品。

令人激动，劳埃德先生。

那是一幅爱尔兰版本的高更画作。

我能看一下吗？

不。还不行。

我不会告诉别人的。

我还没准备好给你看。给任何人看。

你什么时候能准备好？

我不知道。

詹姆斯转身离开。

别走。你得清理这堆烂摊子。你变成了一个

不爱整洁的创作者，詹姆斯。颜料管没盖盖子，颜料干了，画笔没有好好洗。

我没想过你会回来，劳埃德先生。

也许是这样，但你得把这些画笔洗干净，把地扫了。

是的，劳埃德先生。

詹姆斯走到后厨的水槽，把石油溶剂搓进画笔，手指穿过笔毛，弄碎颜料，在水槽里溅上白色、灰色、蓝色、黑色和红色的斑点。他用一块布擦干笔毛，接着开始扫地。

我能住在你伦敦的房子里吗，劳埃德先生？

到时候看吧，詹姆斯。

你的房子离艺术学校远吗？

不。不远。

我可以上艺术学校，同时当你的助理。

那你得洗画笔、扫地才行。

遵命，劳埃德先生。

还要拧上颜料管。

遵命，劳埃德先生。

你以前很整洁的，詹姆斯。

乱糟糟的时候，我的艺术更好，劳埃德先生。

在我忘记保持整洁的时候。

劳埃德点头。

是个真正的艺术家了。

没错，劳埃德先生。

他扫完地，取出他的《爱尔兰女人》。他将画立在一把椅子上，随后蹲在三个女人面前。

今天不行，詹姆斯。

我得画完这个，劳埃德先生。

今天我得独自工作。

那我该干什么？

劳埃德耸肩。

去悬崖，詹姆斯。练习素描。

詹姆斯缓缓起身。

也抓点兔子。

詹姆斯关上门，劳埃德用胶带把几张纸粘在一起，再把纸铺在厨房桌上。他锁上门

不能给他看

学徒的眼睛

他用铅笔画了梅雷亚德，几乎全裸，站在中间靠右处，伸手够一颗苹果，其他岛民围绕着她，詹姆斯拿着两只兔子，班伊尼尔拿着她的茶壶，班伊弗林身穿黑衣，拄着拐杖，抽着烟斗，米哈尔身边是他的船和钱袋，弗朗西斯拿着两条鱼，马松戴着贝雷帽，拿着他的黑色录音机，他们全都分布在水平方向的平面上，上面画满了草<u>丛</u>、海、悬崖、海滩和岩石，画满了动物，驯养的和野生的，一只海鸥、一只母鸡、一条狗、一头绵羊、一只鸬鹚、一头猪、一只猫、一条鱼、一只海鹦、一头母牛，然后他画了岛屿的鬼魂和精怪，三名溺水的渔夫，一半在陆地，一半在海里，他们的船、网和从一只桶里溢出的死鱼，在远处，有个手持十字架的神父，身处黑暗之中，虚无缥缈。

《岛屿系列：我们来自何处？我们是谁？我们要去往何方？仿高更》

他卷起素描，把它拿到楼上他睡觉的房间，将它放在离床较远的地板上，远离悬崖上的詹姆斯，他那追踪光线移动的眼睛，左左右右，上上下下，检视表面，寻找变化和不同，仿佛在追踪兔子，注意光线落进裂口和缝隙的样子，就像他注意一只兔子在他脚下的土地里消失一样。接着他画素描，长长的竖线，眼睛和双手共同工作，在他增加和减少阴影时，在他一页又一页描画和重新描画时，他的唇边升起一声哼唱。随后他笑了。我正在变成你，劳埃德先生。一个在这悬崖上的疯子，画画并且对自己哼唱，我的手在这边缘，与我的大脑共舞，盘旋、扭曲、转动、旋转，思想和手指仿佛合为一体，共同工作，就像它们在那里从来做不到的那样，在那里杀兔子、抓鱼、摘卷心菜、种土豆、挖白萝卜、捡鸡蛋、清理棚屋，在那里听弗朗西斯，听我外婆，听我母亲说话，看她，看他们，看他们看我。

他画了重击岩石的海浪，捶打悬崖的大海，冲刷岛屿的汪洋。他画了泛起泡沫的水，飞溅的水，奔涌的水，一页又一页，没有哪张捕捉到了大西洋从美洲往东、从北极圈往东南奔流的雷鸣般的怒吼。你要怎么画出噪声，劳埃德先生？我要怎么画出大洋与陆地、海洋与岩石战斗的铿锵响声？那在石头上回荡、炸裂空气的声音？海鸥的沙哑叫声？燕鸥的？我将它们画成张开嘴的样子，可它们依然静默无声。

他进一步把自己缩成一团，画了张嘴的鸬鹚，挤成一团、叽叽喳喳叫个不停的管鼻鹱和燕鸥，但一次次失败，没能还原它们声音的能量。喷涌而出的爆裂声。就像 JP 录下班伊弗林的声音那样。我想要那个，劳埃德先生。在我的油画里捕捉那种能量。那些大洋和鸟儿的声音从我那挂在伦敦画廊白墙上的油画里喷薄而出。《鸟与浪的交响》，詹姆斯·吉兰作。是的，全都是我自己画的。是的，在我这个年纪。一件超凡脱俗的作品，年轻人。谢谢。惊人的才华。谢谢。艺术界的莫扎特。未经雕琢的才华。一项国际发现。谢谢。谢谢。谢谢。劳埃德先生笑容洋溢，十分骄傲。在报纸拍摄我们的照片时，他揽住我的肩膀。《泰晤士报》,《卫报》。连《爱尔兰时报》都派了一名记者来报道开幕式，来描述这段了不起的、艺术领域的英爱关系。新闻报道。一篇又一篇文章。尽管北爱尔兰冲突不断，都柏林和伦敦关系紧张，但有一场精彩的新展览展出了一位英国艺术家和他的爱尔兰门生的作品，它证明艺术比政治更伟大。作为调停者，作为斡旋者的艺术。一个既不是天主教也不是新教的新宗教。一段无需神父的灵性体验。

他鞠躬，笑了。

　　而且见不到一条鱼，弗朗西斯·吉兰。

他合上素描簿，走向小屋，去收拾，去画素描，画了一张又一张的鸟、兔子、大海和悬崖，但之后饿了，饿得没法继续待在外面。他追踪跳过草丛的兔子，设下三个陷阱，砸碎三个头骨，然后走回村里，兔子挂在肩头，装满画的素描簿夹在手臂下。《凯旋的岛上男孩》，詹姆斯·吉兰作。

他把兔子和素描簿放在厨房的桌上。

　　挺好看的兔子，梅雷亚德说。

　　我会把它们开膛破肚的，他说。

　　你饿吗？

　　饿死了，妈。

我给你弄点吃的。

她在火上的平底锅里炒了蛋，切了两片苏打面包。

　　谢谢，他说。

她坐在他对面，伸手拿素描簿。

　　我能看吗，詹姆斯？

　　只要你不谈论它。

　　我不会的，她说。

她缓缓翻动纸页，每翻一页都停下来端详她儿子的
作品。

　　画得非常好，她说。

　　跟他的一样好，妈？

　　不一样。都好。

他笑了。

　　你必须这么说。你是我母亲。

　　我不必说任何话，詹姆斯·吉兰。

她翻动纸页。他吃东西。

　　我觉得我就在外面，詹姆斯。就像我能听到
大海，听到鸟儿。

他冲她微笑。

我特意练过这个，妈。

我能看出来。画得非常好。

谢谢。

你的鸟儿比他的好多了。

詹姆斯点头。

他的鸟儿糟透了，妈。他们在伦敦肯定没有鸟儿。

他对这个怎么说？对你的作品。

还没怎么看过。最近没看。太痴迷他自己的作品了。

你们艺术家就是这种人，詹姆斯。痴迷。

她给他俩倒了茶，兔子血在他们身边积成一摊，凝结成块。

我要跟他去伦敦，妈。

我知道。

在那里搞艺术。

她轻拍他的手。

我不觉得你是去那里捕鱼的，詹姆斯。

他笑了。

你会没事吗，妈？我走了没问题吗？

她耸肩。

以后不会有兔子了，妈。

我知道，詹姆斯。

她短暂闭上眼睛。又再次睁开。

你外婆会想出办法的，詹姆斯。她总能做到。

詹姆斯用最后的面包抹干净鸡蛋。

我在准备跟他办一场展览，妈。六幅画会是我画的。

你画了几幅了？

五幅已经画好了。或者说快好了。还有一点活要干。

祝你好运，詹姆斯。

你可以来看我。看我的作品。

也许吧。

她收起餐具。

你会想我吗，妈？

会的，詹姆斯，但我们在这里习惯了想念。

确实，妈。都是想念的专家。

她站起来。

今天是床单日。

我很快会自己洗了。在伦敦。

你会的。

你的活儿会变少。

确实。我会认不出自己的。有闲女士。

她揉了揉他的头发。

我会在你走之前把你的套头毛衣织完。

谢谢你，妈。

她拿起餐具，把茶溅在了自己面前。

我真蠢。

你不会有事的，妈。

她点头。

你处理完兔子后能去清扫鸡舍吗？她问。

我会去的。

等母亲洗完餐盘，他把兔子拎去后厨，拿上了他外
婆的小刀和砍刀。他切进肚子，释放出一股热气，
扯出内脏，分开心脏、胃、肠子、肾、肝和肺。他
用手把它们挖出来，倒进一只碗里，但拣出了肾和

肝，放在沥水板上。他切进头正下方的皮毛，把小刀压进肉里，用左手拉毛皮，让兔子粉白色的身体露出来。他用砍刀剁下头、小腿和脚，清洗了掏空的腹腔。他接着处理下一只兔子。然后是第三只。他把头和脚扔进碗里，清洗了水槽。

他母亲站在他身边，拿着装床单被罩的柳条篮。

你弄完了，詹姆斯？她问。

弄完了。

她把床单倒在地板上。

兔子看起来不错，詹姆斯。肥美。

它们吃得挺好，没错。

他将三只兔子剁成十二块。

完美，她说。我来处理它们。

他拿起装内脏的碗。

我拿这个去喂猪，他说。然后扫鸡舍。

谢谢你，詹姆斯。

她把肾和肝放进一个盘子里，清洗了水槽，冲掉她儿子留下的血肉痕迹。她从火上端来一锅开水，倒进水槽，用一只木勺把第一批床单浸进去。接着，她用冷水装满锅，加入兔肉块、肾、肝，然后是胡萝卜、白萝卜、洋葱、盐和胡椒。她把锅端回主厨房，放到火上。此时是正午。要炖六小时。五点加入土豆。最后加入欧芹。工作完成。男人们被喂饱。

她回去继续洗床单。先是 JP 的。趁妈还没出现。盯着水槽看。到处嗅闻。寻血猎犬班伊尼尔。吼嗨嘿哈，一个英国人的血。[1] 她笑了，搅动床单，加入她用勺子打出泡沫的洗涤剂。不，妈。错了。她把床单浸入水中。那个法国人，妈。这才是你闻到的。他的气味。和我的气味。你闻到了我，妈。你自己的女儿。她的欲望。法国人床上的她的欲望。这才是你闻到的，妈。尽管你知道这事。寻血猎犬班伊尼尔。并且假装不知道。装作眼瞎。一只看得足够清楚的瞎眼。看到它想看的东西。按照它想看的样子。它。梅雷亚德那点夏天的乐趣。露水情缘。仅此而已。别无其他。上帝不允许孩子从中降

1　出自一首英国打趣诗，有多个版本，其中一个版本的原句是"吼嗨嘿哈，我闻到了一个英国人的血"（Fee-fi-fo-fum, I smell the blood of an Englishman）。

生。上帝不允许。一个孩子。一个像詹姆斯，但是说法语的孩子。从我的阴部爬出来，咿咿呀呀讲一门没人能听懂的语言。因为到时候 JP 就不在了。早就不在了。消失的人。不过别担心，妈。有避孕套。法国的。她笑了。作家和他的法语字母。特地带来这里，妈。进口的。非法。特意。特意带来夺我，年轻的岛上寡妇。她把床单从水里捞出来，再倒下去，搅动污渍。要是那失灵了，妈，要是它们失灵了，那些法国避孕套，那个带着他的法语字母的作家，总还有弗朗西斯在。时刻准备着的弗朗西斯。等待着。在高高的草丛里。等我摔个嘴啃泥，好让他把我捡起来，把我变成他的。救世主弗朗西斯。然后把我塑造成他想要我成为的样子。一直想要我。甚至在利亚姆之前。塑造我，拥有我，把我生下的任何孩子都变成一个说爱尔兰语的渔夫。他的船上不讲英语或法语。他这个伟大的男人。准备接手我这种人——年轻的岛上寡妇的伟大男人。准备就绪，等待避孕套失灵，等待法国人离开的伟大男人。等我儿子离开。英勇接手那个依然在等待溺亡丈夫从海中升起的疯女人的伟大男人。她从水里捞出床单，放在沥水板上。她加了更多洗衣粉，然后用勺子把小小的白蓝珠子打成泡沫。她把第二批床单扔进还热着的水中。劳埃德先生的。她把床单压下去，按着不动，等水渗进纤维，溺死它们，就像我父亲溺死小猫，压着布料上被升起的空气抬起的泡泡，挫败任何逃跑，让每个散发着他气味的碎片都吸满水，那个将要带走我儿子的男人，把他从我身边迅速夺走，改变他，让他只会作为访客回来，每年的探访都会比上一年短，直到变成一年一次、两年一次，或者压根不来，就像我的姐妹、我的兄弟们，在波士顿的兄弟姐妹，现在更愿意去别处，去看世界的其他地方，而不愿回到这堆岩石、沙子和页岩，詹姆斯到时候也会变成他们，给我寄信和明信片，他画作的照片，他孩子、他妻子的照片，他在别处度假的照片，而我待在这里，年轻的岛上寡妇，等待他的父亲归来，等待他归来，等到我变成中年岛上寡妇，然后是老年岛上寡妇。她扯掉塞子，在冷水里漂洗床单。她拧床单，将布料扭曲拉紧，水流过她那双磨红的手，流进正在排水的水槽。她把床单拿到外面，挂在一根绳子上，绳子从房子延伸到标志着村庄边界的石墙。她回到后厨。她母亲在水槽边。

我会洗完剩下的，她说。

没有热水了，妈。

冬天更糟，梅雷亚德。

她点头。

我会帮詹姆斯扫鸡舍。正好能出去透透气。

她用脚踢了踢简单搭建的石头鸡舍上的波纹铁皮。蓝色麻绳将门绑在石头上。

你需要帮忙吗，詹姆斯？

现在快扫完了。

你之后会去画画吗？

不。我会读会儿书。

你为什么不去找劳埃德先生？

他这会儿不想让我待在身边。

为什么不？

不知道。我会等到他走出去，回小屋。

他在做什么？

我不知道，妈。他不肯告诉我。

他要大画布做什么用？

不知道。

你有没有想过监视他？看看他在做什么？

他会把我轰走。

你见过他的什么作品吗？

有时候。我见过用铅笔和木炭画的你。

躺着的？

他笑了。

你在睡觉，妈。《沉睡的年轻女人》。记得吗？

伦勃朗画的。

她向下瞥了一眼。

除非你站着睡觉，妈。

她笑了。

我半人半马，詹姆斯。

肯定是这样。

那些画算好吗？

算。非常好。

他从鸡舍出来，递给她两枚鸡蛋。

你漏了这些，他说。

谢谢。

他们走回房子。詹姆斯指着地平线上的船。

他们回来了。

有那锅炖兔肉真不错，詹姆斯。

我想知道米哈尔有没有找到画布。

我去把水壶烧上。你去通知劳埃德先生。

还有 JP？

梅雷亚德耸肩。

他反正也会来的。

米哈尔和弗朗西斯把卷起的画布扔到桌上。它重重
地落下，包在棕色的纸里。

你扔那东西会把桌子砸坏的，班伊尼尔说。

弗朗西斯将木头竖着靠在碗橱上。

他人在哪儿？米哈尔问。

不在农舍里，詹姆斯说。

我看到他离开了，马松说。大概半小时前。

他一定是去散步了，詹姆斯说。

那我们等着吧。

我觉得我们应该拆开它，班伊尼尔说。

我们不能这么做，妈。

我们有权知道什么来到了岛上，梅雷亚德。

啊，妈，这是他的东西。

这是我们的岛。我的房子。我有权知道正在发生什么。

你不能这么做，妈。

马松轻拍梅雷亚德的手臂。

让你母亲如愿吧。

她总是如愿，梅雷亚德说。

弗朗西斯开始拆包裹。

你有透明胶吗？他问。

我们用绳子，班伊尼尔说。

弗朗西斯用小刀划开胶带，将棕色的纸向外翻。

留意外面，詹姆斯。

他还要一会儿才回来。

画布是细腻的灰白色，一层又一层卷起的布料。

它巨大无比，梅雷亚德说。

干什么用的？班伊尼尔问。

班伊尼尔和弗朗西斯，没有说话，同时抬起画布，把它摊开，让它在房间里展开，它从壁炉到门口的长度令他们沉默。

詹姆斯，弗朗西斯说。你知道些什么？

什么都不知道。

我不喜欢这个，弗朗西斯说。

我也不喜欢，班伊尼尔说。

只是一点画布而已，米哈尔说。

你绝不该为他弄来这个，班伊尼尔说。

米哈尔叹了口气，双手抱在胸前。

也不该把他带过来，米哈尔。连同他的英语和他的艺术。

啊，冷静，女人。

别叫我冷静，这明明是你的错。

只是一点画布，安妮，用来涂一点颜料。

一点？

米哈尔笑了。

好吧，他说。很多。

但用来做什么，米哈尔？

我知道的不比你多，安妮。

你一定知道点什么，梅雷亚德。

为什么我会知道点什么，弗朗西斯？

你有那本书。那本有裸女的书。

所以呢？

为什么你突然对裸女感兴趣了？

那是艺术，弗朗西斯。

好吧，我们这里不想要艺术。

把这话也告诉教皇吧。他的地方充满艺术。

那些女人不是裸体的。

那些天使是，弗朗西斯。

弗朗西斯把他那头的画布扔到地板上。他指着詹姆斯。

你一定知道点什么。

詹姆斯耸肩。

我不知道。

在米哈尔的帮助下，梅雷亚德再次卷起画布。

不管怎么说，这有什么要紧？她说。他很快

就会走，一切都会恢复正常。

不管正常是什么东西，班伊尼尔说。我在这个阶段都已经忘了。

他们重新将画布包进棕色的纸里，把胶带压在一起，用白色细绳系住包裹。

现在，米哈尔说。它看起来很完美。

他会发现的，詹姆斯说。他注意细节。

弗朗西斯闷哼一声。

反正你会告诉他的，詹姆斯。小跟班。

詹姆斯离开了，坐在外面的墙上，等劳埃德回来。

你的包裹到了，他说。

太棒了。谢谢你，詹姆斯。

非常大。

你们拆开了吗？

对。

我想也是。

不过米哈尔重新包起来了。你绝对不会发现。

可你告诉了我。

确实。

我想知道你为什么告诉我。

我不知道。

帮我把它拿来，好吗？我会去画室。

他回到厨房，取了包裹。弗朗西斯缓缓拍手。

听话的小跟班。

詹姆斯抱着画布走进画室，血液在他的太阳穴搏动，腋下积起了汗水。他把画布扔到桌上，又取来木条，随后站在画室里，站在艺术家身旁，两人仔细审视画架上劳埃德的画。

你的海画得好些了，詹姆斯说。

谢谢。

现在光线来自下方了。

是你教得好，詹姆斯。

一定是这个缘故，劳埃德先生。

正如我之前说的，詹姆斯，你有一双好眼睛。

比你的还好？

劳埃德对他微笑。

也许。如果你足够用功。

詹姆斯笑了。

并且清洗我的画笔，劳埃德先生。

对，詹姆斯。还要给颜料管拧上盖子。

还要扫地。我知道。

劳埃德揉了揉男孩的头发。

打开包裹，詹姆斯。让我们看看这块画布。

他们在地板上摊开画布。

完美，劳埃德说。

他用手指搓了搓画布。

已经涂好胶矾水了。

詹姆斯耸肩。

有更多时间画画了，劳埃德先生。

晚餐后我们来做画框。

是茶点，詹姆斯说。

劳埃德微笑。

茶点，詹姆斯。

劳埃德收好棕色的纸和细绳，重新开始画画，而詹姆斯静静地、小心翼翼地跪在他的画架椅子前，再次画《爱尔兰女人》，沉默包围了画室、农舍和隔壁的农舍，马松在隔壁继续写作，用蓝墨水写，身边放着一杯热咖啡，从没完没了的茶、从厨房里的冲突解脱，躲在书和笔的庇护所里，就像在童年，在我放着书和笔的卧室里，远离我父亲，远离我母亲，房间的沉默让我安心，我孤零零的课桌也是，还有我的课本，法语、英语、古典学、哲学。有时是拉丁语。甚至有希腊语。但从来没有阿拉伯语。学校里不讨论阿拉伯语、阿尔及利亚、阿尔及利亚的东西，所以那些来自阿尔及利亚教师的文本被搁置一旁，报纸节选、《古兰经》节选，对我来说毫无意义的政治、宗教短文，因为我对我母亲的国家一无所知，也毫不关心，所以我搞不懂在他周四的课前要完成的翻译作业，它让我迷惑不解。我试图向母亲解释我的想法。解释我对课程、对老师、对阿拉伯语的必要性的漠不关心。她叹气，裹上她的围巾，跟钱柜旁的男人和他们的儿子说话，他们往我手里塞了更多书，也有小册子，一些是法语的，大部分是阿拉伯语的，读读这些，孩子，它们会对你解释一切，我读了它们，尽我所能，关于阿尔及利亚历史、关于阿法关系的童书，然而哪一本都没有解释任何事，哪一本都没解释，身为一个法国男人和一个阿尔及利亚母亲的儿子是什么样的，身为半个法国人半个阿尔及利亚人、一半有价值一半无关紧要是什么样的，身处无人之地的男孩。

詹姆斯站起来看他的画。他揉了揉膝盖。

我绝对当不了神父，他说。

那今天就成了教堂的伤心日，詹姆斯。

劳埃德看了看他的作品。

这幅画不错，詹姆斯。肯定可以放进展览。

谢谢。

你画了多少了？

这是画完的第五幅。

就差一幅了，詹姆斯。

你画了几幅了，劳埃德先生？

还不确定，詹姆斯。等我回伦敦再挑选我的。回去之前不挑。

为什么不？

如果我觉得它们都会被收入展览，我会更努力的。

这话有它的逻辑，劳埃德先生。

我妻子不同意。

你的半个妻子。

他点头。微笑。

她觉得我应该集中注意力。早点做选择。

她对于你应该做什么有很多意见。

他笑了。

噢，她是这样的，詹姆斯。

她会对我的作品有意见吗？

她会喜欢你的。她会爱上你的作品。

他们在沉默中共同工作，直到晚饭开饭。班伊尼尔端上炖兔肉。他们吃了。弗朗西斯清了清嗓子，开口说话，讲的是英语。

你为什么要那张大画布，劳埃德先生？

劳埃德放下刀叉。

用来画画。

没错，但是画什么呢？

岛屿景色。

哪种景色？

为什么问这个?

我们应该知道你在做什么。

恕我直言,弗朗西斯,我的艺术跟你没关系。

如果它跟岛民有关,那就有。

劳埃德耸肩。

你不是岛民。

我在这里出生,劳埃德先生。我有很多时间都待在这里。

我看到了。

所以,我确实有发言权。

但那依然是我的艺术,弗朗西斯。正如我刚才说的,跟你没关系。

弗朗西斯往前坐。

你这话不对,劳埃德先生。

弗朗西斯继续吃饭。劳埃德也吃,一声不吭。他喝了茶,吃了馅饼,然后离开。詹姆斯跟过去。

那个弗朗西斯真是个人物,詹姆斯。

他确实是,劳埃德先生。

他是谁?

他是我父亲的弟弟。

不止如此。为什么他对这个地方有这样的发言权？

詹姆斯耸肩。

他就是有。

劳埃德将木头平放在画室地板上。

我们需要一把锤子和一把锯子，詹姆斯。

詹姆斯拿着工具回来，他们开工锯出十一根木头，两根长的用来支撑画布的长边，上下各一根，九根短的用来做侧边框和支柱。

一直是这样吗？劳埃德问。由弗朗西斯管事？

从我记事起就这样。

他们把画布包在木头上。

我以为是米哈尔，劳埃德说。以为他是管事的人。

你会这么想的。因为有那条船之类的。

确实会，劳埃德说。

詹姆斯按住画布不动。劳埃德用锤子敲进钉子。

米哈尔付钱给弗朗西斯，对吗？

是这样的，劳埃德先生。

但米哈尔不是真正的老板。

不算是。在岛上不是。

你生活的地方真奇怪，詹姆斯。

所以我要跟你走，劳埃德先生。

劳埃德点头。

我要是你也会走的，詹姆斯。

他们钉完了画布一条长边的木头。

它会非常大，劳埃德先生。

会的，詹姆斯。

你画过这么大的吗？

劳埃德摇头。

它会是我最好的作品，詹姆斯。我敢肯定。

他们移到画布的另一边

报纸狂喜

半个妻子喜悦

不列颠艺术的天才

完整妻子喜悦

他们再次将画布包在木头上，用钉子固定。

我敢说他有脾气，劳埃德说。

噢，他确实有，劳埃德先生。

我不会想跟他打架的。

你会输的，劳埃德先生。

他们把短木条钉在画布两端，然后将七根支柱以相同的间隔安在框内。

我怎么才能进艺术学校，劳埃德先生？

你不会有问题的。他们跟我很熟。

劳埃德把短木条钉进每个角的对角线。

它能撑住画布，詹姆斯。防止它塌陷。

我想也是，没错，劳埃德先生。

我能告诉你的东西不多，是吗，詹姆斯？

不多，对的。

他们把画布摊放在四把厨房椅子上。

真厉害，詹姆斯说。

它会是我的关键作品。

画的是什么呢？

等我画完了，会给你看的。

如果你真能画完的话。

劳埃德笑了。

那我明年夏天还会在这里，詹姆斯。

我不会了。

詹姆斯从画布长边的一头走到另一头。

你要怎么在这么大的东西上画画呢，劳埃德先生？

满分，因为你发现了问题，詹姆斯。

劳埃德从油画抽屉里拿出他最大的画笔。

跟比例有关。

他走到另一个房间。

过来帮我，詹姆斯。

他们卸下有镜子的衣柜门，将它靠在画室的墙上，正对着画布。

我会看着油画在镜子里的倒影。一边画一边检查比例。

我能看你工作吗？

劳埃德摇头。

不行，詹姆斯。我会一个人在这里。你可以在小屋工作。

可我得为展览做准备。

我们都需要，詹姆斯。

我喜欢这里。

我喜欢那里，但我们得适应。

我得在那外面待多久？

劳埃德耸肩。

拿上你需要的东西，詹姆斯。

詹姆斯拿上纸、铅笔、颜料和画笔，走向小屋，走向逐渐沉入大海的太阳。

野餐篮已经装满，阳光照耀，是个举家出行检查捕虾笼的完美日子。那是 8 月 27 日，星期一早上。

　　蒙巴顿一家离开克拉西鲍恩城堡，行驶了短短一段路，来到斯莱戈郡[1]马拉莫尔村的码头，那里停放着他们的"阴影五号"，一艘陈旧的绿色木船，接近三十英尺长，足够容纳七十九岁的蒙巴顿伯爵[2]、他的女儿、他的女婿、他的双胞胎外孙和他们八十三岁的奶奶。海上风平浪静。

　　保罗·马克斯韦尔，一名来自恩尼斯基林的十五岁中学男生，帮助一家人上了船。他是蒙巴顿伯爵十四岁外孙的朋友，被雇来在这年夏天照料船只，为蒙巴顿伯爵——女王伊丽莎白二世的表叔、

1　斯莱戈郡（Co. Sligo）位于爱尔兰共和国。

2　即路易斯·蒙巴顿（Louis Mountbatten，1900—1979），曾是英国海军元帅、最后一任英属印度总督等，他提出的"蒙巴顿方案"开启了印巴分治的进程。

退休海军军官——保持船只整洁。

乘客和野餐篮上船后，他们发动引擎。蒙巴顿伯爵将船驶离码头，开往港口，没意识到爱尔兰共和军在船底绑了一枚五十磅重的炸弹，也没意识到一名爱尔兰共和军成员正站在一座俯瞰海湾的悬崖上，手里拿着遥控装置。

蒙巴顿伯爵把船开出海港防汛墙。

爱尔兰共和军成员按下开关。炸弹爆炸，将船撕成碎片，杀死了保罗·马克斯韦尔和蒙巴顿伯爵的双胞胎外孙之一，尼古拉斯·纳奇布尔。蒙巴顿伯爵腿部受伤，当场死亡。

你听说了吗，妈?

听说了，梅雷亚德。

两个男孩。跟詹姆斯一样大。

他在哪儿?

悬崖上，妈。

让他待在那儿吧。

在外面。远离这种事。

梅雷亚德低下头，闭上眼睛。

别靠近这种事，詹姆斯。

在同一天，8 月 27 日，星期一下午四点四十分，一支英国陆军车队正穿过靠近爱尔兰边界的湖乡。阳光依然照耀。

由一辆路虎和两辆卡车组成的车队正在两个陆军基地之间运送士兵。车队正穿过唐郡[1]沃伦波因特镇附近的窄水堡。

爱尔兰共和军等待着车队，已经在路边的干草拖车里藏了一枚八百磅重的炸弹。车队经过拖车。炸弹爆炸，杀死了第二辆陆军卡车里的六名伞兵团成员。

幸存的士兵跑向安全区。爱尔兰共和军的枪手从湖的另一边，也就是爱尔兰共和国境内开火。英国士兵开火反击，杀死了迈克尔·赫德森，一个正在度假观鸟的英国人。英国士兵发无线电求助。

英国陆军的增援乘坐路虎和直升机到达，躲

1　唐郡（Co. Down）位于北爱尔兰。

在一堵石墙后。爱尔兰共和军引爆了藏在石墙后的第二枚八百磅重的炸弹,又杀死了十二名士兵,爆炸的威力使得他们血迹斑斑的尸块散落一地。乘直升机到达的中校戴维·布莱尔被炸得找不到一丝痕迹,十九岁的司机安东尼·伍德仅剩骨盆,被第一枚炸弹爆炸的高温焊在了陆军卡车的座椅上。

两枚炸弹杀死了十八名士兵,其中十六人是伞兵团成员:

唐纳德·弗格森·布莱尔,二十三岁,单身,来自苏格兰的基尔赛斯

尼古拉斯·约翰·安德鲁斯,二十四岁,已婚,来自英格兰的布罗姆亚德

加里·伊万·巴恩斯,十八岁,单身,来自英格兰的伊普斯威奇

雷蒙德·邓恩,二十岁,单身,来自英格兰的斯温登

安东尼·乔治·伍德,十九岁,单身,来自英格兰的伦敦

迈克尔·伍兹,十八岁,单身,来自英格兰

的布莱克本

约翰·克里斯蒂安·贾尔斯，二十二岁，已婚，来自英格兰的蒂斯河畔斯托克顿

伊恩·艾伯特·罗杰斯，三十一岁，已婚，来自英格兰的毕晓普斯托克

沃尔特·比尔德，三十三岁，已婚，有两个孩子，来自英格兰的博勒姆伍德

托马斯·罗伯特·万斯，二十三岁，已订婚，来自北爱尔兰的贝尔法斯特

罗伯特·内维斯·英格兰，二十三岁，已婚，有一个孩子，来自英格兰的奥尔德肖特

杰弗里·艾伦·琼斯，十八岁，单身，来自威尔士的格温特

伦纳德·琼斯，二十六岁，已婚，有一个孩子，来自英格兰的曼彻斯特

罗伯特·迪伦·沃恩－琼斯，十八岁，单身，来自威尔士的柯文

克里斯托弗·乔治·爱尔兰，二十五岁，已婚，有一个孩子，来自英格兰的贝德福德

彼得·詹姆斯·富斯曼，三十四岁，已婚，来自英格兰的克里克

两名士兵来自女王直属高地兵团：

戴维·布莱尔，四十岁，已婚，有两个孩子，来自苏格兰的爱丁堡

维克托·麦克劳德，二十四岁，单身，来自苏格兰的因弗内斯

詹姆斯转动收音机旋钮，直到播报新闻的人说的是英语。劳埃德听着，凝视下方，盯着他的杯子，盯着在他逐渐变凉的茶水表面浮起的牛奶沫，看着它变稠，看着脂肪凝固。

　　我的茶凉了，他说。

詹姆斯关掉收音机。

劳埃德拿起勺子，搅了搅，把脂肪重新混入牛奶，混入茶里。他喝茶，他的吞咽声是桌上唯一的声音，因为其他人一言不发，眼睛垂向桌子，或抬向天花板。

他将杯子放回托盘。

　　死了很多人，他说。一天之内。

　　是的，马松说。

劳埃德在托盘上转动杯子，顺时针方向。

　　死了很多人，他说。

逆时针转。

难以理解，劳埃德说。

什么难以理解？马松说。

恨到那种程度。

马松叹气。

是吗？

在我们为这个国家做了这一切之后？劳埃德说。

在你们对这个国家做了这一切之后。

那是很久以前的事了。

是吗？

是的。

事情还没了结，劳埃德。还有条不该存在的
国界。

梅雷亚德站起来，收起杯子。

还有威士忌吗？劳埃德问。

梅雷亚德摇头。

你喝掉了，劳埃德先生，詹姆斯说。

劳埃德点头。

我喝掉了，不是吗？那是个错误。

是的，马松说。

你也喝了。

那就是我们的错误了。

你没反对他的说法，真不寻常，JP。

今天是个不寻常的日子。

8月28日，星期二，由于在"阴影五号"上被爱尔兰共和军的炸弹炸伤，八十三岁的布雷伯恩夫人死于斯莱戈的医院。

詹姆斯先敲了敲,再打开劳埃德的门。

外婆派我送这个来。

他把茶、牛奶和涂了黄油的面包放到桌上。劳埃德
在他身后关上画室的门。

谢谢你,詹姆斯。

劳埃德拿起茶壶。

你想喝点茶吗?

想。

很好。把杯子拿来。

劳埃德倒了茶,依然站着。

你会想念椅子的,对吗,劳埃德先生?

我们可以坐在地板上。外面有点潮湿。

里面也是,劳埃德先生。

这倒是。

他们依然站着,吃喝时,髋部倚在桌上。

工作进行得怎么样,劳埃德先生?

进行得很好，詹姆斯。

我能看看吗？

还不行。

什么时候可以？

也许很快了。

那个女人死了。

哪个女人？

船上的女人。老妇人。

我很抱歉。

詹姆斯喝了更多茶，吃了更多面包。

一定很奇怪，劳埃德先生。

什么奇怪，詹姆斯？

作为英国人待在这里。现在。这个时候。

我想是的。

你害怕吗？

劳埃德耸肩。

怕什么？

炸弹爆炸，而你一个人待在这外头。

我不觉得他们在追杀英国艺术家。

我不觉得他们在这么干，劳埃德先生。

算不上头条新闻，不是吗，詹姆斯？"爱尔兰共和军炸死英国风景艺术家"。

詹姆斯笑了。

是的，算不上。

劳埃德靠向詹姆斯，低声对他说话。

除非你觉得弗朗西斯在追杀我。

詹姆斯也低声回答。

弗朗西斯追杀每个人。

他们笑了。

也许他会追杀你，詹姆斯。因为你跟一个英国人画画。

他盯着我呢，没错。

劳埃德收起杯子和盘子，递给詹姆斯。

我今天能画油画吗，劳埃德先生？

今天不行，詹姆斯。

我能看看你在做什么吗？

今天不行，詹姆斯。

8 月 28 日，星期二，约翰·帕特里克·哈迪正在北贝尔法斯特的家中跟他十个孩子里的六个一起吃晚饭。当时快到傍晚五点了，有人敲响前门。他走出厨房，穿过门厅，打开门。一个男人对着他的胸口开枪。他向后倒。阿尔斯特志愿军的枪手第二次开火，杀死了约翰·帕特里克·哈迪，一名四十三岁的天主教徒，一名失业机修工。

他从床边拿起素描，在桌上摊开。他修改了拿着两条鱼的弗朗西斯画像，将他变暗，脸上套了巴拉克拉法帽[1]，左手持枪，右手拿引爆装置，身后有一辆装满干草捆的拖车，还有一辆朝拖车开去的英国陆军卡车。他把重画的弗朗西斯用颜料画到画布上，在红、黄、蓝、粉和绿当中使用灰和深灰，转动枪手的肩膀和头部，直到他的眼睛透过巴拉克拉法帽盯着艺术家，盯着手拿玻璃杯、在伦敦画廊漫步的男男女女。

1　巴拉克拉法帽（balaclava）是一种仅露出面部甚至眼睛的头套。——编者注

格里·伦农正在把水果摆上利维杂货店的橱窗，商店位于北贝尔法斯特的安特里姆路。那是 9 月 1 日，星期六，上午九点半。一个阿尔斯特志愿军的年轻人走进商店，开枪射击了这名二十三岁的天主教徒的头和背部。格里·伦农死于店里。

詹姆斯端着茶壶、牛奶罐和一碗麦片粥，穿过早晨的阳光，来到劳埃德的农舍。门开着。他走进去，打算把东西放在桌上，好腾出手来敲门，免得要用脚踢。可桌上盖了东西。一张巨大的素描。用铅笔画的。他之前没见过的一张。他盯着，张大嘴，依然端着茶壶、牛奶罐和碗，努力消化画幅的尺寸，画上描绘的拿着茶壶的班伊尼尔、拿着烟斗的班伊弗林、站在船边的米哈尔、拿着黑色录音机的马松。就像我画的他们。在我的作品里。

茶壶突然变得沉重，他将它放在壁炉上，金属刮擦着石头。他再次看画，看拿着一只兔子和几支画笔的他自己。他更仔细地看，看铅笔下方的阴影，看用橡皮擦掉的拿着两只兔子的他。

劳埃德从画室里冒出来。

　　我跟你说过要敲门，詹姆斯。

劳埃德开始卷桌上的画。

我看到了，劳埃德先生。你来得太晚了。

劳埃德缓缓转身，把画抱在胸口。

谢谢你送茶来，詹姆斯。

你抄袭了我的创意，劳埃德先生。

那是什么创意，詹姆斯？

关于象征的创意。给每个岛民一件象征性的物品。

劳埃德对男孩微笑。

我把你教得不错，詹姆斯。

我也一直在阅读，劳埃德先生。

很好，詹姆斯。这很重要。

所以我非常了解象征主义，劳埃德先生。了解象征。

劳埃德把卷起的素描放回桌上，走向茶壶。

你想喝点茶吗，詹姆斯？

你偷了属于我的东西，劳埃德先生。偷了我的创意。

劳埃德笑了。

是吗，詹姆斯？

是的，你偷了。

劳埃德往两个杯子里倒了茶。他加了牛奶，递了一杯给詹姆斯。

或许，詹姆斯，你的画是建立在我的基础之上呢。

你什么意思？

《詹姆斯和两只兔子》。你看到了那幅画，拿去扩展了一下。

你还是偷了我的东西。拿走了我扩展的部分。

劳埃德喝麦片粥。

艺术家就是这么做的，詹姆斯。拿彼此的东西，向彼此学习。这就是我们在这里做的事，在我们小小的艺术家聚居区。

詹姆斯用手指抚弄他的杯子。

看起来不对，劳埃德先生。你就这么拿走我的创意。

劳埃德耸肩。

我们在彼此身上寻找灵感，詹姆斯。从彼此身上获得创意。

詹姆斯喝了茶。茶水温热，几乎凉掉。

你能至少注明我的贡献吗，劳埃德先生？告诉他们这是我的创意？

我学了你，你学了我，这在展览里会是显而易见的。

詹姆斯缓缓点头。

我想会是这样的。

劳埃德喝空了杯子。

所以，你想看看吗，詹姆斯？

想。

还没画完。

劳埃德指着画室。

进去吧，詹姆斯。

他拿走詹姆斯的杯子。

不许吃东西。不许喝茶水。

詹姆斯走进门内，进入一个充满色彩的房间，鲜艳的蓝、绿、红、黄，他母亲在中央，髋部围着绿色围巾，伸手够一颗头顶上方的苹果，皮肤发亮，在岛屿的光线中微微闪光，她的裸露与铺展在画布上的其他岛民形成鲜明对比，他们都穿着深色衣服，仅有少量的蓝、红、黄和粉将其提亮。

画很美，劳埃德先生。

詹姆斯靠近油画，慢慢来回从画的一头走到另一头，消化它的生命力——生机勃勃的蓝色大海和天空，斜飞、俯冲的海鸥和燕鸥，在人类中间随意漫步的岛上动物，不受束缚，比邻而居，岛屿的鬼魂和精怪也在他们当中。

太棒了，劳埃德先生。

劳埃德微笑。

你喜欢，詹姆斯？

是的，劳埃德先生。非常喜欢。

融合了高更和马奈。他的《草地上的午餐》。

还有我的作品，詹姆斯说。

劳埃德笑了。

没错，还有你的，詹姆斯。

詹姆斯指着画。

那是弗朗西斯吗？戴着巴拉克拉法帽？

是的。

詹姆斯摇头。

他不会喜欢的。

他不会的，詹姆斯。

詹姆斯再次抬起手指。指向了船边拿着渔网和鱼的死人。

那是我父亲？

劳埃德点头。

你介意吗，詹姆斯？

我有得选吗，劳埃德先生？

詹姆斯再次踱步，但停在一只手拿着一只死兔子，另一只手拿着三支画笔的他自己跟前。

我什么时候能摆脱兔子，劳埃德先生？

等你出师。

那要多久？

到时候就知道了。

詹姆斯转身看镜子里的画。

真的很棒，劳埃德先生。

谢谢你，詹姆斯。我现在得继续画这幅画了。

劳埃德拿起他的画笔和调色板。

出去的时候带上门，詹姆斯。两扇都关上。

詹姆斯大步在岛上走，咕哝着，嘟囔着，赌咒着，谩骂着，踢着草丛，那是我的，劳埃德先生，我的创意，而你偷走了它，从我这里偷走，当作你自己的来用。

他到达悬崖，趴在肚子上从边缘向下凝视，再次观察阳光和阴影在岩石上舞蹈，辨认出粉色、红色、橙色、蓝色和黄色，一旦见过就忘不掉的色彩。他捶击地面。你教我看它们，劳埃德先生。色彩，光线。教我怎么看，怎么看到之前没看到的东西。为什么？好让你从我这儿偷东西吗？夺走我的创意。也给了我用铅笔和木炭在纸上作画的感觉，颜料抹在画布上的感觉。还有颜料的气味。亚麻籽油的。石油溶剂的。颜料在我皮肤上变干的触感。工作一天之后，我手上沾满灰色、绿色、蓝色和白色的斑点，触感好过银色和黑色的鱼鳞。好过它们刺鼻的臭气。那会是我的气味，如果我留下。那会是我的气味，如果我不跟一个偷我东西的英国人离开。

他把头埋进双手，待在悬崖边缘，而天上飘来乌云，随后落下雨。他慢慢往村庄挪步，毫不在意水渗入身体，停在班伊弗林的房子门口。她冲他微笑，指着炉火旁的椅子。她给他倒了茶。

你淋湿了，她说。

是的。

喝茶。

她站起来，将她的披肩裹在他肩头。

这能让你暖和起来，她说。

谢谢。

她再次坐下，拿起她的编织物，说话时看着它，而不是他。

你快要离开了，詹姆斯。

是快了。

你期待离开吗？大家都说那是个好地方。

他耸肩。

我期待过，班伊弗林。

现在不期待了？

我对劳埃德先生没什么把握。

她点头。

很难对一个英国人有把握，詹姆斯。

他一直对我非常好，班伊弗林。

他是的，詹姆斯。

但他偷了我的东西。

她笑了。

他能从你身上偷什么？你什么都没有。

他叹气，身体萎靡下沉。

他偷了我的创意，班伊弗林。他把我的创意放进了他的艺术。

这是实打实的偷窃，詹姆斯。

是的。

他抿了一口茶。

他说艺术界一直有这样的事。

她放下编织物，拿起烟斗。她往里面塞满烟草，然后把烟斗放进嘴角。

他是只喜鹊，詹姆斯。

所以呢？

这就是喜鹊干的事。

你是说这是他的天性？

她点头。

他是一个英国人，一个艺术家。

詹姆斯笑了。

所以他只是在按照天性行事。

就是这样，詹姆斯。他就是这样的人。这样的本质。

他将杯子举到嘴边，喝下茶。

亨利·科比特二十七岁，跟他妻子待在家中，他们住在北贝尔法斯特的一栋小排屋里。那是9月3日，星期一的午夜。四名来自阿尔斯特防卫协会的枪手闯进房子。他跑开，但他们开了火，冲这个天主教徒射击了十九次。他死在自己的房子里。

班伊尼尔从买来的东西里拿起一瓶威士忌。尊美醇牌的。

这是我答应要给你买的，米哈尔说。

算你说话算话，她说。

她从碗柜里拿出四个杯子。

有天晚上那个英国人在找威士忌，她说。在那个星期一之后。

弗朗西斯讥讽道。

我猜他是想庆祝吧。

一定是这样没错，弗朗西斯，梅雷亚德说。

班伊尼尔打开酒瓶。

择日不如撞日，她说。

他们碰了杯，喝了酒。

在那之后北边糟透了，班伊尼尔说。那个码放蔬菜的可怜人。

连带伤害，弗朗西斯说。仅此而已。

那孩子呢，弗朗西斯？

孩子怎么了，梅雷亚德？

在船上被杀的那两个孩子。

就像我刚说的那样，连带伤害。

其中一个是爱尔兰人，弗朗西斯。跟詹姆斯同岁。

真正的爱尔兰男孩才不会在英国爵爷的船上工作。

他是个孩子，弗朗西斯。在打暑假工。

弗朗西斯耸肩。

他本该更谨慎地想想他的工作来源。

天哪，弗朗西斯。有病吧。

他再次耸肩。

事情就是这样的，梅雷亚德。

什么事，弗朗西斯？那是什么？

战争，梅雷亚德。战争之道。

攻击坐船短途旅行的老妇人和孩子？

弗朗西斯喝空了杯子。

一个殖民军阀的船，他说。

船属于孩子们的外公，弗朗西斯。

他坐回椅子里。

他是个正当目标，梅雷亚德。

你把我弄糊涂了，弗朗西斯·吉兰。一个跟家人在一起的老人怎么是正当目标？

他是英国皇室成员。女王的表叔。

那个年轻的恩尼斯基林男孩呢？

弗朗西斯重新倒满杯子。

我说了，事情就是这样的。

所以詹姆斯可能是下一个，因为他跟一个英国艺术家画画？

他可能是。

然后他们会追杀你，因为你从英国艺术家那里收了钱。你徒手划船把他送到了一座说爱尔兰语的岛上。

你在犯傻，梅雷亚德。

是吗？这一切到哪儿是个头，弗朗西斯？

爱尔兰统一后，梅雷亚德。脱离英国统治后。

为了实现目的，你会炸死无辜的孩子。

梅雷亚德咽下她最后一点威士忌。

你真可悲，弗朗西斯·吉兰。

她收起马松订的除臭剂、咖啡和笔，劳埃德要求的纸、铅笔和报纸。

我会把这些送去，她说。

她走进马松的农舍。他正在写作。

你来了，梅雷亚德。

我来了。

她把买来的东西放在桌子边缘，远离他的纸。

来点咖啡？他问。

她坐下，猛地把头往后转，转向她自己的房子。

弗朗西斯在那儿快把我逼疯了。

马松笑了。

弗朗西斯总是在逼疯你，梅雷亚德。

她也笑了。

你说得对，JP。他是这样的。

这次他对你做了什么？

为杀死那些孩子辩护。杀死老妇人。

原本会是他完美的一天，染了污点。

我觉得他不在乎，JP。连带伤害，他是这么说的。

微妙而中立。

他收走他的除臭剂、咖啡和笔，将纸、铅笔、颜料和报纸留在桌上。

那些是给劳埃德的吗？

是的。

她笑了。

其实，我觉得是给詹姆斯的。但付钱的是劳埃德先生。

这次是什么颜色？

梅雷亚德把纸推到一边。

更多蓝色，她说。还有绿色。

这些天他非常安静，梅雷亚德。

劳埃德先生？

马松点头。

也许他害怕出来。

马松笑了。

怕弗朗西斯抓住他。

他可能会，梅雷亚德说。

马松在她面前放下一杯咖啡、一把勺子、一些糖和一些牛奶。

这是我最后的咖啡了。

我很荣幸，她说。

他们喝咖啡。

很好喝，她说。谢谢。

他拿起她的手，吻了吻。

所以他整天在那里做什么呢，梅雷亚德?

我们可以问你同样的问题，JP。

你们可以。但你们到现在已经足够了解我了。

是的，你蹲在这里听录音机，像个疯子。

他微笑。

是我没错。

对自己嘟囔。对自己嘟囔班伊弗林的嘟囔。

他笑了，吻了吻她的手，她的脸颊，手指穿过她的头发。

总之，你的工作怎么样? 她问。

很好。比较工作几乎完成了。

这是什么意思?

仔细检查语言损失在过去的五年里有没有发生许多偏移。岛民们是不是英语说得更多了。

然后呢?

有人说得多了。有人没有。

谁的语言变了?

班伊弗林的一点也没变。

这并不意外。

我的明星学生。

顽固的山羊。

他抿了一口咖啡。

但你的变了。

哪方面?

你的音调变了,就像你在听英语。

这就怪了,她说。

就像你经常听劳埃德说话。吸收了他的英语。

她喝她的咖啡。

就像你在学英语。以某种方式。

他往咖啡里加了更多牛奶,然后搅了搅。

你跟劳埃德在做什么，梅雷亚德？

她摇头。

没什么。

他盯着她，随后站起来。

我要继续工作了，梅雷亚德。

他收起杯子。

你还会待多久，JP？你待得比往常久。

我不能在劳埃德离开之前走。我得看到他对这门语言的影响。

确保我不开始念叨英语。

或者更糟，他说。班伊弗林。

那绝不会发生，JP。

她拿起纸、铅笔、颜料和报纸。

你今晚会来吗？他问。

我不知道，她说。到时候看吧。

我现在不怎么能见到你了，梅雷亚德。

事情很多。詹姆斯不回学校了。

我听说了。

去伦敦的艺术学校。跟劳埃德一起住。

对他来说是个大变化。对你也是。

她撕着报纸边缘。

你怎么想，JP？你觉得詹姆斯应该走吗？

他耸肩。

我对此一无所知，梅雷亚德。

她撕碎了一个角，新闻纸掉到了地上。

我希望这是正确的做法，她说。情况这么乱。

希望他能安全，JP。

这个时候作为爱尔兰人身处伦敦，会很艰难，

梅雷亚德。

她点头。

爱尔兰人身处伦敦向来艰难。

她打开门。

试着看看他在那张画布上做什么，梅雷亚德。

她笑了。

你想让我监视他？

我想，梅雷亚德。带绝密消息回来。

我什么都看不到。他拉着窗帘。

詹姆斯怎么说？

什么都没说。他在外头的小屋里。

被放逐了？

梅雷亚德微笑。

他整天待在那儿画素描。

他们俩最后会发疯的。

我们都会的，JP。

她轻轻拍门，推了一下，可是门锁上了。她用力敲
了敲。劳埃德拉开窗帘，眯着眼看她，然后打开
门。她把那包纸、颜料和铅笔递给他。

谢谢，他说。

她转身离开。

你想看看吗，梅雷亚德？

我想，劳埃德先生。

她溜进半开的门。她跟着他进入画室，日光昏暗，
地上放了四盏灯来增加亮度。他站到一旁，好让她
能看见自己，赤身裸体，只裹了条围巾，伸手去够
一颗想象中的苹果，她的儿子和母亲在她两边，更
远处是她的外婆以及弗朗西斯和米哈尔，背景里有
一位神父、一个十字架和一条倒扣的船，周围散布

着三个男人。她猛地吸了口气，随后闭上眼。父、子和圣灵。念咒。她睁开眼睛。

这座岛，她说。

她再次看油画，看着蒙巴顿和"阴影五号"上的孩子们，士兵们死在海滩上，躺在海豹旁边。

你觉得怎么样？

非常棒，她说。很美。

利亚姆呢？

她低头致意。

他一直在我心里，劳埃德先生。

她从油画的一头走到另一头，将蓝、灰、绿、棕和黑尽收眼底，也看进去了点缀的鲜艳色彩，黄、橙、粉、红和金，把他纳入画中的母鸡、狗、猫、鱼、鸟和海豹，岛上的猪和它的猪崽，以及岛上的奶牛刻入脑海。还有小母牛。独自在海里游泳。大海零星沾染着红色。血红色。

非常非常好，她说。

他微微鞠躬。

谢谢你，梅雷亚德。

她伸手去碰油画，她的手被她皮肤上的光芒吸引，年轻的岛上寡妇，是他们从没见过的我的样子，我的皮肤，我的身体，闪耀着能量，闪耀着活力，一种将从这里被带走的生命力，被带去生活在伦敦，在巴黎，在纽约，就像利亚姆和我当初快要过上的生活，充满活力，富有生命力，从一家画廊飞掠到下一家，从剧院到书店，手里拿着酒杯，我的是红葡萄酒，他的是白葡萄酒，但我们哪杯都没尝，在婚礼那天喝着威士忌和茶，笑着说很快就会在波士顿喝葡萄酒和香槟，他的兄弟住在那里，他的兄弟在那里挣了足够多的钱，能给利亚姆、给我、给我们的孩子买票，所以只差签证了，在溺水发生后才到达的签证，弗朗西斯想占为己用的签证，连我一起，但我拒不接受，不接受他，因此关于波士顿的谈话逐渐消失，关于葡萄酒、香槟、剧院、画廊的谈话被冬天的雨水洗刷殆尽。但我现在可以走了，利亚姆。离开。走下这块岩石。逃走。但也留下，把水壶放在火上，推动日子运转，等待你从海里出来，爬上我们的床，进入我。

劳埃德将手放在她的手上，动作温柔。

画还没干，他说。

她放下手，再次在画跟前走来走去，来来回回走了好几遍，微笑着，然后笑出声，年轻的岛上寡妇，是他们从没见过的我的样子，海另一边的那些内地女人。

她握了劳埃德的手。

谢谢，她说。它很完美。

他对她微笑。接着，他吻了她的右颊。

这是我最好的作品，梅雷亚德。

她离开了，走路时跟马松的窗户保持一段距离，希望他不会看见自己。他追出来。他呼唤她。

所以你发现了什么，梅雷亚德？

关于什么？

关于他在那里面做什么。

噢，没什么。

你们刚才在里面做什么？

他叫我收拾。洗杯子。

你做了吗？

做了，她说。还扫了地。他是个邋遢的男人。

马松保持原来的姿势，靠在门框上看她走开，快速离开他，急匆匆的，但在她走近自己的房子、她自己的门时又慢下来，她的步态变化跟我母亲每次离开钱柜边上的老男人和他们的儿子时一样，匆忙离开他们的商店，离开他们的街道，焦躁不安，担心我父亲会坐在一辆邮政货车、一辆邮政自行车上经过，担心他会发现她去了他不想让她去的地方，穿了他不想让她穿的衣服，走得很快，一路小跑，直到她回到我们的区域，走到我们的公寓楼附近，然后，她放慢脚步，身体沉重、忧郁，肩膀下沉，同时我们走近楼房，爬上水泥楼梯，她在门里转动钥匙，每次发现他不在我们共享的家里时都长舒一口气，因为她有足够的时间把长裙换成短裙，把深色衣服换成他更喜欢的亮色，尽管她越来越习惯盖住腿、在脑后松松地包一条围巾。就像她在那天晚上穿的那样，我们到家后发现他已经回来的那个晚上。沉浸在啤酒和法国电视中，要求知道我们去了哪里，以及为什么她，我母亲，穿着那些深色衣服，还包着围巾，明明他叫她别这么穿。而她告诉了他。脱口而出。你儿子在学阿拉伯语。古典阿拉伯语。文学阿拉伯语。我的族人、我的文化、我的历史的语言。他从扶手椅中一跃而起，把她，我母亲，推到墙上，大声喊道他儿子是法国人，也会作为法国人被养大。讲法语。阅读法语。跟法国孩子玩。喊道他儿子绝不会学阿拉伯语。还喊道他反正也厌烦了所有这些阿拉伯破烂，这些阿尔及利亚破烂，她那一蒸好几个小时的该死的粗麦粉，把公寓里弄得满是水蒸气，直到窗户流下凝结的水珠。而我想要的，不过是一份地道的炖兔肉和苹果馅饼。跟我的朋友们吃的一样。跟我办公室里的老板们吃的一样。接着他冲向她的书。冲向她的报纸。撕开它们。扯烂它们。然后冲向她。冲向我母亲。用手掌扇她。打在脸上。用拳头捶她。打在肚子上。打在胸口上。把她打倒在地。踢她。我儿子是法国人，要吃法国食物。他解开皮带，把它从牛仔裤的裤腰里抽出来。他将黑色的皮革扬到空中，扬在她上方，我母亲，我挚爱的母亲瑟缩在厨房角落，躲在垃圾桶旁，她出门前倒空、套好干净袋子的垃圾桶。皮带落了下来，穿过空气，落在她背上。她呻吟。他再次扬起皮带。它第二次落下，落在她腿上。他大喊。你个阿拉伯婊子。皮带再次升起。我真不该娶你，你个阿拉伯妓女。皮带降下，落在她髋骨上。我真该把你丢在那里，连同你肚子里的孩子，把你丢在那个没救的国家。皮带升起，皮带落下，我母亲成了一个绷紧的球，手掌和手臂挡在脸上，挡在头上。我本该娶一个法国女人的。不会有这些阿拉伯破烂。皮带落在她背上。我儿子要讲法语。落在她腿上。阅读法语。再次落在她背上。鞭打她。腿。髋。背。臀。肩。我的。儿子。会。是。法国人。

然后他停下，气喘吁吁，把皮带收进手里。我母亲低声啜泣，尽可能地低声，把手伸向我的脚。我向下盯着她，我张着嘴，身体一动不动，一声不吭，既不说我母亲的语言，也不说我父亲的语言，看着父亲重新系上皮带，意识到他回去找他的啤酒和他的电视了，意识到我母亲放开了我的脚，意识到我父亲的语言成了我的母语，我母亲的语言成了沉默，因为她在那之后几乎不讲话了。她也不再阅读，而是坐在窗边俯瞰遥远的大海，只有在购买食物时才离开公寓，每个星期四带着兔子和苹果回家。我父亲赞美她的厨艺。还有她的短裙。还有她衣服的明亮色彩。他说我是自由的，可以成为跟他一样的法国人。一个真正的法国男孩，他说。吃真正的法国食物。

这时，他看见詹姆斯从悬崖回来，两手各提一只兔子，素描簿夹在手臂下。

你挺忙嘛，詹姆斯，他说。

马松走出门框。

我跟着你过去吧，他说。看看能不能喝上一杯茶。

詹姆斯把兔子摊在桌上。他放下他的素描簿。

漂亮的一对，米哈尔说。

弗朗西斯拿起素描簿，快速翻动纸页。詹姆斯站着不动，双手悬在体侧。

我听说你要去伦敦当艺术家了，他说。

是的。

但愿你当艺术家比你当渔夫要干得好。

詹姆斯笑了。

我就是这么希望的，弗朗西斯叔叔。

你什么时候走？米哈尔问。

很快，詹姆斯说。等劳埃德先生的作品干了就走。

他在画什么，詹姆斯？马松问。

詹姆斯耸肩。

他搞得非常神秘，马松说。

不是什么大秘密，詹姆斯说。他只是单独工作而已。艺术家就是这样的。

弗朗西斯把素描簿扔回桌上。

这事你在伦敦不会少干。

什么事？詹姆斯问。

单独待着。孤单的爱尔兰小伙子之类的。

你知道什么？詹姆斯问。

我知道的足够多，弗朗西斯说。

你几乎没离开过这个地方。

詹姆斯喝了茶，吃了两块司康饼，然后端了一份给劳埃德，素描簿再次夹在手臂下。他用脚踢门。劳埃德开了门，让他进去。

谢谢你，詹姆斯。

不客气，劳埃德先生。

劳埃德接过食物，朝画室的方向轻轻扬了扬头。

进去。看一眼。告诉我你怎么想。

詹姆斯再次从画的一头走到另一头。

我每见一次就更喜欢一点，他说。

这挺好。

劳埃德待在画室门口，吃东西，喝茶。

我等不及在日光下看它了，詹姆斯说。

那会是个很好的时刻。

我能拉开窗帘吗？

不行，詹姆斯。太多反对的眼睛了。

名单很长，没错。

劳埃德微笑。

如果你外婆看到这个，她会把我扔下悬崖。

她会的，劳埃德先生。

弗朗西斯会开枪打我。

他会的。他们俩肯定会把你弄死。

劳埃德站在他身边。

也许弗朗西斯会喜欢，詹姆斯。那么多流进海里的士兵的血。

他只会看到我母亲。还有他自己。

你说得对，詹姆斯。

詹姆斯笑了。

他的耳朵会冒蒸汽的，劳埃德先生。

你这话听着像是会乐在其中。

噢，我会的。

你太婆呢？

难说。不像我外婆那样锁死在神父的思维方式里。

但是她祈祷？

噢，她确实祈祷。夜以继日。但对象是上帝。没什么时间留给神父和他们的规矩。

也就是说，是直接通话了。

她可不要中间人，劳埃德先生。

詹姆斯重新开始画画。劳埃德待在他的画布前，仔细打量梅雷亚德，打量她皮肤上的光芒以及她周围的岛民、动物、岩石、被风吹焦的草丛上反射的微光。他沿着画布左右走动，检查它，分析它，通过镜子看它的比例和均匀度，一边检查自己的作品一边轻声嘀咕，对自己说，对詹姆斯说，它会是我最好的作品，詹姆斯，我的杰作，这幅巨型作品会让我东山再起，会让半个妻子回心转意，把一个被遗忘、被抛弃、被忽视的艺术家变成名人，与弗洛伊德，与奥尔巴赫，与培根齐名。不，他笑了。不。更好。比他们所有人都好。比那些艺术商亲爱的宠儿好，我这幅开创性的作品把他们的推到一旁，把他们的作品，把他们变得如此无关紧要，以至于我的半个妻子成为我的完整妻子，我的完整妻子推广我，将这幅突破性的作品挂在她那家著名画廊的墙上，那个人人垂涎的空间，在开幕之夜称赞我是北半球的高更，是英国艺术界的存在主义者，在一座偏远的爱尔兰岛屿上住了将近四个月，独自一人，与世隔绝，小屋里的隐士，没有电，没有自来水，只吃鱼和土豆，赞颂我是精简一切、提出高更之问的伟大英国艺术家：*D'où venons-nous? Que sommes-nous? Où allons-nous?* 我们来自何处？我们是谁？我们要去往何方？而你们在这里得到了它，戴着丝巾和劳力士手表的女士们先生们，来自新闻界，来自《泰晤士报》《每日电讯报》《卫报》英国广播公司的女士们先生们，这些问题再一次被这名伟大的英国艺术家提出来。但不是在高更画过画的法国殖民地塔希提岛。离家更近。离今晚在场的我们所有人更近。他提出的问题关乎爱尔兰。关乎我们。关乎英国与爱尔兰的关系。英国前殖民地爱尔兰。劳埃德，就像高更，正在敦促大家注意这些尚未得到回答的问题：我们要如何在这片土地上、在这些岛屿上共存，人类、动物、精怪，我们全都要经历相同的出生、生活和死亡阶段，肩并肩，脸贴颊，纠缠于这种共存、这种互相依赖中，而他对此的理解正确而透彻，因为他曾住在那座岛上，住在一块被海洋围绕的岩石上，在那里，存在被精简为基本生存，种种关系也暴露在那块偏远的岩石上，通过这幅壮丽的作品，他叫我们，不，挑战我们，去思考我们与大地、与彼此的关系，思考英国和爱尔兰的关系，我们之间的大海依然沾染着普通人的血，在家洗碗碟的男人、出门跟母亲购物的女人、与外公一同坐船的孩子，也有少年英格兰士兵和自称"自由战士"的年轻爱尔兰男人的血，那些死亡、那些流血的暴力和混乱，与人之美、风景之美共同存在，一座陷入混乱、上下颠倒的伊甸园，一个停滞的国家，一个事情尚未了结的国家，过去的鬼魂依然在当下闪着微光。一轮自发的鼓掌，来自戴着丝巾和劳力士手表的男男女女，来自新闻界的男男女女。劳埃德创作了这幅壮丽的作品，女士们先生们，其灵感不仅来自高更——顺便向毕加索的《格尔尼卡》点头致意——还来自原始艺术和天真艺术[1]，他与詹姆斯·吉兰的关系激发了他对这些艺术形式的长期兴趣，后者是一个岛

---

[1] 天真艺术（naive art）也叫质朴艺术，一般指由未经过专业训练、自学成才的艺术家创作的作品，风格天真、朴素，甚至富有童趣。法国画家亨利·卢梭（Henri Rousseau，1844—1910）就是被毕加索发掘的此类艺术家。——编者注

上男孩，他惊人的天真艺术今晚也在此展出。劳埃德跟詹姆斯成了朋友，大家也叫他的爱尔兰语名字谢默斯，劳埃德被男孩的艺术天赋打动。被他作为艺术家观看、作为艺术家阐释的天赋打动。从一开始，男孩的作品就让劳埃德想起了古代中国艺术家的作品，他们用一种线性风格绘画，平等地展现一切，人、动物、精怪，一种在文艺复兴时期被欧洲艺术抛弃的视角，我们在古老的洞穴绘画中也能看到的线性叙事在那时被抛弃，好让艺术家能专注于一个点，一个人，在画面中创造一个主导位置。社会中的主导位置。而劳埃德，这位伟大的英国艺术家，正在拆解我们观看之道中的所有预设和习惯，让我们回归天真时期更为平等主义的根源。女士们先生们，今晚我请你们与我一起，举起酒杯敬劳埃德，敬这位伟大的英国艺术家，他的作品在当下的伦敦非常激进，就像马奈在巴黎向沙龙呈上《草地上的午餐》时那样。正如马奈融合了古典与现代，劳埃德也激进地融合了原始、天真、印象派和后印象派艺术，创造出全然原创、新颖之物。

劳埃德微笑。接着笑出声。

什么事这么好笑，劳埃德先生。

我的妻子喜欢告诉别人该想什么。

你的半个妻子。

我的妻子。

劳埃德迈步走过大半个房间，站到画架旁边。他看着詹姆斯画的悬崖，看着在阳光下闪耀的粉色和蓝色。

画得很好，詹姆斯。我觉得我们应该把它收进展览。

这样的话，这将是我的第六幅作品。

詹姆斯将画拿到房间的角落去晾干。他把《爱尔兰女人》放回画架。

这幅还得再费点功夫，他说。

我非常喜欢，詹姆斯。

我不会卖掉的。

劳埃德点头。

那它就会是人人都想买的画。

詹姆斯继续画他的母亲，画她的眼睛，画那些在她皮肤表面之下闪烁的线条，很快就要升起，破皮而出。

画廊有多大，劳埃德先生？

对我们在准备的展览来说大小正好。而且位置非常中心。人们很喜欢去那儿。

我会在那儿吗？

当然会了。那是你的作品。

我需要一套西装吗？一件夹克？

跟你平常一样，詹姆斯，就很完美。

詹姆斯点头。

我可以穿我母亲正在织的套头毛衣。

很好。

会是全新的。

完美。

我会作为穿着岛屿毛衣的岛屿男孩在画廊里走动。

你会擅长这个的，詹姆斯。

我会的，劳埃德先生。

你母亲会去伦敦吗，詹姆斯？参加展览。

詹姆斯摇头。

她不会离开这里。

永远不会?

她在等我父亲。

劳埃德吓了一跳。

可是他死了,詹姆斯。溺死了。

她依然在等。

詹姆斯指着他的画。

她们都在等待,他说。都在等那些男人从海里出来。

也许你应该给它重新起名。《等候室》。

詹姆斯再次打量他的作品。

也许我应该这么做,劳埃德先生。

劳埃德回到他自己的画布前。

我认为这算是画完了,詹姆斯。让它干透。

要多久?

好几天。

然后我们就走,劳埃德先生?

是的,詹姆斯。然后我们就走。

劳埃德再次打量他的作品。

你给了我灵感，詹姆斯。用你的线性叙事。

这不是线性的，劳埃德先生。

它是的，詹姆斯。

我母亲依然在中央。其他人都是配角。

你错了，詹姆斯。

看着像一张专辑封面，劳埃德先生。

詹姆斯笑了。

新城之鼠[1]，劳埃德先生。鲍勃和老鼠们。梅雷亚德和岛民们。

劳埃德摇头。

不，不，詹姆斯。它远远不止这个。

也许吧，劳埃德先生。但它一点也不像我的作品。

我觉得像，詹姆斯。

在我的画里，每个人都是平等的，每个人都有一个故事。你的画里不是这样的。妈是老大。

---

1   新城之鼠（The Boomtown Rats）是一支爱尔兰摇滚乐队，主唱名为鲍勃。

她非常美。

詹姆斯耸肩。

这并不能赋予她更大的价值，劳埃德先生。

对我来说能。

那你画画的方式就不像我，詹姆斯说。你按照自己的方式画。一个在爱尔兰岛屿上的英国人。

这是什么意思？

你在把这座岛变成它不是的东西。

我没听懂，詹姆斯。

妈不是事物的中心。她不是老大。

那谁是？

詹姆斯耸肩。

不一定。一直变。冬天。夏天。要干的活。

劳埃德摇头。

你在骗自己，詹姆斯。弗朗西斯是老大。

只有他在这里的时候才是，劳埃德先生。

但他总是回来。

这倒没错。

不管怎么说，詹姆斯，这就是我对这座岛的

诠释。

挺好的，劳埃德先生。只是它跟我的作品没关系。我的作品不一样。你的就像其他所有人的作品。

这话可不太好听，詹姆斯。

中间有个美女。一切都围着她。画完了。工作完成。你们都这么做。做了好几个世纪。

你对艺术不够了解，詹姆斯。

詹姆斯耸肩。

我一直在阅读，劳埃德先生。观看。我懂的足够多。

我真的觉得你的语气令人不快，詹姆斯。这件艺术完全是原创的。

是吗，劳埃德先生？

对，詹姆斯，是的。

詹姆斯再次耸肩。

对我来说，它是之前就有的东西的一个变体。一种融合。

詹姆斯笑了。

喜鹊艺术，劳埃德先生。

所以你的更好吗，詹姆斯?

我想等我到了伦敦，我们会搞清楚的。

我想我们会的，詹姆斯。

休·奥哈洛伦，二十八岁的天主教徒，五个孩子的父亲，于 9 月 10 日星期一在医院去世，两天前，一群共和主义者用一根爱尔兰曲棍球杆和一把十字镐柄殴打了他，致其受伤。

北边的事太疯了，妈。

是的，梅雷亚德。攻击、杀害他们的自己人。

梅雷亚德拖她母亲扫过的地。

弗朗西斯会说是我们的自己人。

他会的，梅雷亚德。

但你不会。

我不会。

梅雷亚德将拖把伸到椅子下面。

你以前会说。

是的。

再也不说了，妈?

我再也不知道该怎么想了，梅雷亚德。

她们听到有人敲了一下碗柜。是劳埃德。班伊尼尔

关掉收音机。

我有个问题，他说。

班伊尼尔开始喊詹姆斯。梅雷亚德阻止了她。

Fág é mar a bhfuil sé[1]，她说。什么事，劳埃德
先生？

米哈尔什么时候回来？

Amárach. 明天。B'fhéidir. 也许。

谢谢。我到时候会离开。跟他回去。

梅雷亚德点头。

詹姆斯呢？她问。

他想跟我走，梅雷亚德。

她将拖把伸到碗柜下面。

Tuigim. 我明白了。

我要带他走吗，梅雷亚德？

她一口气从左拖到右，然后回到露天地面，朝着门
口，劳埃德依然站着的位置。

你想让他跟我走吗，梅雷亚德？

她将拖把推向他。

Idir，她说。

什么意思？

之间，她说。

1　爱尔兰语，意为"让他在那儿待着吧"。

她拖他脚边的地。

这是你和詹姆斯之间的事，劳埃德先生。

她强行将拖把塞进他的双脚之间。

由你们决定，劳埃德先生。不由我。

劳埃德从她身旁走开，前往悬崖，沿着第一天傍晚的路线走，穿过菜地，沿着湖畔，然后上山，不再注意到抵着腿肚子的险峻，风穿过他的头发，他的身体适应了这里，髋部微微前倾，像岛民们那样走路。他到达山顶，跪下，趴下，俯身越过边缘，再看一次，最后一次，看在傍晚的光线里闪烁的岩石，看准备过夜的鸟儿

就像它

起初的样子

现在如此

他笑了。

《自画像：找到上帝》

他一直待到太阳离开，将裂隙和山谷深深刻进脑海，记住它们以及掠过岩石的最后的光线，大海的喧嚣，一个接一个浪头冲刷岩石、撕咬陆地，海的

威力和能量震动了悬崖，传递到他的骨骼

将来亦然

他打了个寒战，随后站起来。他走向小屋，在黑暗中到达。他点亮油灯，在光影中四处走动，小屋比他离开时整洁了一些，他的素描堆成整齐的四摞，枕头、毯子和床垫回到了床上，桌子擦干净了。他点燃炉火，摇了摇茶罐，把茶勺和干叶子晃得叮当作响。他看向里面。够泡最后一杯茶的。他尝了尝桶里的水

足够新鲜

向你致谢，詹姆斯

他把水放上去烧，拿上素描，坐在依然晃动的火焰前。他拿起一捆。鸟儿。脑袋太大的燕鸥，脑袋太小的海鸥。他将它们喂进火里，一阵光与热摧毁了他先前的无知，他对于指导的需要，需要岛屿男孩指导，男孩现在变得粗鲁，断言融合与喜鹊艺术，狂妄自大。他笑了

厚颜无耻的小崽子

他拿起更多素描，画的是海上的光线和悬崖，然后

把纸一张张扔进火焰。

《自画像：扮演上帝》

水烧开了，他泡了茶，接着回到火边，啜饮着热乎乎的黑色液体，一边筛选梅雷亚德的素描，大部分要带走，用于收入未来的展览，以展示他作品的演进过程。他将注意力转到第四摞，画的是詹姆斯，抓着兔子的詹姆斯。他翻阅纸页，对它们很满意，满意于生与死的新鲜，欣喜于其中的活力与生气，可随后停了下来。那不是他的作品。他仔细打量一张纸。那是詹姆斯的素描。他的手。不是我的。他的素描混进了我的作品里，他画的刚刚被杀死的兔子，洋溢着一种我的画里缺失的生动。他把这张纸揉成一团。接着是另一张。六张。七张。他把它们扔进火里，盯着火焰覆盖、吞噬男孩的艺术，比我的艺术更好的艺术。

他收起梅雷亚德的速写稿，熄灭油灯，在身后紧紧关上小屋的门，他最后一次待在岬角。他扫视周围，但只是短暂、仓促地一瞥，随后匆忙赶回村庄，一边走一边嘟囔、咕哝、咒骂，用拳头捶自己的大腿，捶打詹姆斯，比师傅优秀的徒弟。

他闯入他的农舍，他的画室，点亮地板上的那些油灯。他在洗干净的调色板上挤了新鲜颜料，重新画了詹姆斯的细节，男孩不再拿着兔子和画笔，而是拿着四条鱼，一只手两条。

《自画像：成为上帝》

他熄灭油灯，上床睡觉，但梅雷亚德还没睡，坐在火边，将套头毛衣的前后两片缝在一起，灰色羊毛在缝衣针上，把一边紧紧缝到另一边，合拢缝隙，阻挡寒风，阻挡从侧面打进岛上男人身体的雨。接着她加上袖子，先是右边的，再是左边的，然后把完整的毛衣摊在大腿上，抚摸他跨越爱尔兰海时，将为他保暖的黑莓纹样，他在风中等候带他去伦敦的火车时，将保护他胸口的菱形纹样。远走高飞。离开这里。离开我。但我会与你同行，詹姆斯。跟你一起乘船，坐火车，跟你一起待在白墙上，因为我们会一起挂在伦敦，母与子，一场展览，一次庆祝，在逝去前捕捉下来的我的美，在生长、开花时捕捉下来的你的美，一个爱尔兰儿童艺术家变成一位伟大的爱尔兰艺术家，因为你的兔子比他的兔子好，詹姆斯。你的鸟儿也更好。在你的画里，它们穿过空中的动作更有生气。仿佛你更理解它们。对它们钻研得更多。她把袖子叠到背后，折起毛衣。你现在还没超过他，詹姆斯。但你会的。终有一天。她微笑。他知道这点，詹姆斯。知道你会变得比他好。终有一天。而你有时间。很多时间。你父亲从未拥有过的时间。她笑了。他也从来不想当渔夫，詹姆斯。憎恨大海。憎恨船只。可那是他知道的全部。有机会了解的全部。

她把羊毛、织针和缝衣针都放回椅边的篮子里，随后站起来。她将毛衣放在厨房餐桌上，以便第二天一早詹姆斯就能看见，然后走进夜晚的空气，繁星满天，月亮即将满盈。天气寒冷，夏天已然过去，但她依然磨磨蹭蹭，慢悠悠走到马松的农舍，眼睛看着星星和月亮，享受着岛上其他人都沉睡时的安静，而她醒着，整个地方都是她的，就像它曾是我们的，利亚姆，在悬崖上，在海边，在小屋里，在炉火前的地板上，我为艺术家躺下的地方，我和你躺下的地方，詹姆斯被造出来的地方。她微笑。我们自己的小小艺术品，利亚姆。我们的合作成果。她推开马松的房门。她走进去，咖啡的气味抵消了霉味，一些咖啡渣还在石头壁炉里燃烧。最后一次，JP，因为你不会回来了，我不会再见到你，因为这里不会有摄制组，不会有新闻记者，没人冲到这里来见班伊弗林——岛上最后一个说爱尔兰语的人，因为现在没人在乎你的研究，JP，没人在乎这门语言，它的历史，它的消亡，这个极为偏远的欧洲角落里的双语转向。摄制组、新闻记者来到这片土地只会谈论士兵、枪炮和炸弹，现在的故事，写死亡、憎恨、恐惧、以牙还牙的故事，一个报复叠着另一个报复，一个向下的狂暴螺旋，直到那些潜伏在深夜街头的杀手再也不记得他们想要报复的是什么。

她爬上楼梯，钻进他的床。

第二天早上，詹姆斯看到了毛衣。

　　谢谢你，妈。

　　它会让你暖和的，詹姆斯。

我会在开幕的晚上穿它，他说。

她双臂环抱自己。

你看起来会非常帅气的，詹姆斯。

詹姆斯·吉兰，岛屿画家。

他送早饭给劳埃德，敲了敲门。劳埃德没应。门没锁，他走了进去，农舍处于睡眠的寂静中。他轻轻把早饭放在桌上，走进画室，检查《爱尔兰女人》的干燥程度，深深吸入油和颜料的气味，那很快将成为我的气味，在伦敦的爱尔兰岛屿男孩，不再散发出咸水、死鱼和腐败兔血的气味，而是散发着柠檬赭、洋红、普鲁士蓝、波斯蓝、石榴红、佩恩灰、橄榄绿、猩红、亚麻籽油和石油溶剂的气味。他笑了。我的新气味。我的新道路。不再有学校。不再有神父。不再有弗朗西斯。也不再有鱼。他触摸《爱尔兰女人》。干了。准备就绪。六幅中的一幅。还要再选五幅。跟我走。剩下的我会留下，留在这里，在这个房间里，留给妈进来打扫的时候发现，她会把颜料从墙上、地板上刮掉，将房间、农舍恢复成夏初的样子，劳埃德到来前的样子，我了解绘画而非捕鱼之前的样子。

他走到劳埃德的画布后，去墙角取他自己的画。他把画拿回房间另一头，将它们铺在窗户下的地板上。二十二幅油画。挑选的时候到了，詹姆斯·吉兰。挑选你的宝贝。他从房间的一边走到另一边，看着地上，挑选但也追踪他的艺术的演进，在一个夏天里快速从幼稚的原始艺术转变为象征艺术，岛屿生活的精馏。他仔细审视了他画的班伊尼尔、班伊弗林，再走到房间另一头看劳埃德的画布，细看英国艺术家抄袭了他多少。他笑了。彻彻底底。完完全全。她们的衣服，她们的手势，她们的姿态一模一样，就好像劳埃德半夜过来抄了我。随后他顿住了。在他自己面前。他那改变了的自己。为什么我没早点看到？一进房间就看到？一个拿着鱼的男孩。一个拿着鱼的岛屿男孩。不再是艺术家，学徒。不再拿着画笔，而是拿着鱼。我是一个拿着鱼的男孩。一个岛屿男孩。猎人。采集者。供养者。但不是艺术家。他没把我看作艺术家。不想让我被看作艺术家。因为这里只有一个艺术家。而那不是你，詹姆斯·吉兰。

接着，他听到劳埃德走下楼梯。他稳住呼吸，按捺住愤怒，溜回厨房站在桌边，双手放在背后，面部静止不动。詹姆斯·吉兰，小跟班。

早，詹姆斯。

早。

劳埃德倒了茶。

你想来点吗？

詹姆斯摇头，转身看向窗外的大海。

今天天气不错，劳埃德说。

是不错。

劳埃德端起他那碗麦片粥。

我确实想念椅子了，詹姆斯。

我就说嘛，劳埃德先生。

劳埃德吃饭。詹姆斯一言不发。

所以你怎么想？劳埃德问。

想什么？詹姆斯说。

我听到你了，詹姆斯。在画室里。

詹姆斯看着他的脚。

你为什么那么做，劳埃德先生？

劳埃德往嘴里舀了更多麦片粥。

做什么？

你重画了我。把我变成了渔夫。

这是我的画，詹姆斯。

詹姆斯转身面对他。

这是我的身份，劳埃德先生。而我不是渔夫。

这是对岛屿的描绘，詹姆斯。仅此而已。

远不止这些。

不是的。

这是你想让我成为的样子。你想让我被人看到
的样子。

你这话太荒唐了，詹姆斯。

你是艺术家，劳埃德先生。而我是捕鱼的岛
屿男孩。

詹姆斯，你在过度解读。

詹姆斯抬起脸庞，抑制眼中涌起的泪水。

艺术家不可能过度解读，劳埃德先生。

你不是艺术家，詹姆斯。还不是。

如果你这样演绎我，我就成不了艺术家。

你得冷静下来，詹姆斯。

我应该成为展览的一部分。展览里的一名艺术家。

你会是的。

詹姆斯将双手插进头发梳了梳，用掌根迅速抹掉眼里的泪水。

不，劳埃德先生。我是件展品。一名渔夫。

劳埃德耸肩。

这是对岛屿的描绘。仅此而已。

劳埃德倒了更多茶。

这是你想让我被看到的形象，劳埃德先生。你想让我被解读的形象。

劳埃德加了牛奶，喝了茶。

正如我所说，你还不是艺术家，詹姆斯。

如果你把我演绎为渔夫，我就成不了艺术家。

劳埃德收起餐具，将它推向詹姆斯。

我今天会打包行李，他说。

詹姆斯摇头。

可画布还是湿的，劳埃德先生。

只剩小部分了，詹姆斯。不会有事的。我会用干画布盖住湿的地方。

男孩深深吸气。

这管用吗，劳埃德先生？

挺管用。能阻止粘连。

詹姆斯从桌上端起盘子。

我明天会把画布折起来，詹姆斯。你会来帮我吗？

詹姆斯耸肩。

也许吧。

他回到房子里，回到后厨。他的母亲和外婆正在烤面包。

你今天能抓几只兔子吗，詹姆斯？

詹姆斯往脸上泼了些水。

可以，外婆。

男人们正渡海过来，她说。

我听说了。

你会跟他们一起渡海。

计划是这样。

你、劳埃德先生和 JP。

他点头。

船会很热闹，外婆。

岛会很安静，詹姆斯。

詹姆斯走向门口。

你想要两只还是三只兔子？

三只。

他蹲在草丛中等待，太阳晒暖了他的后背，长脚秧鸡还在呼唤彼此，但海鸥已经离开了，在海上往南飞，踏上它们早已定好的路。就像我的路。明天就会坐上米哈尔的船，带着我的素描和油画，向我的母亲、外婆、太婆挥手告别，下水滑道上的三个女人，穿着深色服装，抱成一团，小声啜泣，《码头上的爱尔兰女人》，然后继续走，穿过这个国家去另一片海，海更小，船更大。一只兔子踩进网里。他收紧网，抓住乱动的兔子的后腿，把它往地上摔，砸碎了它的头。他从网里拿出兔子，再次设下陷阱，坐回去等。然后是去伦敦的火车，去劳埃德的房子，跟颜料的气味以及那个正在重新变成完整妻子的半个妻子共同生活。又一只兔子从洞里出来。它跳进网里。他用网捉住了它。第三只兔子出现了，没理会骚动。该死的蠢兔子。该死的笨兔子。他用双手抓住第三只兔子，举到空中，然后往地上猛砸。反正我烦透了炖兔肉。烦透了吃相同的该死的食物。他踢了踢第三只兔子，尽管它已经死了。烦透了当猎人。采集者。他把第二只兔子甩到头后，重重地砸向地面，血溅草丛。烦透了当供养者。兔子杀手。

他走回村里。

抓了挺多呀，詹姆斯，梅雷亚德说。

是的，妈。

你在伦敦会失去这项本领的。

我不会怀念的，妈。

你会的。比你知道的更怀念。

那我就去海德公园杀兔子。

梅雷亚德笑了。

他们会把你抓起来。

她又笑了，将头埋进双手。

你能想象孩子们的脸吗？他们母亲的脸？

我会永远待在牢里，妈。爱尔兰兔子杀手。

他们靠向彼此。

我会想你的，詹姆斯。

我知道，妈。

米哈尔和弗朗西斯到了。他们把买来的东西放在桌上，挨着兔子。

又一场大餐，米哈尔说。

我最后的晚餐，詹姆斯说。

这顿会是好的那种，詹姆斯。

班伊尼尔在桌上放了茶壶、司康饼和餐具。他们坐下来。

你紧张吗，詹姆斯？

不，米哈尔。

会很刺激的，梅雷亚德说。一种新生活。

这种生活也没什么问题，弗朗西斯说。

如果你不喜欢捕鱼，就有问题，詹姆斯说。

梅雷亚德揉了揉他的头发。

所以你要去的学校叫什么名字？米哈尔说。

我不知道。他没说。

你什么时候开始上学？

也不知道。

你知道的不多，不是吗？弗朗西斯问。

我很快就会知道，詹姆斯说。

你在冒很大的风险，詹姆斯。

为什么呢，弗朗西斯？

跟一个你压根不熟悉的英国人走。

詹姆斯耸肩。

我跟他够熟了。

以及作为爱尔兰人身处伦敦，弗朗西斯说。

他不会有事的，梅雷亚德说。

警察一直在抓爱尔兰小伙子。没有任何理由。

我会很安静的，詹姆斯说。他们几乎不会注意
到我。

弗朗西斯摇头。

他们会注意到你的，詹姆斯。他们会了解关
于你的一切。

没什么要了解的，弗朗西斯。

他们会编出借口，詹姆斯。就算没什么要了解的。

詹姆斯喝完他的茶，吃完他的司康饼，随后起身。

我拿一些给JP和劳埃德先生，他说。

他端了两杯茶和一盘四块司康饼，先去了马松那里，他正在清理书桌。

完美，詹姆斯。正是我需要的。

你什么时候回来，JP？

明年春天。等我的书出版。我会带电视台和报社的人来见班伊弗林。

我不会在这里，JP。我要去伦敦了。

我听说了。对你来说值得激动。

谢谢你，JP。但弗朗西斯在发脾气。

弗朗西斯总是在发脾气。

接着，他去画室找劳埃德。他正在把用过的颜料管和铅笔从抽屉扔到地上。詹姆斯递给他食物，茶显然已经凉了。

我在JP那里待了一会儿。

没关系，詹姆斯。

劳埃德吃了司康饼，喝了茶。詹姆斯迈步走向他的作品，依然放在地板上。

我会挑我的六幅，他说。

劳埃德点头。

詹姆斯选了《爱尔兰女人》和另外五幅，大多是画在纸上的，兔子、村庄、悬崖、海上的船，以及《蚂蚁所见》。他把这六幅画放在纸板之间，用白色细绳将它们捆成一捆，放在画室地上，挨着劳埃德的画架，画架已经折起，准备好踏上旅途。

弄完了，劳埃德先生。

干得不错，詹姆斯。

詹姆斯点头。

一个不错的开始，劳埃德先生。

詹姆斯把他剩下的画收成一堆，放回房间较远的角落里。

你想让我扫地吗，劳埃德先生？

劳埃德摇头。

有点早，詹姆斯。不过你还是把扫帚拿来吧，等我准备好了，我来扫。

詹姆斯拿来院子里的扫帚。

这会是一场很好的展览，劳埃德先生。

很棒的一场。我最好的。

詹姆斯指着他的画，依然放在门边。

要我把它们放进你的行李箱吗？

先不要，詹姆斯。等我收拾自己的画时，会把它们放进去的。

詹姆斯离开了，带走了杯子和盘子，劳埃德继续清空抽屉，重新打包桃花心木箱子，尽管最初带来的东西大部分已经用掉了或磨损了，颜料、松节油和亚麻籽油都空了，布弄脏了、变硬了，胶带、底漆、铅笔、钢笔、墨水和木炭耗尽了。瓶瓶罐罐脏兮兮的，没必要带回去，但小画架、调色板、调色刀和画笔状况良好，虽然使用频繁，但还能用。他的黑色围裙一尘不染，没有穿过。

他将素描夹进书页之间，再把书装进箱子。他用一层布盖住它们，然后放入他的画布和油画，中间垫了几层纸和纸板，周围塞了卷起的衬衫和袜子，以便将艺术品固定。他合上箱盖，上了锁。

他草草扫了地，把他居住期间的垃圾扫到窗户下，堆成一堆，揉成一团的纸、用完的颜料管、罐子、器皿、布。他走进后院去归还扫帚。马松坐在一把椅子上，闭着眼睛，脚边散落着泥炭碎片。

我猜你也是明天走，马松说。

是的，劳埃德说。我的工作完成了。

我的也是，马松说。除了结论，等我回巴黎再写。

那是什么呢？劳埃德说。你的结论。

英国人非常无法忍受爱尔兰语。

劳埃德笑了。

我们不太需要一本书来告诉我们这个。

英国人尽其所能把爱尔兰语描绘为穷人、笨人的语言。

劳埃德耸肩。

这算不上什么原创想法，不是吗？

它需要被人说出来。

已经有人说过了。

需要再说一遍。

劳埃德将扫帚放回棚屋，把它放在结了一层水泥的
铲子旁。在回农舍的路上，他从马松身边经过，于
是停下来。

我完成了那件作品，他说。你想看吗？

那张大画布？

对。

非常想。

马松跟着劳埃德走进画室。他站在画布前。他缓缓
点头。

非常非常好，劳埃德。比我预想的要好。

一句赞美。

马松笑了。

赞美确实会出现。有时候。

我接受了，劳埃德说。

但它模仿了其他作品，马松说。

劳埃德摇头。

这是重新阐释，没错，但不是模仿。

也许吧，马松说。这得由其他人决定。

劳埃德点头。

我同意。

它会为你获取很多关注，劳埃德。

希望如此。也为这座岛吸引关注。为他们把
它变成一个旅游景点。

什么？马松说。北半球的塔希提？

劳埃德耸肩。

为什么不行？

那样会毁掉这个地方的，马松说。毁灭这门
语言。

那样会带来钱，劳埃德说。一份捕鱼之外的
收入。

语言无法从中幸存。

这不是我关心的事，劳埃德说。

我关心。

马松从画布一头走到另一头，停在梅雷亚德面前。

岛民们看过了吗？

劳埃德摇头。

只有梅雷亚德和詹姆斯看过。

也许这样最好。

也许。

弗朗西斯不会喜欢的，马松说。

我猜到了。

女人们也不会喜欢。班伊尼尔。班伊弗林。

它明早就不在这里了，劳埃德说。

这就完了？你只是把画从岛上迅速带走，还有以你想要的方式呈现的岛民们。

你也一样啊，马松。

马松耸肩。

Peut-être[1]，他说。也许不是。

法国人离开了，劳埃德用小刀撬掉画框上的钉子。他将画布摊在地板上，卷起来，在詹姆斯的图像上盖了一块干燥、洁净的方形画布。他再次用棕色的纸裹住它，再次用细绳绑起它。

《自画像：启程时间》

马松走上山，穿过村庄，来到班伊弗林的房子。他敲了敲门，倒了茶，坐在她对面。他拉起她的双

1　法语，意为"也许"。

手，吻了吻。

最后一次拜访，他说。我明天就走。

她冲他微笑。

你是要走了。

你会来山下的房子里吃茶点吗?

她摇头。

不跟你们这群小伙子一起吃。

马松笑了。

我受不了，JP。这么多争吵。

我也受不了，班伊弗林。

你们从没停过，JP。整个夏天。

这座岛太小了，没法同时容下一个法国人和
一个英国人。

对你们俩来说，好像世界本身都不够大。

他再次拉起她的双手，吻了吻，先右后左。

听你们俩说话让我头痛，JP。安妮可以把我的
饭送到这里，像她平常做的那样。

你是个明智的女人，班伊弗林。

我活得足够久，JP。到如今，我已见过大部分

事物了。

马松缓缓点头。

　　但没见过他的画。

　　那张大画布？

　　就是那个。

　　你见过了，JP？

　　见了，班伊弗林。它巨大无比。而且我们都
在上面。

　　我也在？

　　你在。拿着你的烟斗。

她摇头。

　　他说过他在画悬崖。

　　不是悬崖，班伊弗林。

　　不是？

　　是岛屿。岛民们。

　　他说过他不会画这个。

　　梅雷亚德在中间。为他摆造型。

　　所以这就是她之前在做的事。

　　就是这个。

班伊弗林深深吸了一口烟斗。

她穿得不多，班伊弗林。

穿得不多？

他摇头[1]。

只有她那条绿围巾。围在胯上。

就这个，JP？

就这个，班伊弗林。

她缓缓点头。

她把这个秘密保守得很好。

确实，马松说。他们两个都是。

我就知道有情况。在外面的那间小屋里。我
跟你说过这个。

你确实说过，班伊弗林。一样的话。

她又抽了一口烟斗。

弗朗西斯知道吗？

马松摇头。

这是山下的一个大秘密。窗帘拉着，门关着。

如果他知道，他会发疯的，JP。

1　摇头表示确认"穿得不多"。

488

他会的。

他会阻止这件事。

他会的，班伊弗林。

他自己的嫂子。利亚姆的妻子。你最好一个字也别说，JP。一个字都不要说。

我不会的，班伊弗林。一个字都不会说。

他吻了她的脸颊。

我明早会在下水滑道上，她说。去为你挥手送行。

他吻了她的另一边脸颊。他对她微笑。他吻了吻两只手。

我知道你靠得住，班伊弗林。

他关上门，走下山，吹着口哨。他遇见正上山的詹姆斯。

你过来跟你的太婆道别吗，谢默斯？

我的名字是詹姆斯。是的，我是来道别的。

他们在伦敦会很喜欢谢默斯的。这是个很棒的爱尔兰语名字。

他们会足够喜欢詹姆斯的，JP。

马松打包行李直到晚餐时间。班伊尼尔在他们面前放下盘子，分量比平常要大。最大的一份给了詹姆斯。她揉了揉他的头发。

不错的最后一餐，詹姆斯，米哈尔说。

我最后一次吃兔子，詹姆斯说。

他们吃饭，桌上弥漫着沉默，直到米哈尔开口说话。

很快就到冬天了，他说。

还有一个月，梅雷亚德说。

这么早，劳埃德说。

这里比其他地方早，米哈尔说。

这里在冬天是什么样的？劳埃德问。

米哈尔摇头。

艰难，他说。除了风，什么都没有。

Beidh sé go hálainn，班伊尼尔说。

他们笑了。

她说什么？劳埃德问。

那可太棒了，梅雷亚德说。

劳埃德笑了，马松摇头。

这句英语不错，梅雷亚德。

她冲他微笑，绿色的围巾绕在发间。

谢谢你，JP。

这个夏天你学了很多英语，梅雷亚德。

她犹豫了一下，但继续说英语。

是的，JP。

这让我伤心，他说。

她耸肩。

詹姆斯要走了，JP。

所以呢？

Caithfidh mé Béarla a labhairt. 我必须说英语。

Caillfidhear do theangaidh，马松说。

她闭上眼睛。

你的语言会失落的，梅雷亚德。

她摇头。

会失落的是我，JP。

班伊尼尔清走盘子。她在桌上放了一块苹果馅饼。
还有一碗奶油。梅雷亚德倒了茶。

我们明天八点走，米哈尔说。让你们能及时
赶上巴士。

七点吃早饭，梅雷亚德说。

马松盯着她看。她笑了。

　　Ar an seacht a chlog[1]，JP。

米哈尔和弗朗西斯出去抽烟，去站在村庄的墙边。

马松继续打包行李，劳埃德走向下面的小海湾。詹姆斯跟着他过去。

　　我想最后一次去看看，詹姆斯。

　　你明早会看到的，劳埃德先生。

　　到时候会很忙。

　　确实会。

劳埃德走在他前面，沿狭窄的小径向下。

　　画布怎么样了，劳埃德先生？

　　什么怎么样？

　　我们得把它拆下画框。

　　我已经弄完了。准备就绪了。

劳埃德右转，进入第一个村庄的废墟。詹姆斯跟上。劳埃德坐在一堆瓦砾上。

　　你坐在新教学校上，詹姆斯说。

1　爱尔兰语，意为"在七点"。

什么？在这座岛上？

詹姆斯点头。

以前有一所新教学校和一所天主教学校。

难以置信，詹姆斯。在这种大小的地方。

是在饥荒期间。如果你上新教学校，就能得到汤。

如果在天主教学校呢？

什么都没有。

劳埃德摇头。

我们当时不太善良，对吗？

确实是这样。

但那是过去了，詹姆斯。现在不一样了。

詹姆斯撕扯手上的颜料。

但愿如此，劳埃德先生。

劳埃德看着大海，看着天空，看着在水上盘旋的鸟儿，入夜前最后一次进食。

这地方很美，他说。要离开会很难。

不，不会的，詹姆斯说。

詹姆斯从左手大拇指上撕掉一条红色的颜料，扔到地上。

会非常容易，劳埃德先生。

劳埃德用双手摩挲大腿，抚平裤子上的灯芯绒。

说到这个，詹姆斯。

说到什么，劳埃德先生？

我不确定现在是让你去伦敦的好时候。

詹姆斯闭上眼睛。

我就知道会这样。

什么？

弗朗西斯找你聊了吗？

劳埃德摇头。

没有。我一直在想这件事。

詹姆斯从左手撕下颜料。天蓝色。

想什么，劳埃德先生？

你跟我走不是个好主意。现在不行。

詹姆斯把指甲掐进皮肤。

为什么呢，劳埃德先生？

考虑到正在发生的一切。蒙巴顿，那些士兵，

现在不是个好时候。

是这样吗，劳埃德先生？

现在对你来说不安全，詹姆斯。

没人会注意我，劳埃德先生。

劳埃德耸肩。

一个爱尔兰年轻男子待在伦敦，现在不安全。

詹姆斯闭上眼睛。

你必须带上我，劳埃德先生。让我离开这儿。

劳埃德摇头。

对不起，詹姆斯。我不能。

他睁开眼睛。

你不能就这么把我留在这儿，劳埃德先生。把我培养成一个艺术家，然后抛下我。

我别无选择。

詹姆斯笑了。冷笑。

你有，劳埃德先生。你有这么多选择。

你应该去都柏林，詹姆斯。去那里的艺术学校。

詹姆斯缓缓摇头。

为什么我早没想到这点呢，劳埃德先生？

劳埃德点头。

这不是个坏主意，詹姆斯。

詹姆斯说得非常慢，把每个词讲得清清楚楚。

我在都柏林不认识任何人，劳埃德先生。

你会慢慢认识人的。

我没钱去都柏林，劳埃德先生。

劳埃德站起来。

我很抱歉，现在不能按计划带你走，詹姆斯，
但它超出了我的控制范围。

劳埃德开始沿小径往回走。

展览会怎么样，劳埃德先生？

什么怎么样？

我还会在展览里吗？

劳埃德停下脚步，转过身。

是的，当然，詹姆斯。

所以人们会来看我的作品。

他们会的，詹姆斯。

也许有艺术学校的老师？

肯定有。

他们也许会看到我的作品，然后收我去他们的学校。

有可能，詹姆斯。

劳埃德继续走。詹姆斯在他身后大喊。

你没有一个字是真心的，对吗，劳埃德先生？

劳埃德挥手，但没有转身。

我会尽力，詹姆斯。

詹姆斯转身背对他，凝视大海，我父亲的坟墓，渔夫的坟墓。他站起来，攀登悬崖，穿过岛屿，远离劳埃德，远离村庄，远离他母亲，她在后厨，正在做晚饭后的清理工作，擦干盘子，擦拭水槽。弗朗西斯站在门口。

洗得怎么样，梅雷亚德？

很好，弗朗西斯。

他点头。

你想干什么？她问。

他走向她。靠近她。

天哪，弗朗西斯，退后。

你对劳埃德先生可没这么说。

你在说什么?

他画你的时候。你为他脱掉衣服的时候。

她绕过他,回到水槽。

你是怎么知道这个的,弗朗西斯?

这里没有秘密,梅雷亚德。你知道的。

她耸肩。

所以现在你知道了,她说。

我们不赞成你做的事,他说。

她笑了。

这个"我们"是谁,弗朗西斯?

我们开了会。我被派来跟你谈话。

她继续擦水槽。

那么,她说。谈吧。

我刚说了,我们不赞成你做的事。

我需要一份名单,她说。这个"我们"。

你越线了,梅雷亚德。

她绕过他,拿起扫帚。

你说完了吗,弗朗西斯?

她开始扫地。他从她手里夺过扫帚。

我刚说过了，你越线了，梅雷亚德。

她耸肩。

什么线？

我的线。

她笑了。

我做的事跟你毫无关系，弗朗西斯。

跟我息息相关。

她叹气，走向门口。他用扫帚挡住她的去路。

你是我嫂子。利亚姆的妻子。

我刚说过了，弗朗西斯，我做的事跟你毫无关系。

他用手指弹她的脸。

停下，弗朗西斯。

我们容忍了你跟那个法国人的夏日偷欢，梅雷亚德。

这也与你无关，弗朗西斯。

你那点寡妇的乐趣。

他再次弹她的脸。

但这太过分了，梅雷亚德。为英国人做裸体

模特。

跟你没关系，弗朗西斯。不关你事。

她举起扫帚。他用手臂挡住她。

这关我事，梅雷亚德。

你看过吗，弗朗西斯？

什么？

那幅画，弗朗西斯。你看过那幅画吗？

我不需要看，梅雷亚德。

那是件艺术品，弗朗西斯。

所以呢？

我在一件艺术品里。

他摇头。

你是利亚姆的妻子。

所以呢？

我是利亚姆的弟弟。

所以呢？

利亚姆的妻子不能为英国人脱衣服。

她笑了。

她可以跟法国人睡，但不能为英国人脱衣服。

是这样吗，弗朗西斯？

你是个荡妇，梅雷亚德。一个说英语的荡妇。
她又笑了。

在你心中哪个更糟，弗朗西斯？跟法国人睡，
还是跟英国人说英语？

利亚姆太好了，你配不上他，梅雷亚德。我们
都这么说。

她摇头。

你好大的胆子，弗朗西斯。你对利亚姆一无
所知。

他是我哥哥。

她闷哼一声。

他觉得你是个该死的白痴，弗朗西斯。

他猛拉她头发里的围巾。

荡妇，他说。

她用手护住围巾，防止它被扯下。

如果我是你的荡妇，你会很开心的，弗朗西
斯·吉兰。

这时她母亲到了，走进厨房。梅雷亚德叹了口气，

走向她。

你现在可以走了，弗朗西斯。让我清静清静。

他笑了。

班伊尼尔走进后厨的门口，挡住了傍晚的光线。

我们不能接受，梅雷亚德。

不能接受什么，妈？

你。像这样。太过分了，梅雷亚德。

早上七点，詹姆斯给劳埃德送早饭。他把早饭放在桌上。劳埃德坐下。

你想喝点茶吗，詹姆斯？

詹姆斯摇头。

不喝，谢谢你，劳埃德先生。

真可惜，詹姆斯。我想让我们一起喝最后一杯茶。

不会是最后一杯，劳埃德先生。

詹姆斯肩膀后挺，把双手插进口袋里。他盯着英国人。

我们之前说好了，劳埃德先生。一个约定。

情况是会变的，詹姆斯。

只有你让它们变才会变，劳埃德先生。如果你想让它们变。

詹姆斯回到厨房吃早饭，单独跟马松坐在桌旁，他外婆在炉火前，他母亲还没起床。

你准备好开启这段重大旅程了吗，詹姆斯？

我不去了。

为什么不去？你都收拾好行李了，不是吗？

我晚些再去。等老师们叫我去艺术学校再走。

马松点头。

我很惋惜，詹姆斯。

詹姆斯闭上眼睛。

那我春天还会见到你，詹姆斯，等我带着摄制组回来的时候。

詹姆斯摇头。眼睛依然闭着。

不，他说。我到春天就不在了。

那要等的时间不算太久，詹姆斯。

不久，JP。

他吃完麦片粥，喝了茶，走出村庄，沿着岛屿边缘向外走，从悬崖上看着劳埃德走下小径，前往小海湾，跟米哈尔一前一后抬着卷起的画布。马松拿着他的录音机紧随其后，弗朗西斯和老人们拿着行李箱、桃花心木箱子和画架跟在他们后面。詹姆斯把双手插进口袋更深处。

他们乘坐三条克勒克艇，划到米哈尔的船边。劳埃德爬上船，单独坐下，把画布高高地放在座位上，远离依然在船底打转的湿漉漉的牛粪。马松坐在弗朗西斯旁边，后者正将绳子拉进船尾。

克勒克艇里的老人们挥手，示意他们可以出发了。米哈尔启动引擎，将船开离岛屿，前往大陆，他们离开的声音淹没了在小海湾里吱嘎乱叫的海鸥和燕鸥。

岛民们划回下水滑道，从水中抬起克勒克艇，举过头顶，抬出小海湾。他们把小艇放在下水滑道的顶部，然后走上山，前往村庄，弯着腰，屈着腿。

詹姆斯待在边缘继续远眺，直到米哈尔的船从视线中消失。他沿崖顶走回农舍，进入画室，进入经久不散的颜料、亚麻籽油、木炭和石油溶剂的气味。

他环顾空掉的房间，看着地板上散落的画框碎片，看着要在伦敦展出的六幅油画，用白色细绳绑在硬纸板中间，依然在门口等待，就像他把它们留下时那样，就像劳埃德把它们抛下时那样。

9 月 12 日，星期三，午夜前不久，加布里埃尔·威金斯正在西贝尔法斯特家中的厨房里洗碗碟。他五十六岁，是天主教徒，也是十四个孩子的父亲。

　　有人敲响前门。他打开门厅的灯，但很快又关掉。他没开门。阿尔斯特志愿军的枪手开枪射穿玻璃，杀死了失业园丁加布里埃尔·威金斯。

致谢

这四本书对我的写作至关重要：

《逝去的生命：死于北爱尔兰冲突的男人、女人和孩子的故事》

Lost Lives: The Stories of the Men, Women and Children Who Died as a Result of the Northern Ireland Troubles by David McKittrick, Seamus Kelters, Brian Feeney, Chris Thornton and David McVea (Mainstream Publishing, 1999)

《1969—1993 年爱尔兰冲突死难者索引》

An Index of Deaths from the Conflict in Ireland 1969-1993 by Malcolm Sutton (Beyond the Pale Publications, 1994)

《爱尔兰语史》

A History of the Irish Language by Aidan Doyle
(Oxford University Press, 2015)

《阿尔及利亚的语言冲突》

Language Conflict in Algeria by Mohamed
Benrabah (Multilingual Matters, 2013)

我深深受惠于海伦·妮克爱，她是都柏林大学的硕士研究生，专攻梅奥郡杜西罕地区的爱尔兰语，也就是本书中使用的方言。我也很感激都柏林大学爱尔兰、凯尔特研究及民俗学院的研究主任雷吉娜·伊荷拉坦教授，以及都柏林圣三一大学爱尔兰与凯尔特研究系的姬芙·妮布里南。

我还要感谢彼得·斯特劳斯和 RCW 文学经纪公司的团队，路易莎·乔伊纳、安妮·欧文和费伯出版社的所有人，克莱尔·加岑，詹娜·约翰逊和法勒-斯特劳斯-吉鲁出版社的每个人，爱尔兰艺术理事会文学部主任萨拉·班南，以及文学爱尔兰执行主任希内德·马克爱。感谢你们所有人对我和这部作品的信任。

我深深感激梅芙·马吉对我写作的支持。同时衷心感谢希贝尔·梅甘、邓肯·福特，以及苏菲·特兰和帕特里克·特兰。

一如既往，感谢劳丽、安娜和萨莉，以及约翰尼——谢谢你们。

主　　编 ｜ 苏　骏

策划编辑 ｜ 苏　骏

特约编辑 ｜ 苏　骏

营销总监 ｜ 张　延

营销编辑 ｜ 狄洋意　　许芸茹　　韩彤彤

版权联络 ｜ rights@chihpub.com.cn

品牌合作 ｜ zy@chihpub.com.cn

春山望野（北京）文化传媒有限公司

Room 216, 2nd Floor, Building 1, Yard 31,
Guangqu Road, Chaoyang, Beijing, China

红唇
Boquitas pintadas
[阿根廷] 曼努埃尔·普伊格

坦纳兄妹
Geschwister Tanner
[瑞士] 罗伯特·瓦尔泽

助理
Der Gehülfe
[瑞士] 罗伯特·瓦尔泽

雅各布·冯·贡腾：一本日记
Jakob von Gunten. Ein Tagebuch
[瑞士] 罗伯特·瓦尔泽

散步：罗伯特·瓦尔泽中短篇小说集
Der Spaziergang und andere Geschichten
[瑞士] 罗伯特·瓦尔泽

与瓦尔泽一起散步
Wanderungen mit Robert Walser
[瑞士] 卡尔·泽利希

魔角
The Hearing Trumpet
[墨西哥] 莉奥诺拉·卡林顿

椭圆女士：莉奥诺拉·卡林顿短篇小说集
The Collected Stories of Leonora Carrington
[墨西哥] 莉奥诺拉·卡林顿

在深渊
Down Below
[墨西哥] 莉奥诺拉·卡林顿